《红楼梦》
性别诗学研究

李丹丹 著

北京时代华文书局

图书在版编目（CIP）数据

《红楼梦》性别诗学研究 / 李丹丹著 . —北京：北京时代华文书局，2021.6
ISBN 978-7-5699-4194-4

I.①红… II.①李… III.①《红楼梦》－诗学－研究 IV.①I207.411

中国版本图书馆 CIP 数据核字（2021）第 099437 号

《红楼梦》性别诗学研究

《HONGLOUMENG》XINGBIE SHIXUE YANJIU

著　　者 | 李丹丹

出 版 人 | 陈　涛
责任编辑 | 沙嘉蕊
装帧设计 | 段文辉
责任印制 | 訾　敬

出版发行 | 北京时代华文书局 http：//www.bjsdsj.com.cn
　　　　　北京市东城区安定门外大街 138 号皇城国际大厦 A 座 8 楼
　　　　　邮编：100011　电话：010 - 64267955　64267677
印　　刷 | 三河市兴博印务有限公司　0316-5166530
　　　　　（如发现印装质量问题，请与印刷厂联系调换）
开　　本 | 710mm×1000mm　1/16　印　张 | 13.25　字　数 | 206 千字
版　　次 | 2021 年 10 月第 1 版　　印　次 | 2021 年 10 月第 1 次印刷
书　　号 | ISBN 978-7-5699-4194-4
定　　价 | 58.00 元

版权所有，侵权必究

序

  《红楼梦》被比拟为百科全书，蕴藏着无与伦比的历史性与具体性相统一的意义内涵，可以被阐释的价值，随着时代的发展变换着、丰富着、展开着。李丹丹从文化诗学的角度阐释《红楼梦》的内容，写成了三四十万字的博士论文，在答辩会上赢得了评委的一致好评。本书则是从性别诗学的角度，是更具体对《红楼梦》富有奥义内涵的展开。

  《红楼梦》中的语句如"千红一窟（哭）""万艳同杯（悲）""群芳髓（碎）"，"使闺阁昭传""脂粉英雄""金紫万千"，再如"女清男浊"等等，都明确无误地把同情和赞美指向了女性，这在封建意识形态特别是儒家伦理背景下显得有些离经叛道或叛逆。曹雪芹的崇女意识和女儿意识是怎样形成的，这里似乎不必做历史的考察，仅就《红楼梦》艺术画卷展开的发生性而言，其因果关系不言而喻。女儿个个灵秀纯洁、才华出众，男儿则个个相形见绌。前者保持着自然淳朴，后者则受了世风沾染。性别差异，是客观存在，而见出高低，则取决于评价者的认知立场。男与女，都是自然之子，就生命哲学而言是平等的、不能分离的。但是人类历史的发展却偏偏赋予性别不同的文化内涵和社会价值——社会性和文化性，中国的传统儒家将天平倾向于男性或男权，使得女性在从属的地位上，个性、自我、生存、婚姻变成了被决定的。《红楼梦》中林黛玉、薛宝钗、史湘云婚姻不能自主，迎春、探春也是如此，甚至袭人、晴雯、鸳鸯、司琪、芳官等人身都是不自由的，遑论有什么幸福人生可言。《红楼梦》展现了女性的悲剧，特别是她们被侮辱被损害的经历，在描绘她们湮灭的同时也充分显示了她们的价值，这使得《红楼梦》具有无可置疑的向既有价值观挑战的意味。

李丹丹没有停留在这一步提出问题，她把《红楼梦》看成是更加具有生活"自在性"的艺术呈现，拒绝先入之见，客观地看待两性分野，承认自然选择是文化选择的基础，更进一步地从文化学意义上分析性别的历史赋予。话题包括建筑设计、房屋分配、摆设与布景以及女儿诗国、女性理家等等，也探讨了礼与情的关系、情与欲的关系和宝玉在性别上的偏执选择等。尤其是后一个方面，更见其眼界开阔、方法论大胆，跳出了以情抗礼、崇情贬欲的思维套路或窠臼，对宝玉的性别过犹不及、矫枉过正的偏执选择，也给与了一定的针砭。

由于作者将艺术描写放在新的关系中审视，因此许多人物关系、情节关系、矛盾发展可以获得新的理解。比如把裙钗之家看成是女娲补天的现实投影，比如作家不仅关注到了礼的困境也看到了情的困境（不像以前那样只是看到礼与情的矛盾）、大观园怎样从女儿乐园变成了货利庄园，这种新颖的展现和对文本的新透视，显然带有更为客观冷静分析的特点，让人们从过热的批判锋芒中、非此即彼的二元论中摆脱出来，重新理解小说的质地和文气文脉，从而对人物形象和人物关系有了新的认识。

《红楼梦》的思想性和认识价值，要想取得进一步的提高并不容易。李丹丹的这个努力，对文本的更深认识起到了一定的推动作用。这当然得力于她的勤于积累和善于思考。为此，她大量地浏览、研读了中外研究著作，站在了思想的前沿，并没有去重复老话题、纠缠旧难题。既然是新话题、新视野、新问题，因此也需要耐心去体会、琢磨其内在的根据和她的分析。相信如此，你一定会有新收获。

孙伟科2021年5月于北京

目 录

绪论 方法与背景

一、《红楼梦》性别问题的提出 / 1

二、性别诗学的研究方法 / 5

三、历史语境中的女性话语 / 9

第一章 性别·美学·修辞
《红楼梦》安排与展示清代性别的方式

一、性别空间的流动：从闺房到大观园 / 17

　　（一）性别得体原则与空间的伦理观念 / 18

　　（二）从闺房到花园：性别空间的新开辟 / 21

　　（三）乐境的建造与女儿生命情性的张扬 / 24

二、有"个性"的领地——建筑样式、房屋分配、摆设与布景 / 27

　　（一）对性别空间单一身份的僭越：潇湘馆与林黛玉 / 29

　　（二）"去性别"化或阻拒性：蘅芜苑与薛宝钗 / 33

三、用"纯洁"的艺术进行性别区分 / 38
    （一）诗/文与道德模式建构的话语权 / 38
    （二）女性领地的命名——获得"诗词"占有权 / 41
    （三）来自"诗"的救赎——香菱学诗的意义 / 43

四、性别领地的被侵犯：当大观园"入画"时 / 51

第二章 性别·情礼·秩序
大观园对情礼秩序的演绎

一、贾府秩序的建构——礼法的悖论性与情/理的流转 / 59
    （一）礼法对贵族世家阶级地位的建构作用 / 61
    （二）伦理秩序在家庭日常内部的有序展演 / 64
    （三）礼的双重性与《红楼梦》的难题 / 67

二、皇权与省亲别墅——大观园的多重面孔 / 72
    （一）大观园的政治结构与秩序 / 73
    （二）皇家行宫与女儿乐园的相互流转 / 76

三、母权与女儿乐园——女性领地的礼法秩序 / 79
    （一）母亲—妇人—女儿的内在结构 / 79
    （二）大观园日常运作的基础法则 / 83
    （三）婆子—小丫头—大丫头—主子的等级制度 / 86
    （四）礼法秩序的必要与情礼兼备的尝试 / 88

第三章 权力流动与性别倒置
裙钗齐家与治国、补天的隐喻

一、中国妇女解放史的隐蔽脉络：探春可能"出走"吗？／90

  （一）鲁迅的问题：娜拉走后怎样？／91

  （二）曹雪芹的问题：探春定要出走吗？／96

  （三）脂粉英雄的道场：贾探春的启示／100

二、末世：女娲补天与裙钗治家的同构关系／102

三、疾病：秦可卿、王熙凤的齐家症候／108

四、从女儿乐园到经济田庄——大观园性质的改变与探春的改革／112

  （一）从闺阁千金到理家人的身份转换／112

  （二）从审美价值到经济利息的视角改变／115

五、女儿齐家与治国、补天的隐喻／117

第四章 性别·欲望·叙事
《红楼梦》的"成书"过程与从"欲"到"情"的动态演变

一、从《金瓶梅》到才子佳人小说——明末清初小说从欲到情的主题转换／128

  （一）欲望书写的双重悖论：《金瓶梅》及艳情小说的难题／130

  （二）"以礼和情"：才子佳人小说对情、欲的平衡策略／133

  （三）位于情、欲张力场中的《红楼梦》／136

二、从《风月宝鉴》到《红楼梦》——去欲化的表现策略与书写困境 / 139

三、救赎与毁灭——对情之二重性力量的再思考 / 145

  （一）情作为救赎作用的尝试 / 146

  （二）情的吊诡能力：作为毁灭力量的情 / 147

四、礼、欲夹攻中的情的双重困境 / 150

五、"礼"的重建与困境的解决 / 157

第五章 "女儿"能否成为文化危机的救赎？

一、"女性气质"作为形而上（道德纯洁、政治干净）的象征 / 160

  （一）"香草美人"的隐喻系统与女性的道德纯净 / 163

  （二）才子佳人小说对"女性气质"的占有性使用 / 167

二、宝玉的女儿崇拜与对女性生命形态的限缩 / 169

三、宝玉偏执的人生视角与对女儿气质的偏执选择 / 173

四、终将长大的"女儿"与终将逝去的"诗情" / 177

结语　性别跨界与中国性别秩序的超稳定结构 / 183

参考文献 / 187

后　记 / 200

《红楼梦》性别诗学研究

　　一部蕴含着中国历史文化全息影像的《红楼梦》,其文本不仅提供了丰富的社会文化、历史讯息符码,同时也暗藏着大量的性别规则信息,比如对性别符号的调用、对性别展示方式的复杂呈现以及对性别角色的认同延宕等,不仅是考察曹雪芹性别身份认同的重要途径,而且是厘清这一系列性别暗示背后文化权力之争的重要途径。本书将从性别身份的视角,考察曹雪芹如何调用各种性别配置和符号,以安排和展示清代的性别规则以及隐藏在性别使用背后的其他文化寓意。

　　在《红楼梦》中,性别不仅仅是一种区分生物性男女的简单范畴,而且是一种文化想象的符号、一种展示性别特权的方式、一种"纯洁"美学的修辞、一种对伦理秩序的颠覆力量,以及一种对明清"情欲"叙事传统的承接方式。本书将从这几个方面廓清《红楼梦》对性别话语以及性别认同的复杂呈现。一方面从叙事学方面展示微妙的性别配置如何成为作者型塑小说文本结构、主题内容和情欲复杂的诸多技巧之一,另一方面也考察小说中所用的多重性别符码同意识形态特权、文化规范以及伦理秩序的建构／颠覆之间的复杂关联。

绪论　方法与背景

一、《红楼梦》性别问题的提出

毫无疑问，《红楼梦》是一部歌颂女性的小说。这不仅体现在作者开篇那段低回深情的创作自白中："今风尘碌碌、一事无成，忽念及当日所有之女子，一一细考校去，觉其行止见识，皆出于我之上。……我之罪固不可免，然闺阁中本自历历有人，万不可因我之不肖，自护其短，一并使之泯灭也。"同时，也呈现在作者呕心沥以低入尘埃的谦卑姿态和如水般柔情复沓的叙述语言，为女性之钟灵毓秀、如花美眷般的品质进行集体塑像的书写中。因为《红楼梦》对女性形象以及女性命运的特别关注，使得性别的设置以及两性之间关系的种种复杂状况得以在文本中醒目凸显。自《红楼梦》诞生起，就有不少评点家点出小说中浓重的"女儿崇拜"意识，而为"闺阁昭传"亦成为很多读者阅读《红楼梦》的自觉意识。同时，随着20世纪"五四"运动的深度展开以及中国社会主义制度的建立，对"男女平等"的呼唤被放置在意识形态的高度，亟须传统文学资源为之提供历史性的支撑。于是，《红楼梦》中对众多受压迫女性"万艳同悲"之悲剧性的深刻揭示，以及通过贾宝玉的女儿观流出的对女性命运的甚深哀婉与悲悯，就为上述意识形态诉求提供了极好的文本标注，成为论证社会主义制度合法性的绝好注脚（阶级论视域下的《红楼梦》研究普遍论证了这一点）。①

同时，随着20世纪80年代以来女性主义理论的兴盛，《红楼梦》不仅被女性主义倡导者视为女性现代意识趋向成熟的标志②，曹雪芹亦被其尊为秉承男女平等观念的现代性先驱者。③之后，《红楼梦》研究中"女儿崇拜论""男女平等"，甚至"女尊男卑"④等诸多利于女性解放的论点，逐渐成为红学女性研究的主流论调。不过，近些年亦有不少学者质疑《红楼梦》以及曹雪芹并未在文本中或者写作意愿中刻意表达"男女平等"，比如有论者认为曹雪芹并非女性主义的盟友，因为其对女性的审美依然带有极强的男权色彩，认为"《红楼梦》的女性世界是男性想象力统治与支配的世界，是对女性的审美驱使与奴役"⑤。经过

---

① 李木兰（Louise Edwards）曾在其研究中指出，当代中国基于意识形态正确的批评家没能对《红楼梦》进行正确的性别分析。他们通过盗用《红楼梦》中性别压迫的问题，主要是为了完成对社会主义制度合法性的论证，同时由于其这一别有用心的"盗用"目的，这些话语生产出来的"男女平等"反而可能真正遮蔽了女性处于弱势的现实境遇，反而为男权主义得以合理化、制度化提供了机会。参见[澳]李木兰：《清代中国的男性与女性——〈红楼梦〉中的性别》，聂友军译，北京大学出版社，2014，第168—187页。

② 参见周芷汀：《论〈红楼梦〉的后现代美学价值》，《中国文学研究》2005年第1期。持有此种观点的文章还有：杨昆岗《从〈红楼梦〉中妇女的生活论曹雪芹的女权意识》，收入张宏生编《明清文学与性别研究》，江苏古籍出版社，2002；汤龙发《女权问题是〈红楼梦〉的主题》，《湖南师范大学社会科学学报》1994年第6期等。

③ 参见林骅、方刚：《贾宝玉——阶级与性别的双重叛逆者》，《红楼梦学刊》2002年第1辑。

④ 持有此种观点的文章主要有：付丽《红楼梦：女儿人格崇尚的价值解读》，《红楼梦学刊》2002年第1辑；薛海燕《〈红楼梦〉女性观与明清女性文化》，《红楼梦学刊》2000年第2辑；张再林《〈红楼梦〉——人类文化的一部新的〈圣经〉》，《西安交通大学学报（社会科学版）》2007年第5期；刘敬圻《〈红楼梦〉与女性话题》，《明清小说研究》2003年第4期。

⑤ 李之鼎：《〈红楼梦〉：男性想象力支配的女性世界》，《社会科学战线》1995年第6期。持类似观点的还有张媛：《男性历劫和女性阉割的双重主题——试阐〈红楼梦〉的男性写作视角》，《明清小说研究》2001年第2期；李艳梅《从中国父权制看〈红楼梦〉中的大观园意义》，《红楼梦学刊》1996年第2辑等。

这些质疑之后，学界普遍接受这样一个较为折中的结论："《红楼梦》是一部仍带有较强男性色彩的女性主义作品。""虽然《红楼梦》的焦点是女性的，但它的视角兼立足点却是男性的。"①

但无论上述论证是赞同、反对或者折中，其论述的出发逻辑，都似乎仍然被困囿在男性/女性、特权/反特权的二元对立中，"以男权/男性为反面参照系，在二元对峙的理论格局中凸显女性的自我特征，寻找女性独立的生存空间"②。高彦颐曾就这个误区不无警惕地提醒道："人们分析中国女性问题时，应注意避免'五四'父权压迫的二分模式。"她认为"封建的、父权的、压迫的'中国传统'是一项非历史的发明。它是三种意识形态和政治传统罕见合流的结果。这三种意识形态和政治传统是'五四'新文化运动、共产主义革命和西方女权主义学说"。③萨孟武也在追溯中国社会之所以形成男主外、女主内进而造成男尊女卑现象的源头时说："此乃分工合作之意，本来没有平等不平等的意思。"④确实，从历史历程来看，"男主外女主内"尽管客观上造成了强烈的男权色彩，但是却有着生理学和生物演化论上的合理性和合法性。因此，将性别形成的动态过程模式化，罔顾历史现实形成语境的复杂，造成对性别关系的简单对立的发明，正是早期西方女权主义学说压迫/反抗二元论的对立留下的阴影："女性主义着意凸显以'权力'为核心的二元论的理论框架，据此考察男/女、男人/女人、男性/女性之间的对立乃至对抗。"⑤也就是说，这种二元对立的学说大都将女性设定为男权统治

---

① 崔晶晶：《〈红楼梦〉性别视角辨析》，《红楼梦学刊》2008年第2辑。
② 乔以钢、张磊：《性别批评的构建及其基本特征》，《天津社会科学》2007年第4期。
③ [美]高彦颐：《闺塾师——明末清初江南的才女文化》，李志生译，江苏人民出版社，2005，第3页。
④ 萨孟武：《红楼梦与中国旧家庭》，岳麓书社，1988，第43页。
⑤ 乔以钢、张磊：《性别批评的构建及其基本特征》，《天津社会科学》2007年第4期。

下被奴役的对象，强调女性作为被压抑的第二性的弱势地位，进而呼吁女性意识的觉醒并实现对男权的反抗。从这个意义上来看，女权主义这种对两性不平等关系的揭示，尤其对女性受压抑存在样态的关注，使得她们的学说具有深刻的洞察性，以及浓厚意识形态的反抗性。但是由于过度地强调了两性之间的对抗，尤其是忽视形成两性关系的复杂历史语境，使得她们的学说不仅偏激、固执且造成两性之间的长期敌视，因而并没有对两性和谐关系的建构给予有效的启示和出路。

事实上，"《红楼梦》的女性文化价值取向并不表现在它对所有女性的全面认同，而在于它把美貌、才华、青春合而为一的女性美作为与儒家文化主流相对峙的概念而提出"[①]，其与现代意义上的女性主义尤其是女权思想有着本质的不同。

当然，重提《红楼梦》的性别研究话题，不仅是对当下女性主义批评建构起来的二元对立思维模式的反省，更重要的是，性别问题之所以卷入明清小说研究中，亦有当时社会文化思潮的影响。因为到明末清初，社会政治文化的剧烈变动正好见证了性别群体的重大变化，并由此带来了女性在现实生活处境抑或文学历史中地位的重要变化。因此在研究明清小说时，文本对女性作为才女、贞女/烈女、淫女抑或是才德兼备的女性群体的想象和塑造，对性别交错甚至倒置的种种悖论呈现，以及对女性话题牵出的种种关于情/欲、性别认同/弥散、等级秩序的破坏/重建等复杂问题的描述上，往往表达出其与复杂独特的政治、文化、思想变迁的隐秘关联。

具体来说，女性意识的分外凸显得益于明清时代商业经济的繁荣和民主自由思想的萌芽。这种萌芽带来了社会组织内部各个阶层急剧的沉浮、流动与融汇，以及名教理学思想与人文主义的时代精神的激烈碰

---

① 陈维昭：《红学通史》（下），上海人民出版社，2005，第619页。

撞。这使得明清文人极易形成矛盾的双重人格，转而会对儒家父权体制下一直处于边缘的女性群体产生某种认同。具体来说就是，清代之后，相对于以皇帝为代表的政治强权势力和主流价值观，男性文人士子与女性都属于社会边缘群体。因此对曹雪芹而言，他面对的现实正是：一边是政治强权、儒家事功对文人士子精神、人格不遗余力的榨取和矮化，另一边是商品经济、价值变动带来的人文主义、民主思想的启蒙；一边是对女性才华、青春洁净气质的由衷赞美，另一边则是伦理秩序和社会等级对女性角色分工的规范；一边是试图赋予女子气以文化救赎的特权，并借以挑战儒家的婚恋观和伦理秩序，另一边却也意识到"情"作为真我的基础，如果缺乏"礼"的实践调节，最终也会导致自我身份的消解。因此，借助性别诗学的理念，值得思考的正是，特殊历史时期的特殊社会文化氛围如何造就男女性别属性及其差异？这种性别差异与抗争如何隐含于这个时期的文学——尤其是对这些抗争矛盾表现得尤为淋漓尽致的《红楼梦》？曹雪芹又是如何借助《红楼梦》来安排和展示清代这些复杂的性别观念？如何倾听与捕捉《红楼梦》背后藏匿着的不同作者（隐含作者和叙述者）的声音？男性知识精英为何以美人自喻，又如何在创作中表现一种对女性特质的认同？凡此种种，无论是作品分析、作家研究还是历史文化关联研究，都亟待性别理论的加入。

二、性别诗学的研究方法

本书采用"性别"而非"女性"一词，其原因主要有：其一，本书的性别研究并非单纯的女性主义研究，"性别"肯定和强调了男女两性之间互为镜像、互为参照的密切关系。它指出这样一个基本事实：无论男性世界还是女性世界，都不可能是一种孤立的存在。男子气和女子气并非天生，不仅受到现实物质关系的规约和影响，同时也是一整套文化操演的结果。从这个程度上说，所谓性别，"并非某种既成事物的起点,而是由'惯习'等等的培养形成的,性别的认同必将通过相关的操练,比如强大的异性恋体制迫使大多数人按照它的两极化的性别规范来操演,因此也有可能通过不同于此的另类操演如'扮装'来颠覆"。①因此,对女性问题的研究实际上也关联着对男性的研究以及对人类整体的研究。其二,"性别"还潜在地成为男女两性角色与社会文化之间关系的一种指代,它暗示着男女两性主体认同的社会根源,也即提示着社会文化建构性别、造就两性角色分工的事实。因之性别研究是以"人"为对象,以研究性别与社会语境、伦理秩序、阶层文化等互动关联为宗旨的跨学科研究方法。其研究指向的是一种性别与社会各种文化之间敞开的动态乃至相互建构的关系过程。尤其对《红楼梦》的性别研究来说,文本中的各类人物以及其间产生的各种复杂关系均可以放在性别的视角下得到反映。于是"性别"不再仅仅是一个狭义的女性主义指代"女性"的名词,而且突破了民族、地域、文化、阶级乃至家族、家庭、婚姻这一类社会范畴以及传统文化所设置的判断尺度,以"女性"的名义推举出一系列"人"的问题。

而本书采用性别诗学的研究模式,亦是要求研究者用性别视角来重新审视话语模式、思维特点、文体风格、叙事结构等诸方面,进而对文艺作品和批评话语做性别向度的理论评析。关于性别诗学,本书在总结学界前辈理论的研究上,着力强调以下三点:其一,性别诗学"作为广义的性别文化研究,立足于社会文化构成,以社会分析范畴取代生理决定论,超越传统性别内涵,打破传统女性主义批评的二元对立思维,重绘了人类深层性别结构的文化图景"②。因此,性别诗学更重视其是人

---

① 陈惠芬:《当性别遭遇空间:女性主义地理学的洞见和吊诡》,《中国比较文学》2009年第3期。

② 乔以钢、张磊:《性别批评的构建及其基本特征》,《天津社会科学》2007年第4期。

类社会文化历史塑造与影响的终极产物。其二,20世纪80年代以来,性别研究发生转向,"它的学术平台不再是部分人(女人)对传统社会权利的抗争,而是对所有(个)'人'的生存品质的高度关注"[①]。也即是说,性别诗学争取的是两性之间的平等对话、和谐共存的学术研究视角,就是双性视角。其三,性别诗学强调男女双性在差异中平等与和谐的审美价值立场,在实践中要避免男性中心的压迫和女性中心的偏执两种倾向。

基于上述原因,同时为避免对《红楼梦》文本性别话语的简单化和模式化的本质主义倾向,本书的论述基点将楔入小说文本产生的历史语境中,坚持将小说人物的社会性别看作是多种伦理关系、等级变量交织在一起的社会文化建构过程,承认性别具有交互、流动、越界甚至混同的多种可能,最终目的仍致力于充分呈现曹雪芹如何在复杂的文本中安排其对于性别的理解。也即是将《红楼梦》的性别研究转向到对《红楼梦》性别配置的复杂性、性别声音的混杂性、男女性别的互动关系,以及如何在当时的政治、文化权利关系下构筑双性混同的理想性别模式的跨学科的研究。所以本书重视的是一个呈现性别认同矛盾的动态过程,而非一个冲破/维护男权中心的简单结论。诚如纳塔利·泽蒙·戴维斯(Natalie Zemon Davis)指出的:"我们应该重视研究男女两性各自的历史,只重视对第二性的研究是远远不够的。我们的目的在于解释历史上两性及性别群体的含义;我们的目的还在于考察不同社会不同阶段中性别角色、性象征的发展变化,揭示其代表的含义以及它们如何作用以保

[①] 李小江:《女性/性别的学术问题》,山东人民出版社,2005,第179页。

持其社会规范或如何促进其变化的。"①戴维斯的提醒亦是本书对待性别观点的一个基本出发点。

另外本书在研究过程中,除了接受中国当代诸多致力于中国性别理论研究的学者如李小江、乔以钢、李银河、林丹娅、申丹等前辈成果外,还受到了近几十年海外汉学对《红楼梦》性别研究的启发。比如不少学者尝试从婚姻制度、情欲纠缠、伦理秩序、艺术分工、女性创作、性别配置、阴阳与性别等社会学、文化学、历史学乃至阴阳学等跨学科的角度来研究《红楼梦》。如《清代中国的男性与女性——〈红楼梦〉中的性别》,其作者李木兰认为,《红楼梦》小说文本中充满了复杂多元的性别规则信息,因此研究的重点应放在探究"小说中的性别特权是如何通过一系列性别话语而获维持的,以及因这些特权而造成的矛盾是如何得以调停的。"②再如《吝啬鬼、泼妇、一夫多妻者——十八世纪中国小说中的性与男女关系》中第八章专涉《红楼梦》,作者马克梦(Keith Mcmahon)将《红楼梦》放在整个18世纪的小说背景中去讨论,认为《红楼梦》中对性别对称、性别交错规则的使用,虽表现了男女之间政治及性别等级系统的不平衡,但女性主体的印记依然在文本中有所显现,文本依然体现着一种致力于平衡和完美的美学尝试。③艾梅兰(Maram Epstein)在其著作《竞争的话语——明清小说中的正统性、本真性及所生成之意义》第四章"红楼梦对欲的思考",集中探

---

① 转引自[美]琼·W·斯科特:《性别:历史分析中一个有效范畴》,李银河主编:《妇女:最漫长的革命——当代西方女权主义理论精选》,生活1·读书·新知三联书店,1997,第153页。原文见:Natalie Zemon Davis: "Women's History in Transitions:The European Case", Feminist studies, 1975 (3), p.90.

② [澳]李木兰:《清代中国的男性与女性——〈红楼梦〉中的性别》,第1页。

③ [美]马克梦:《吝啬鬼、泼妇、一夫多妻者——十八世纪中国小说中的性与男女关系》,王维东、杨彩霞译,戴联斌校,人民文学出版社,2001。

讨了微妙而复杂的性别身份配置如何成为作者型塑其小说文本结构和主题内容的诸多技巧之一。①另外美国华裔学者周祖炎2003年的著作《明末清初文学中的雌雄同体》（Androgyny in Late Ming and Early Qing Literature）②中专设一章为"红楼梦：破碎的雌雄同体之梦"。周祖炎从"双性同体"理论切入，依次从"爱情""原型""大观园"视角揭示贾宝玉的双性同体本质，并且上升到道家哲学和拉康的精神分析学说，深层次探究隐含在性别背后的哲学意义。另外中国台湾大学欧丽娟在其《大观红楼》（母神卷）③中，也对小说涉及的女性崇拜问题进行了较为客观的评价。

三、历史语境中的女性话语

乾坤/阴阳，构成了世界万物秩序运转的基本动力，男女两性则是这个秩序运转的核心，《中庸》言："君子之道，造端乎夫妇；及其至也，察乎天地"④。《易传》之《序卦》也有曰："有天地，然后有万物；有万物，然后有男女；有男女，然后有夫妇；有夫妇，然后有父子；有父子，然后有君臣；有君臣，然后有上下；有上下，然后礼义有所措。"⑤由此知之，夫妇乃人伦之始。但是，有意思的是，在原本应该被男女两性共同建构的历史长河中，女性"却往往在以战争和政治为主

---

① [美]艾梅兰：《竞争的话语——明清小说中的正统性、本真性及所生成之意义》，罗琳译，江苏人民出版社，2004。

② Zuyan Zhou: *Androgyny in Late Ming and Early Qing Literature*, University of Hawai,i Press, 2003.

③ 欧丽娟：《大观红楼》（母神卷），台大出版中心，2015。

④ 《十三经注疏》整理委员会整理：《礼记正义》（十三经注疏），北京大学出版社，2000，第1669页。

⑤ 《十三经注疏》整理委员会整理：《周易正义》（十三经注疏），北京大学出版社，2000，第396页。

的历史上销声匿迹,以致'历史'这个词语的英文history一词,被嘲讽为男性的'他者的故事'(his-story),又或者在文学作品中以刻板形象出现,不是纯洁可爱就是邪恶可怕"①。欧丽娟的此段描述代表了自米利特、波伏娃(Simone. de. Beauvior)以来,女性主义对长久以来女性被历史遮蔽的现实的一种深刻认识:天真无知或者红颜祸水已经成为女性在两性构成的历史景观中的刻板化、模式化印象。

中国对女性立体感与丰富性的简化,到明代有了较大的突破,无论是现实生活处境还是文学史的诸多描绘中,悍妇、淫妇、惧内意识的出现,女性写作的勃发,女性才德兼备形象的塑造,女性叙述视角(如《痴婆子传》女性以第一人称叙述)的出现,以及女性对自我命运的一定掌控(比如女性对贞女/烈妇角色以及对缠足的自愿选择②)等等,都成为女性意识萌发的标志。大体而言,"女性在明清小说中地位的变化,基本反映了小说作家群体对历史的整体看法及美学观念已处于变化

---

① 欧丽娟:《大观红楼》(母神卷),第3页。同时在凯特·米利特看来,女性在文学与历史景观中往往被指称为"百合(温柔美丽)/玫瑰(艳丽带刺)或者天使/恶魔"两种象征性的女性形象代码。参见[美]凯特·米利特:《性政治》,宋文伟译,江苏人民出版社,2000,第3章相关论述。

② 近年来,海外汉学对明清女性问题的研究,一个最主要的成果就是发掘出女性在成为贞女/烈妇过程中所遭遇的内外部语境以及自身的复杂情感与心态,学者们通过对地方志、女性诗词等历史史料的爬梳,认为女性尤其是贞女在此过程中,并非绝对是男权意识下的被动受害者,守贞行为也不完全是对父权夫权的献祭,因为儒家道德并不要求未婚妻要为未婚夫守节。但是贞女/烈妇现象在明清时期的大量涌现,却曾牵动上至朝廷、著名文人,下至家庭内部、女性自身等一系列社会权力/力量的注意。卢苇菁女士甚至认为:"贞女现象对明清时期的文化、社会、政治、意识形态领域带来的冲击表明,在创造这一时期的历史过程中,女性完全不处于边缘。贞女现象是这一时期历史变革进程的一个有机部分,年轻女性在这一进程中留下了深刻的烙印,它的形成证明女性并非处于历史的边缘,她们的行为对塑造当时的历史和文化起着积极的作用。"参见[美]卢苇菁:《矢志不渝:明清时期的贞女现象》,秦立彦译,江苏人民出版社,2010,第2、10、19页。

的阶段"①。但是，承认女性意识的出现与具体的考察某个现象或者某部文学作品中的女性意识并无直接的关联。事实上，明清时期，任何一个关涉女性的话题中，女性意识表现出来的复杂都远远超出我们的想象，都需要被更深地放置在中国整体历史之中，具体而微地通过对语境的深度厚描去详细辨析：

一方面应努力在看似没有明显女性意识的行为中发现女性主体。无论当时的父权制在多大程度上压迫和限制了女性，但并非铁板一块，女性诚然看起来是"依附父权"或"隶属男性"的，但未必总是卑下软弱，相反很多时候她们会为了自己的利益而巧妙地利用和操纵这些体制。比如对女性节烈观的认识，或许并非如刻板印象一样，认为女性守贞是被儒家意识形态麻醉的表现，而是应该将此现象放在明清社会独特的政治、文化、思想变迁语境中去揭示围绕守贞现象产生的种种矛盾冲突，进而探索女性的情感、理想与生活历程的真实面貌。正如波伏娃所言："在整个历史过程中都会碰到的一个很重要的事实：抽象的权利不足以限定女人的现实具体处境；这种处境在很大程度上取决于她的经济作用；而且，抽象的自由和具体的权利往往呈反比例变化。"②换句话说，就是男尊女卑的观念虽然给男性提供了观念上的权利，但是这个权利却不能直接转化为男性在生活中的实际权力，男、女在家庭或社会地位上的高低，依然要具体取决于包括宗法、伦理、经济在内的许多实际因素。史料证明，"当时的女性尽情地活跃在社会文化的前端，俨然已摆脱了长期以来默默无闻的形象，同时，明清的女性对男性价值的挑

---

① 田同旭：《女性在明清小说中地位的变化》，《山西大学学报（哲学社会科学版）》1992年第1期。

② [法]西蒙娜·德·波伏娃：《第二性》，陶铁柱译，中国书籍出版社，1998，第106页。

战也达到了顶点,当时女性各方面的能力已获得强烈的肯定"①。可以说,明清时期不是一个女性单方面遭受压抑的年代,两性之间在各个领域中开始呈现出彼此竞争的态势,新的男女关系的胎动已经孕育并萌发。比如在女性权力最弱的政治领域中,女性也间接甚至是某种程度上介入和参与了男性组成的历史。在卢苇菁对女性贞烈观的考察中可以发现,"女性节烈与男性政治忠诚之间并非彼此排斥,而是相辅相成,两者共同构建了明清时代的道德内涵。女性并非只是被历史所左右。在构建帝国晚期的文化和历史时,她们本身就是行动者"②。再如明末清初江南地方出现的"闺塾师"群体,高彦颐的研究③充分证明,她们完全有能力超越地域闺阁的空间限制,经营出一种新型的女性文化和社会空间,从而凸显出儒家体系之外,女性自我满足、自我实现以及拥有富有意义的生存状态的可能。

另一方面也同样要警惕,如果仅仅从以男性文化为核心的传统意识形态,考察性别观念,尤其是女性的生存状态,很可能亦会无功而返。因为不仅女性形象的塑造和其意义表现,要通过男性所主导的语言/象征体系进行言语叙述,即使是在女性自我书写的诗词、评弹等文学创作活动中,女性亦并非能够在创作过程以及最终的文本中,表达出明确的性别认识。因为男性文人对女性作品的欣赏,很大程度是因为女性创作因隔离于功利的事功与严格的吟诗训练,而保留一种自然情感之

---

① [日]合山究:《明清时代的女性与文学》,萧燕婉译,联经出版事业股份有限公司,2016,第48页。
② [美]卢苇菁:《矢志不渝:明清时期的贞女现象》,第10页。
③ [美]高彦颐:《闺塾师——明末清初江南的才女文化》。

"清""秀",①从而成为当时男性文人创作功利化、模式化的风格补偿,或者对其崇尚的"温柔敦厚"美学形态的另一种替代。但同时,吊诡的是,在男性文人欣赏女性才华的同时,女性却试图"表现出一种文人化的趋向,无论在生活的价值取向上或是写作的方式上,她们都希望与男性文人认同,企图从太过于女性化的环境中摆脱出来"②。这种意识亦表现在《红楼梦》中,探春在作菊花诗时对宝玉意味深长的那句提醒中——"才宣过,总不许带出闺阁字样来,你可要留神"(第三十八回)。③因此,女性创作固然某种程度上表现出与男性文人创作在题材、风格上的诸多不同,但其价值和意义却要被放在其对于"人"而非"性别"的书写上。

当然上述的提醒并非混淆或者抹杀女性意识的出现,事实上,明清之际,作为叙述文体的中国传统小说的发展正是与女性意识的觉醒、发展紧密相连的,这一时期,民主平等与门第等级、个性自由与伦理纲常、恪守传统与离经叛道等思想观念发生着激烈的碰撞,从而使人们的言行离轨、心态反常,男女性别颠倒盛行正是这种反常心态的具体体现之一。因此,当我们把视线聚焦在众多明清小说上时,性别与当时的文化、政治、制度、伦理以及社会思潮的互动关联,往往使得小说成为表

---

① 孙康宜曾将"清"作为明清女性书写的一个显著的美学特征,并且在她对钟惺编选的《名媛诗归》的动机分析中指出,"由于一般妇女缺乏写作吟诗的严格训练,反而使她们保持了'清'的本质;由于在现示社会领域的局限性,反而使她们更加接近自然并拥有情感上的单纯——那就是所谓的'真'"。参见[美]孙康宜:《明清文人的经典论和女性观》,《江西社会科学》2004年第2期。

② [美]孙康宜:《明清文人的经典论和女性观》,《江西社会科学》2004年第2期。

③ 本书所引用《红楼梦》文本,均引自中国艺术研究院红楼梦研究所校注,曹雪芹著、无名氏续《红楼梦》,人民文学出版社,2012。正文中只注明章回,不再一一注释。同时,本文涉及小说内容部分,因为牵扯到曹雪芹的作者问题,故仅以前八十回为主要研究对象,偶有涉及后四十回续书的地方,会另外注释,在此一并说明。

达这些关联的张力和矛盾的绝好载体，而对这种张力愈加细致入微的描刻正是这一叙事文体逐渐成熟的标志，而《红楼梦》对性别话语的表达亦恰恰需要被放置在这样一个张力场中去深度考察，才能为其作为成熟文体的典范做出标记。

因此，本书将《红楼梦》放置在明清之际社会历史文化政治变动的特殊时期，力图从文学史和思想史连贯的角度去阐发：社会文化和经济资本的新动向如何打破并重塑了当时的性别观念？《红楼梦》如何映射和表达这种性别变动？小说通过设置大观园的方式建构了性别区隔的界限，但是这个界限是否牢不可破？在大观园封闭与突破的拉锯中，曹雪芹如何展现他对性别配置、权力流动、伦理秩序之间关系的复杂认识？曹雪芹试图通过建立一种女儿纯洁论的方式，为人生及世界存在创立一种新的秩序。但是这种尝试是通过什么途径具体展开的？女儿纯洁论的实践过程是否带来了文化危机的转移？其最终能否成为文化危机的救赎？

最后还需要提醒的是，小说体现出来对女性的复杂态度，还应该被放置在满汉文化交融的背景之中去考察，其女性观的形成是两种文化合力作用的结果，事实上，《红楼梦》所涉及关于女性的诸多方面都可以在满族文化中找到更为直接的印证。比如满族女性，因为游牧民族的生活环境和生产分工状况，其与男性一样需要参加生产劳动。她们保持天足，执鞭骑马放牧皆不亚于男子，对经济生活和生产力的贡献巨大，因而亦拥有较高的家庭和社会地位。当然亦因此，满族女性也较少有汉族女性所受之礼教束缚，杨宾在其《柳边记略》中记载了清初关外满族的生活，他们还保留着民族的古老风俗，"凡卧，头临炕边，脚抵窗，无论男女尊卑皆并头"，"往来无内外，妻妾不相避"[①]，俨然并无汉族严格的男女内外界限之大防。但入关之后，清贵族开始用儒家的伦理道德规范重塑自己的民族及文化，尤其是女性的妇

---

① （清）杨宾：《柳边记略》卷四，见《龙江三记》，黑龙江人民出版社，1985，第115、108页。

德规范，这让满族女性的社会地位骤然下降。至清中期，在旗人社会尤其是贵族世家，对于礼教的普遍遵奉，包括对女性贞节、礼仪的要求，以及旗人家庭中"规矩"、礼节的烦琐严密，比汉族社会有过之而无不及。但尽管如此，也必须承认，满族女性仍然保留了很多固有的特点，在汉族传统妇德的外壳之下，仍然有其无法一时泯灭的性格内涵。可以说，终清一代，在旗人社会，女性的地位与价值，以及男性对女性的尊重与评价，都要考虑满族自己的女性观，不可笼统地视之与汉族相同，这些都为我们研究曹雪芹女性观的形成提供了重要的参考线索。比如下面将要谈到的《红楼梦》对持家女性的风采展示固然有其更深刻的寓意，但亦有旗人社会中的女性持家之习俗的影响印记。故而，本书虽不是直接讨论《红楼梦》女性观与满族文化的对应关系，但对文本意义的探索依然是基于上述认知背景之下。

第一章　性别·美学·修辞
《红楼梦》安排与展示清代性别的方式

每一个伟大的小说文本都要为自己的故事展开，建造一个充满建筑、器物、陈设、服饰、食物、礼仪制度以及其他物品的形象化场域——这些场域不仅动态地展示着一个社会架构的物质纹理在记录历史、文化变迁中的重要作用。同时，它们也客观真实地反映着君主/臣子、贵族/平民、主人/奴婢、丈夫/妻子等伦理等级线索。比如，不同的器物使用、不同的房屋分配、不同的空间居所、不同的男女分工……既是一个社会标识性别身份的显著特点，同时它们也使性别身份进一步固化，并通过渗透进日常生活的方式，将性别身份常态化和合理化。白馥兰（Francesca bray）在探讨物质、器物、技术与性别的关系时，就指出"把科技作为一个系统来分析，不仅仅揭示一个生产模式的物质性的维度，而且将揭示它所加固的社会和意识形态的世界"。因为"历史性地看，每一种技术都揭示了阐明全面历史进程不同维度的变化，性别角色和社会等级据此重新定义，使社会秩序得以调整以适应于环境变化的压力"。①《红楼梦》作为最伟大的小说之

---

① [美]白馥兰：《技术与性别——晚期帝制中国的权力经纬》，江湄、邓京力译，江苏人民出版社，2006，第16页。

一，无论是作为具体物品存在的有形器物，还是作为无形存在的礼仪秩序、文学、艺术，都参与了小说对性别处境的描述。从"有性别"的空间领地大观园的开创开始，小说建构了一个"女儿乐境"，这个乐境用来盛放女儿的真、纯、美，并借此展现作者的审美理想。但这个乐境的存在必须是以封闭、隔绝外在世界的侵入为前提的，于是小说的叙述张力就体现在：一方面其努力经营女儿乐园的纯洁性、理想性，试图维持这一女儿领地的永久性；但另一方面，又描述了现实世界中各种不可避免的侵入力量对其的戕害。因而本章的努力亦存在两个方面：一方面描述这个"有性别"的领地是如何被建构起来，以林黛玉之潇湘馆与薛宝钗之蘅芜苑为例，具体介绍这个性别领地如何成为人物各自性格的延伸，且这个领地的理想性和纯洁性体现在哪里；另一方面从具体的艺术物品入手，描述大观园图等物品如何被用作工具，动摇了大观园女性世界与外部世界、纯洁与污浊、宁静与混乱的区隔界限，进而成为外部世界侵入大观园的无形凭借力量。

一、性别空间的流动：从闺房到大观园

《红楼梦》虽是以写人和情著称的小说，但"人的存在是一种'在世存有'，亦即人的存在并不是发生在体肤内的东西，而是存于一个覆载着人的宇宙范围内，同时与宇宙形成一种人的'存有场'"①。因此，探讨人就离不开对人的空间居所的考量，诺伯舒兹（Christian Norberg-Schulz）在他的《场所精神——迈向建筑现象学》中将人为场所区分为："浪漫式""宇宙式""古典式"三种范畴。②而《红楼梦》

---

① [挪]诺伯舒兹：《场所精神——迈向建筑现象学》，施植明译，华中科技大学出版社，2010，译跋，第207页。

② [挪]诺伯舒兹：《场所精神——迈向建筑现象学》，第67页。

的空间设置既巧妙地借用了中国传统性别空间的隔离原则。比如贾府的建构格局与象征精神就严格地遵循礼法意义上的空间布置，属于"宇宙式"建筑，但小说又不拘泥于此。大观园的出现就打破了模式化的伦理和道德安排原则，在性别得体的前提下，开创出一片相对自由的"浪漫式"空间，成为一处前所未见的女性乐园。不仅为之后女性居住空间的书写拓宽了边界，而且空间的相对自由也成为女性性情发展的前提，同时，女性命运与空间的互动互通关系乃至共生共存的关系亦在大观园中被发挥到极致。

（一）性别得体原则与空间的伦理观念

在诸多儒家经典著作中，对性别得体的强调一直是主要内容，儒家相信，恰当的两性区分不仅是完美政治不可或缺的一部分，而且是人类社会文明的标志，"维系恰当的男女区分代表着圣王的美德和有序的统治，因而两性区分也是国家和谐有序的具体表现"①。男女不但在礼仪规范层面上不允许直接的身体接触，甚至在实际生活中也不被允许做同样的事情或分享同样的物品。《礼记》将男女两性的身体区隔清晰地表述为："礼始于谨夫妇，为宫室，辨外内，男子居外，女子居内。深宫固门，阍、寺守之，男不入，女不出。"②另外司马光在《居家杂仪》中将这种区隔更具体化："凡为宫室，必辨内外，深宫固门。内外不共井、不共浴堂、不共厕。男治外事，女治内事。男子昼无故不处私室，妇人无故不窥中门。男子夜行以烛。妇人有故，出中门，必拥蔽其面，如盖头面帽之类。"③通过强调"中门"的界限，从而在规范上把女性的活

---

① [美]罗莎莉：《儒学与女性》，丁佳伟、曹秀娟译，江苏人民出版社，2015，第88页。
② 《十三经注疏》整理委员会整理：《礼记正义》（十三经注疏），第1000页。
③ （宋）司马光：《书仪》卷四，《影印文渊阁四库全书》经部，台湾商务印书馆，1983，第142册，第480页。

动空间框在了宅院之中。至此之后"中门"作为一种空间区隔的象征，标识出两性在住宅建筑中的活动范围，并进而形成了空间乃至住宅文化上的内、外之别。

配合着儒家对男女两性的划分，唐代宋若昭姊妹在曹大家《女诫》的基础上写成的《女论语》，更是孜孜不倦地标举了女性为人处世的种种细节，对有教养的女性来说，其生活中的一瓢一饮、一举一动均应符合规范。对于女性与居室空间的关系，则在不同篇目中多次提醒到"内外各处，男女异群，莫窥外壁，莫出外庭"（立身章第一），"当在家庭，少游道路"（学礼章第三），"有女在室，莫出闺庭"（守节章第十二）[1]。这些女性典范在潜移默化中渗透进了女性的日常生活，不仅使大部分女性尤其是未出嫁的女儿自觉地将自己的脚步限于闺房之内，更使得男女生存空间的分隔明确化、道德化。因此所谓的"女正位乎内，男正位乎外"，作为传统性别秩序的基本图式，既意指性别分工，同时也自觉划分出了男、女的活动范围。因为有了妇德的规范，在生活实践领域，女性主要居内而治家事，"女性的社会职能异于她的家庭职能，'夫受命于朝，妻受命于家'……女性的日常生活范围亦即她的家庭范围"[2]。因此，对女性尤其是未婚的少女来讲，闺房不仅仅是其安居的住所，更蕴含着践行妇德、恪尽礼仪的道德意蕴，是一个家庭展演女性教养的文化空间。

黑格尔（Hegel）在其《美学》中曾指出："建筑无论是内容上还是表现方式上都是地道的象征性艺术"，建筑就是为了要"界定和围起一

---

[1] （唐）宋若昭：《女论语》，（清）沈朱坤辑：《图绘女四书白话解》，中国华侨出版社，2012，第101、107、132页。

[2] 孟悦、戴锦华：《浮出历史地表：现代妇女文学研究》，中国人民大学出版社，2004，第6页。

定范围的空间,去适应宗教或其他人类的目的"。①这点出人类的居住空间从来都不是无利害的纯粹审美自由的体现,而都是仪式道德和文化规范的具象呈现。对中国而言,杜正胜曾指出,"中国居室空间表现两种思维模式和文化形态,一是内外格局规范的生活行为和伦常秩序,一是住宅之艺术显现中国人的人生追求和现实关怀"②。而从总体来看,"家庭空间是'社会秩序的物质再现',而且'社会再生产,乃透过再现于楼居场所的社会秩序的象征性永存来达成维系'"③。事实上,中国传统住所的格局方位(杜正胜曾称四合院是汉族建筑的理想典型,其格局可被概括为"中轴对称"与"深进平远"两大原则④)乃至功能配置证明了,"房屋并非一个独立的私人性领域,而是与社会和国家相贯通构成了一个政治与道德的连续统一体"⑤。除了对仪式道德的体现之外,中国对性别得体的要求也直接体现在建筑空间的隔离上,比如黄长美认为中国宅第的建筑形制不仅体现了礼教体制,透过建筑的形制区分人的伦理关系,同时也因男女有别而有不同的空间位置的考量。⑥故而,传统闺房屋室的居住目的要求严整有序,不仅在布局中蕴含着宇宙天地的秩序,透出天道、人道的理念,而且呈现儒家思想中以伦常礼制为核心的思维模式。有论者指出"闺房以天圆地方为象征,暗喻追求天

---

① [德]黑格尔:《美学》,朱光潜译,商务印书馆,1979,第30页。
② 杜正胜:《内外与八方:中国传统居室空间的伦理观和宇宙观》,黄应贵主编:《空间、力与社会》,台北中研院民族学研究所,1995。
③ [英]琳达·麦道威尔:《性别、认同与地方——女性主义地理学概说》,徐苔玲、王志弘译,群学出版有限公司,2006,第133、99页。
④ 参见杜正胜:《内外与八方:中国传统居室空间的伦理观和宇宙观》,第134页。
⑤ [美]白馥兰:《技术与性别——晚期帝制中国的权力经纬》,第136页。
⑥ 详细论述可参见黄长美:《中国庭园与文人思想》,台北明文书局,1986。

地人和谐的理想。"①而且闺房总是位于家屋内室的空间位置，实际上更清晰地反映男外女内的性别秩序。

《红楼梦》中贾府作为诗书簪缨之族，其两性空间安排也大体遵循上述传统的男女性别区分界限。②但是大观园的出现，构成了整部小说空间叙事的转捩点，催生形成了新的空间结构关系和性别配置模式。总体上说，大观园虽是元妃省亲的产物，但其深处荣宁二府宅第之中"重宇别院"的位置，加上元妃省亲后口谕的特殊恩典，以及后来园内生成的闺阁礼法秩序，从地缘、政治、礼法三个方面禁止外人进入，从而表现出异常清晰地对尘俗隔绝的倾向，这为众女儿从传统闺房向大观园空间的挪移提供可能。而借着大观园独特的对外区隔和对内自成天地的双重特性，女儿们入住之后，大观园遂呈现出内/外、美/丑、清净/肮脏、女儿/男人、理想/现实的层层对照，成为一处既立基于现实、返照现实又有别于现实的独异天地。可以说，大观园的出现，不仅拓宽了女性居住空间的界限，改写了之前女性空间单纯的道德意旨，在礼法与情性自由之间开创出一种互通的可能，同时也打破了传统性别空间区隔的严格限定，对女性居室空间的性别特征进行了多重建构，从而丰富了性别空间所蕴藏的价值取向与人格内涵。

（二）从闺房到花园：性别空间的新开辟

花园之所以能够成为深闺女性的第二活动空间，首先，得益于中国

---

① [美]高彦颐：《"空间"与"家"——论明末清初妇女的生活空间》，《近代中国妇女史研究》1995年第3期。

② 关于此的论述可具体参见刘紫云：《〈红楼梦〉私人空间及相关物象书写的文化意蕴》，《红楼梦学刊》2017年第5辑。

古代园林文化的累积发展。①其次，得益于花园本身的双重性。因为对女性而言，花园空间最大的特色便是介于内外之间，既是女性闺房的延伸，又成为外在于闺房的独立存在，既与外界纷扰的世俗世界相隔绝，又与之紧紧相连。这一空间特性决定了男性与女性对花园的不同期待，女性视花园为单调生活的补充，是狭小的居处空间之外的另一处纯净天地，可以在其中自由嬉戏释放天性。而男性则视花园为园林在家的缩影，为尘世之中的清净之地，当其无法如隐士避居山林之时，花园便成为这一心灵抚慰的理想栖居之所。

  但是花园毕竟不同于闺房，其虽然与闺阁、家屋住所相连，但是它们的建筑目的和功能迥然有别，因之，所蕴含的意识形态和价值也判然不同，且花园具有脱逸于伦理道德之外的"自由"色彩，其与女性应该"受命于家"的礼法规范和妇德妇行产生矛盾。因此，花园之于女性，虽然具有逃离妇德规范的理想特质，但其相对于闺房的内缩和封闭，仍然暗喻着对伦常秩序的"僭越"，甚至衍生出"不安于室"的道德不洁意味。与此同时，也因为花园与外部世界的一墙之隔，男女两性都有可能越过这一界限。于是对女性来讲，男性作为花园闯入者又使得花园成了潜在的危险之地，明清的小说、戏曲都曾完美地呈现了花园对于女性具有的既诱惑但又危险的矛盾内涵。这一矛盾首先体现在，花园因其所具有的审美的、修身养性的休闲功能，反映的是道家自由、怡情为主的价值观。故而，花园中自然天地的勃勃生机与万物萌动的力量，总在无形中与正房所蕴藏的伦理秩序形成对照。于是，身处花园，女性能感同身受地领悟天地生命的自然情欲渴望，以及因万物凋零带出的对青春年华短暂失落的焦虑和恐慌。正如《牡丹亭》中的杜丽娘一样，其正是在

---

① 关于中国园林文化发展的介绍，已有诸多论者进行过专著讨论，此不赘述。可参见王毅：《园林与中国文化》，上海人民出版社，1990。

春日姹紫嫣红般的花园中确认了自我、春日和花之间的同质关系，自我感知并发现自己青春身体里隐秘的种种欲望，于是，花园就带有了情欲启蒙的意味，从而成为才子佳人爱情发生的必备场所。因之，花园的意义就不单单是一个休憩空间或附属于主要宅第的部分设计，它既封闭又开放，正如张淑香指出的，"花园是自然与文明的结合"，是"自然流荡的生香活色与文明整饰实用的样式形模并置的所在"。①"花园本身暗指人类对自然的驯服，将外在辽阔无边的自然，加以秩序化，收编在有限的空间内，在墙的隔绝下，划分出内外层次，不仅满足了安全上的需求，同时也带有领域上的隐私效果、伦理上的礼制性，以及宗教上的仪式作用。"②其次，花园虽位于家内，却具有一定的社交功能，所以对于幕帘重重的闺房来讲，亦属于对外开放的内部空间，具有"越界"的性质，"一方面，花园在屋舍平面配置中僻处一隅的特质，昭示了女性的边缘位置，以及其生活空间的闭锁性。另一方面，花园又因为地处内/外的交界，而成为诱发女性越界欲望的危险空间。甚至，由于花园与正房屋舍有所区隔，因此暗示对俗世事物的疏离，甚至可以变成女性追求超越经验的神秘空间"③。

从上面对花园多重内涵的论述中，不难发现，花园如果适宜女性生活和居住，就必须消除潜在的危险隐患，那就是完成对男性尤其是对外部空间的隔离。从这个意义上说，戏剧、才子佳人小说中的花园，只能作为男女两性相遇的场所，为爱情的发生提供可能，但却无法成为专属

---

① 参见张淑香：《杜丽娘在花园：一个时间的地点》，华玮主编：《汤显祖与牡丹亭》，台北中研院中国文哲研究所，2005，第266—267页。

② 徐培晃：《三闹〈牡丹亭〉》，《兴大人文学报》2012年第48期。或参见建筑史与理论研究室：《中国建筑空间与形式之符号意义》，台北明文书局，1987，第50—52页。

③ 胡晓真：《才女彻夜未眠：近代中国女性叙事文学的兴起》，北京大学出版社，2008，第180页。

于女性的空间，而这个空间的真正到来，也即是将花园转换成女性的居住场所，要一直等到大观园的出现。但也正是在这个意义上，隔离性或者说封闭性成为大观园长久存在的前提，而《红楼梦》中对大观园的兴衰嬗变的描述，也正体现为其在隔离之努力与隔离之最终不可能的张力之中。

（三）乐境的建造与女儿生命情性的张扬

大观园与一般世家花园的不同之处在于：其一，作为省亲之用途，大观园的地基选择"筑于内第"，不与外界通连；其二，元妃省亲之后，御用的印记使得一般臣民只敢"敬谨封锁，不敢使人进去骚扰"；其三，元妃诏令家中姐妹进园居住，将禁地打开一隙，但开放权仅给予家中姐妹包括宝玉；其四，宝钗、黛玉等人进园居住，各择定房屋、增添丫鬟、嬷嬷等用例，意味着闺房向花园的全面位移。于是，大观园虽然在管理上仍属于贾府，但却非男女家人随意进出的普通园子，元妃点明入住的特权与闺阁所在的双重封禁，使得大观园较寻常花园更为幽闭和干净，俨然是一处适宜女儿们居住的"清幽灵秀之地"。正因为大观园绾合了花园与闺阁的双重特性，使居住在此或者进入园中的闺秀女眷们能暂时脱逸于礼教的严格约束，成就怡情悦性的别一重天地。

首先，对居住其中的众女儿来讲，大观园意味着有别于现实的世外桃源、女儿乐境，其在重重力量的保护之下，含蕴包裹的是一处养护照拂群芳，成就女儿生命情姿，完满女儿人格意志的大观世界。其一方面阻隔外部浊臭世界对女儿真情的威胁，间隔伦常道德秩序对闺秀的定义规范。另一方面更以审美怡情的环境，浸润并养护园中女儿的主体意识与生来赋就的性情。所谓"绿裁歌扇迷芳草，红衬湘裙舞落梅"，居住于此的女儿们得的是大观园的"自然之理""自然之气"，故而大观园最美最有诗意的场景便定格在：宝黛共读《西厢》、黛玉葬花、小红遗帕、芒种饯花、宝钗扑蝶、龄官画蔷、晴雯撕扇、结海棠社、咏菊花诗、平儿理妆、湘云醉眠、藕官烧纸、香菱解裙、割腥啖膻、芦雪庵联句、夜宴怡红等。他们或在园中自由肆情，或倾吐释放内心情感，或读禁书，或结社吟诗，因情性的自由舒展，大观园充满着一种自由、平等的气氛。其中的女儿情性之美各有殊异，散落而不集中，适度而不夸张，并且在她们才智、性情的缺陷中展露她们各自的真实的生命风姿。①宝钗曾笑论平儿等丫头"都是百里挑不出一个来，妙在各人有各人的好处"（第三十九回），评价虽然是针对园内丫头，其实亦是园中裙钗的性格写照。于是，大观园作为一处女性花园，一处"人间别处"，其理想意义正显现为这是一块与俗世肮脏隔绝的净土，一片怜爱女儿的情土，一处人间至情至美的乐土。浦安迪也曾认为大观园是一个总结，是"中国园林艺术系列中的一幅拼图，它也是一种文学方法，旨在呈现一个与世隔绝的仙境，在那里女性特有的天真与纯洁盛行"②。

其次，除了园中居住之人，园外女性当其欲暂别府中职事和各种纷扰时，也都不约而同地选择到园中休憩排遣。第三十回，唱戏的龄官，因排遣心中愁闷，在蔷薇花下画"蔷"出神。第四十四回"变生不测凤姐泼醋"时，平儿无故受冤，怡红院成为接纳并安慰其委屈的地方。第四十六回，贾赦欲纳鸳鸯为妾，鸳鸯为避开邢夫人问话，也告病到园中散心。而第五十八回，当唱戏的女孩子们散入园中后，也都感到"当下各得其所，就如倦鸟出笼，每日在园中游戏"。第六十三回，贾珍年轻的小妾偕鸾、佩凤一入园，也立即丢开侍奉主妇的礼教职责，"也不管尤氏在那里，只凭丫鬟们去服侍"，尽情和湘云、香菱、芳官、蕊官等女孩子说笑不一，同众人一一游玩。小说于此用"方以类聚，物以群

---

① 关于《红楼梦》中女性美的讨论，参见刘敬圻：《红楼梦与女性话题》，《明清小说研究》2003年第4期。

② Andrew H. Plaks: *Archetype and Allegory in the "Dream of the Red Chamber"*, Princeton University Press, 1976 p.187.

分"形容园中女儿世界对园外女儿的吸引力,强调女儿间因生命情性的互通,故而能相互理解,融洽相处,这些细节描述均体现出大观园赐予女儿们解放和行乐的轻松气氛。

再次,礼法的松散与自由平等的气息,使得大观园的美还意味着一种精神、一种灵魂或者说一种思想之美。女儿们入住之后,园子里率性自由的氛围使得礼法规范暂时退场。第三十八回,史湘云设螃蟹宴,宴请贾母、王夫人等赏桂花,王熙凤拿着贾母幼时伤疤打趣,王夫人嗔其无礼,贾母则维护道:"家常没人,娘儿们原该这样。横竖礼体不错就罢,没的倒叫他见神鬼似的做什么。"经贾母宣示,女眷们在花园中居栖游卧,都不必过分拘泥于礼仪。数日后,贾母商议给湘云还席,宝玉建议"既没有外客,吃的东西也别定了样数,谁素日爱吃的拣样儿做几样。也不要按桌席,每人跟前摆一张高几,个人爱吃的东西一两样,再一个什锦攒心盒子,自斟壶,岂不别致"(第三十九回)。贾母欣然同意,更显示出园中活动褪去礼法仪式的自由性。这种自由性在第六十二回贾母、王夫人送殡出城,宝玉、宝琴、岫烟、平儿四人生日时表现得最为彻底,不仅平日主仆间的规矩被暂时搁置,且接连上演了两次最欢乐最逾矩的聚会。先是探春等凑份子为平儿祝寿,席设红香圃,花团锦簇的围了四桌,陪客中包括了奶奶、侍妾、小姐、丫头等不同身份地位之人。席宴未开始,代表着礼教约束的薛姨妈先自动退出,之后被嘲笑为说"野话"的说书女先儿也退场,余下的就是欢乐恣性的饮酒斗令,古雅的"射覆"与爽利的"拇战"双令并行,小姐丫头们不拘身份地"呼三喝四,喊七叫八",任意取乐,只闹得"满厅中红飞翠舞,玉动珠颤,十分热闹"。这意味着大观园的欢乐自由不只来自诗社的文雅之气,活动的选择与参与也无关身份地位或诗文才能,而依据个人爱好习性,位尊位卑者各得其所。可见,大观园不是专属于才女或佳人的乐境,而是广延为清净女儿之共享。如果说白日的宴席中还因为寿星的原因,姑娘、媳妇和丫头的座席还有一定的区分,那么到了晚上的怡红夜宴时，则是彻底消除了主仆、尊卑之间的界限，也不安席，个人均脱去正装，一时大小丫头与奶奶姑娘们和宝玉从炕上到炕沿团团围坐。因为群芳共在，故这次的酒令设为"占花名儿"，一方面意在给群芳命名，通过掣花签完成各自与花的联结，另一方面，女儿与花的对应，也显示小说家"以花写人，花中见人"的象征手法，指出小说既以花譬喻裙钗的人格情性，又以花园之生活环境，烘托为人花一体的艺术氛围。

诸多论者①都指出，元妃虽然是大观园的所有者，但实际的居住者却是宝玉和裙钗，元妃与他们一起完成了对大观园各处房舍的命名，创造并定义了各处空间的意涵，各房女儿迁入之后，大观园才真正有了色调和生气，不仅"园内花招袖带，柳拂香风"，且各处屋宇空间亦因此有了思想和灵魂，人的情性与空间布置相互渲染，使得大观园的空间环境亦因此具有了鲜明的性格特征，成为女儿情性的延伸，也成为一处处有"个性"的领地。

二、有"个性"的领地——建筑样式、房屋分配、摆设与布景

以弗朗索瓦兹·明科夫斯卡（Francoise Minkowska）为代表的现代心理学家在研究儿童所画的家宅时曾发现，"要求一个儿童画家宅，就是要求他揭开他最深的梦想，那是他想要庇护的幸福之处"②。虽然这样类比，难免有牵强之嫌，但是从人类心理层面的共通性出发，儿童画中所反映出来的居室空间意义仍给予我们启发：一个人如何营造他的家

---

① 关于花与女儿的关系互喻，可参见[日]合山究：《〈红楼梦〉与花》，陈曦钟译，《红楼梦学刊》2001年第2辑；陈家生：《妙笔生花 花中见人——〈红楼梦〉中"花"的丰富意蕴与艺术效应》，《红楼梦学刊》1997年增刊；雷广平：《那堪风雨助凄凉——谈〈红楼梦〉是如何通过花来表现悲剧主题的》，《红楼梦学刊》1998年第1辑。

② 转引自[法]加斯东·巴什拉：《空间的诗学》，张逸婧译，上海译文出版社，2013，第91页。

宅、布置他的居所会透露出他内心诸多隐蔽的想法。英国的建筑理论家安德鲁·巴兰坦（Andrew Ballantyne）对此也有很好的解释："家具陈列于建筑物中，具有这样一些暗含之义：它似乎就是一件便携式的小型建筑作品。一些建筑师也设计家具。当我们装饰自己的住宅与公寓时，我们选择的东西会透露出我们是什么样的人这样一些信息。……电影制作人和小说家尤其擅长利用这一点，即通过描述人物居住的环境来展示人物的性格特点。"①《红楼梦》的作者曹雪芹不仅在小说中构筑了自己的家宅，更为众女儿构筑了各具特色的居室空间，这些构筑一方面体现了小说家的小说构思，是其留给我们探索女性居室空间的一把钥匙，另一方面其也通过赋予建筑空间以人的"性格"，开启了空间性格化的书写以及对空间多元化价值取向的深度探索。

尤其是对《红楼梦》而言，大观园里的空间处所规划及内部设计所构成的裙钗居住院落，不仅是全书叙事骨架的背景基础，而且构成了整个小说及人物性格内在肌理的一部分。前者是指小说家通过空间布置，预先安排人物活动的场所、环境，并通过特殊场所与特殊时令的结合来组织叙事的基本结构。后者是指大观园中的空间景致因为与其居住者的特殊关系，故而体现着小说家对空间与人物品格匹配的用心经营，以及通过居住空间的设计反映出的小说家的内心情感。不少学者都注意到，大观园是为衬托人物性格甚至象征其情性而人为创造的。相应地，人物的情态样貌也反映在其居室陈设中，成为人格的具象延展。于是，园中各处院落与其主人的情性风姿相呼应、增益、渲染，并以具体的空间物象映射院落主人幽微的心像，在空间形象和屋室陈设中映现居住人的精神面貌。

---

① [英]安德鲁·巴兰坦：《建筑与文化》，王贵祥译，外语教学与研究出版社，2007，第158页。

大观园住所之设置，首先是为人物的需要而设，进而配合人物生活及行动的需求，所以曹雪芹动用浓墨重彩创设的这个宛如皇家气派的园林，绝非要标榜乃至炫耀其曾经阅历过的园林之繁盛或所熟知的园林知识，让大观园仅成为故事精织的背景。第十七回贾政游园时问贾珍："这些院落房宇并几案桌椅都算有了，还有那些帐幔帘子并陈设玩器古董，可也都是一处一处合式配就的？"贾珍答："……那原是一起工程之时就画了各处的图样，量准尺寸，就打发人办去的。"小说中描述大观园的建造是合式配就，其实小说家架构小说之空间人物亦是如此。比如宝玉爱红、作养脂粉的情性及"绛洞花主"的代言使得怡红院成为大观园最富丽精致、玲珑剔透、最像女性闺房的所在；李纨青年守寡，于世事一概无见无闻，稻香村田庄式的特质正映衬其"竹篱茅舍自甘心"的价值取向；潇湘馆千竿翠竹形成的典雅幽静，蘅芜苑雪洞一般素淡疏冷的空间氛围，秋爽斋阔朗空旷的格局陈设，一一呼应各自屋主人黛玉、宝钗、探春的性格气质。在此以黛玉与宝钗住所为例，并分析曹雪芹对性别空间跨界的尝试。

（一）对性别空间单一身份的僭越：潇湘馆与林黛玉

省亲过后，林黛玉正式入住潇湘馆，人物与居室之间的对应至此才真正建立了联系。但是如何呈现黛玉的居室，前八十回中作者提供了两个观察的视角，第一次是贾政游园，因视角的关系，面对未来的潇湘馆，作者给出了全景式的写照，"忽抬头见前面一带粉垣，数楹修舍，有千百竿翠竹遮映……只见进门便是曲折游廊，阶下石子漫成甬路，上面小小三间房舍，两明一暗，里面都是合着地步打的床几椅案。从里间屋里，又有一小门，出去却是后园，有大株梨花，阔叶芭蕉，又有两间小小退步。后院墙下忽开一隙，得泉一派，开沟尺许，灌入墙内，绕阶缘屋至前院，盘旋竹下而出"。在贾政的眼中，潇湘馆俨然一处理想的文人书斋，因此其情不自禁地赞叹："若能月夜坐此窗下读书，不枉虚生一世！"因此时黛玉尚未入住，叙述者无法将人物与场所的合式精神一一着墨，故而眼光放在渲染其整体环境之清雅，但布景之主物——"竹"却先被点明，有竹有曲栏，点出"凤尾森森、龙吟细细"之幽静，另外芭蕉、梨花、流水与竹子一起还为潇湘馆制造了非绿即白的清雅色调，烘托出绝尘脱俗的意味来，故而宝玉的题诗"宝鼎茶闲烟尚绿，幽窗棋罢指犹凉"才会显得分外熨帖自然。有了幽静才有了后文黛玉择此而居的理由，有了这个理由，再加上"竹"在中国文化中的寓意以及互文意义上对"林下之风""竹林七贤"[①]的映照，就能了解何以贾政眼中的短短几句白描之语，就能见出此处是绝佳的文人读书之所。书房在空间意义上成为潇湘馆的一部分，某种程度上承接的是儒家文人群体对私人空间领域的书写惯例，但与传统文人描述书房用以自我呈现或建构其文人身份认同的诉求不同，潇湘馆之竹为斑竹（此竹非与梅兰竹菊并称之竹，而是与娥皇女英的斑竹之泪的神话相连），其意义并非为凸显男性的君子意志，因此潇湘馆类似书房的设置也并没有成为对男性文人书房亦步亦趋的模仿（潇湘馆毕竟是女性闺房），而主要是出于小说家建构黛玉作为一个闺秀之主体意识的觉醒以及设定特定场域的需要。

　　真正对黛玉的居室内部进行细描，要一直等到第四十回刘姥姥进大观园时。这一次作者将视角给了刘姥姥，一是因为陌生感，对乡下老妪来讲，豪门贵族之贾府是一处完全陌生的所在。她进大观园就像进入画中，如梦如幻，一切都是新的，因饱含陌生感，故她的视角直感性强而无功利，能够发现人所不能发现的地方。二是因为审视感，作为一个人

[①] 关于潇湘馆物象的象征意义，可参见宋华燕：《潇湘馆环境描写的"互文"解读》，《明清小说研究》2016年第3期。另外关于潇湘馆与林黛玉的专题讨论可参见王晓洁：《林黛玉与潇湘馆研究综述》，《红楼梦学刊》2010年第1辑。

情练达的村妪，刘姥姥的眼睛代表着一双来自现实世界审视的慧眼，用淳朴自然来对比衡量大观园之繁华优渥，故而她的眼睛中还有一种超越客观之上的批判意味。进入潇湘馆，她首先看到的是"窗下案上设着笔砚，又见书架上落着满满的书"，自然反应道："这必定是那位哥儿的书房了。"当贾母告知这是黛玉的卧房时，刘姥姥的视线转到了黛玉身上，仔细打量了一番，读者也跟着刘姥姥的视线缓了下来，之后仍是带着强烈的惊异笑道："这那像个小姐的绣房，竟比那上等的书房还好。"刘姥姥对黛玉房间的视线焦点一是满架的书，二是黛玉。通过她的聚焦，原本柔弱的黛玉透出文人特有的清朗刚劲。除了满室的书卷气，黛玉房中的另一个特点是颜色上的"绿"，贾母之所以建议把黛玉的窗纱换成银红，原因在于竹之翠绿映着绿色纱窗，更透出居室之清冷宁静、与世无争，俨然一世外竹林，但这在贾母看来，未免太静了些。另外，潇湘馆还有另外一个特点便是空间不大，小而齐整，贾母等不过略坐一坐也就去了。这也从刘姥姥口中得到印证："人人都说大家子住大房。昨儿见了老太太正房，配上大箱大柜大桌子大床，果然威武。那柜子比我们那一间房子还大还高。……如今又见了这小屋子，更比大的越发齐整了。满屋里的东西都只好看，都不知叫什么，我越看越舍不得离了这里。"刘姥姥把贾母的卧室与潇湘馆比较，以大小之差突出潇湘馆的精致协调。这一方面暗示着《红楼梦》里人物的寝卧空间的大小与陈设物的大小以及人物心境之大小匹配，讲究统一和谐，另一方面潇湘馆的小巧也是黛玉内缩性（向人物内心缩进）性格特征的体现。

除了外在视角的观看，小说家还通过人物偶尔的行动和其他物象来补充丰富人物的居所，比如第三十五回的鹦哥，见黛玉来了，便叫："雪雁，快掀帘子，姑娘来了。"此时的黛玉正在感伤自己命薄，一并连孀母弱弟俱无。鹦哥在此时的出现，想必是小说家刻意的安排，让一个灵巧的动物贴心地表达出如亲人一般的温暖。于是"黛玉便令将架子摘下来，另挂在月洞窗外的钩子上，于是进了屋子，在月洞窗内坐了。吃毕药,只见窗外竹影映入纱窗来,满屋内阴阴翠润,几簟生凉。黛玉无可释闷,便隔着纱窗调逗鹦哥作戏,又将素日所喜的诗词也教与他念。"这里鹦哥之机敏灵动与黛玉之性情做了无意识的呼应。除了鹦哥,潇湘馆中还有大燕子,第二十七回黛玉嘱咐紫鹃道:"把屋子收拾了,撂下一扇纱屉子,看那大燕子回来,把帘子放下来,拿狮子倚住;烧了香就把炉罩上。"这些小动物的存在显出了潇湘馆与自然的和谐共存,为悄静又带着些微冷清的潇湘馆增添了几分生机。当然细考较,作者选择燕子这一意象也大有深意。燕子在古人心中,意象之盛、表情之丰,非其他物类所能及。相对于黛玉而言,燕子之伶俐精巧与黛玉之聪敏娇俏相类;燕子对春之将逝的象征暗含黛玉伤春之悲;燕子雌雄颉颃之特性隐喻黛玉对比翼双飞之爱情的渴望;燕子对时事变迁、昔盛今衰的见证又隐含着作者对黛玉之死、潇湘馆终将人去楼空的结局书写。另外黛玉的内室不仅是空间性的,也是时间性的,窗纱的改换不经意间提示出时间的流逝,连廊上的鹦鹉都能念"侬今葬花人笑痴,他年葬侬知是谁",可知黛玉日积月累的感伤哀怜有多浓重。这种附着在空间上的时间性因为更为具体可感,故而待到人去楼空,其带来的叹惋也更为深沉动人。

至此,黛玉的闺房才完整呈现出来,既不是贵族闺秀想象中的精致奢华,也不是对男性书房的简单抄袭。一方面,从潇湘馆内部陈设看,曹雪芹突破了传统闺秀私人空间的性别界限,将文人化书房挪移进女性私闺,使黛玉这一人物具有超越既定性别界限的主体意识,丰富了女性居室文化内涵;另一方面,从潇湘馆的外部环境而言,斑竹、芭蕉、流水、鹦鹉与大燕子这几种物象分别从清幽、纤弱、感性、离伤等女性特质方面拓展了传统文人书房空间的性别意涵,在潇湘馆文人书房之清刚健雅的格局之上,又增添了仕女私闺独特的女性气氛。故而有论者指出这一融合了男女两性"理想私人空间的双重特质同时也是林黛玉这一人物场域的双重基调,即文人精神与仕女气质的结合。林黛玉嗜书善诗,孤介寂傲,是其文人精神的一面;而她纤细柔弱的形象、细腻敏感的内心，又带有典型的仕女气质"①。事实上，在传统住宅建筑格局中，书房往往喻指着男性的私人空间，而闺房则专属于少女。然而，《红楼梦》对两性私人空间的书写并不墨守性别身份之界限。基于对人物性别及气质、人物性格的丰富性、复杂性的认识和思考，曹雪芹显然没有单一化、模式化其笔下人物身份与性别空间构建的关系，而是不断拓展有时模糊甚至刻意颠倒传统的性别区域设定。在本书的讨论中最为显著的便是林黛玉之潇湘馆与贾宝玉之怡红院的比照，恰如刘姥姥的评语，一个是哥儿的书房，却俨然小姐的香闺，一个原该是小姐的绣房，却透露出丝丝英气。

（二）"去性别"化或阻拒性：蘅芜苑与薛宝钗

如果说潇湘馆、怡红院是曹雪芹进行性别空间跨界，凸显多重性别身份建构的有意尝试，那么蘅芜苑则更像是一处刻意消除性别特征的"去性别"空间。这种"去性别"并非贬义，只是说对宝钗的居室来讲，无论是男性还是女性特征在她身上都不显豁。具体而言，这种"去性别"主要体现在以下几点：

其一，外部环境的阻拒性，并通过阻拒造成其与人的距离感。区别于潇湘馆、怡红院在整个大观园整体设计中的显要位置，蘅芜苑可谓藏在园中深处②，贾政等人第一次游园时就是穿山渡水，费尽周折才远远看到一处房子，还未入门，便先道"此处这所房子无味的很"，可见其外部环境未能如潇湘馆、怡红院等一入眼就给出"有性格"的视觉冲

---

① 刘紫云：《〈红楼梦〉私人空间及相关物象书写的文化意蕴》，《红楼梦学刊》2017年第5辑。

② 关于蘅芜苑的位置亦有论者认为，蘅芜苑在大观园的位置十分特殊：毗邻正景大观楼之斜楼含芳阁，因为大观楼乃省亲别墅之正殿，所以蘅芜苑与之相连，反而成为大观园最显赫处。但在人物的实际行走路程上，两次游园，蘅芜苑都可谓在园中深处。

击。而贾母、刘姥姥等游园时也是渡水之后，才在花溆的萝湾之下，看到一所清厦旷朗。位置的幽僻首先传达了其对访客的拒绝，而及至入门时，"忽迎面突出插天的大玲珑山石来，四面群绕各式石块，竟把里面所有房屋悉皆遮住"，进一步设置隔离，将屋室被呈现的时间再一次延宕。

其二，色调布置上之"清""冷""香"体现出的"去性别"取向。小说中对"清"的描述主要有贾政所见之"清凉瓦舍"、"清瓦花堵"、"五间清厦"（第十七回）、"清厦旷朗"（第四十回），故而贾政觉得此处"更比前几处清雅不同"。"冷"主要表现在蘅芜苑的布置是以山石、异草为主，一株花木也无，而此在贾母眼中看去则是"那些奇草仙藤愈冷愈苍翠"。而"香"则表现在房舍周围那些藤、草所散发的味道，味芬气馥，非花香之可比。原本"清""冷""香"三个意象，无论抽出单独哪一种都可以成为性别身份的特征标记，比如"清"原本可以作为男性情性脱俗的标志，而"香"则是描述女性特征的惯用，但是这里把"清""香"尤其是与"冷"叠加在一起，则不仅消除了该有的男、女两性的特征，而且用"冷"把性别特征中最基本的温度和性情的敏感性剔除了，而此也与小说家设置的宝钗之"藏愚""守拙"，服用"冷香丸"，遇事冷静果断之性格相匹配。

其三，观看视角的转化暗示的拒绝性。依据第四十回小说家设置的观察居室的视角惯例，对宝钗居室内部做描述的应仍是刘姥姥。但文中写到贾母等"及进了房屋，雪洞一般，一色的玩器全无。案上只有一个土定瓶，瓶中供着数支菊花并两部书，茶奁茶杯而已。床上只挂着青纱帐幔，衾褥也十分朴素"，可知观察的视点转成为贾母。面对其他人的居所，刘姥姥或多或少都有评价，或赞叹或惊异，但到了宝钗处，她噤声了。而贾母在黛玉、探春处都显示出一个祖母对孙儿辈的疼爱与自豪感，对她们的房间布置都还赞为"不俗"。但也只在此处，对蘅芜苑的居所布置颇有异议，"若很爱素净，少几样倒使得"，但年轻姑娘们的房子这样素净，偏离了小姐闺房的大体，正犯了忌讳。正是因为其如"雪洞"一般清、冷，除了贾母略微的批评之外，它拒绝任何言语上的附丽赞叹，所以它以清、冷拒绝了爱见好就念佛的刘姥姥。

其四，"雪洞居士"与"山中高士晶莹雪"的同喻关系。有论者曾详细辨析过薛宝钗房屋中"雪洞"的意象①，非仅指素净、干净或者居室布置的空荡之感。"雪洞"本身具有的封闭隔绝特点，以及"雪"意象中的洁净脱俗色彩，使"雪洞"成为当时文学创作中的一个固定意象：第一，象征了一个超然尘俗的理想家园，比如明人释鲁山诗称"祛俗入深院，闭门抄古书。草盆生意满，雪洞世情疏"②，毕木所谓"纳凉偏喜林塘坐，避俗从教雪洞眠"③，都说明"雪洞高卧"至明清时，已成为高士出世避俗的象征意象。第二，"雪洞"象征了高洁独立的人格境界。从这个意义上说薛宝钗对其居室清雅风格的布置，与超然世外的高士风度异曲同工，在本质上有别于黛玉精致书房体现的诗书气质与探春阔朗轩昂体现的文采风流，"雪洞"一般的蘅芜苑既是其主人气质的外化，亦是作者渲染薛宝钗"淡极始知花更艳"的审美追求，呼应了前文对"山中高士晶莹雪"的赞美，但是从"雪洞名士"与"山中高士"的互文引用中可以看出，清、冷，依然是宝钗性格的主调，无论如何解释"雪洞"的隐喻内涵，深藏园中且太过"素净"的蘅芜苑都隐隐透出对访客的拒绝。

另外，贾政称蘅芜苑适合"煮茗操琴"，可宝钗两样都没有践行，

---

① 参见朱姗：《"何殊雪洞飞来仙"——〈红楼梦〉第四十回蘅芜苑"雪洞"比喻新说》，《红楼梦学刊》2016年第4辑。
② （明）曹学佺：《石仓历代诗选》卷五〇六，《景印文渊阁四库全书》第1394册，台湾商务印书馆，1986，第290页。
③ （明）毕木：《黄发翁全集》卷二，《四库未收书辑刊》第5辑第22册，影印清嘉庆十三年毕丰增等刻本，北京出版社，1997，第207页。

甚至对求教于她的香菱之学诗，她也以不是分内之事婉拒。有学者指出，真正的女性空间，"是一个空间性的统一体——一个由山水、花草、建筑、空气、氛围、色彩、香味、光线、声音，以及被选中而得居住在这里的女性和她们的活动所构成的人造世界"[①]。但宝钗居室陈设的过度朴素、单一与冷寂，加之没有花木，更削弱了由花木盛放凋零带来的时间感，故而宝钗的空间更像是凝冻了一样，无声无息，无法呈现出流动、气韵与色彩，这些无意中呈现了其与女性、男性空间都脱逸的"无性别"化取向。

对闺房的书写在文人小说中一直是一处空白，清初才子佳人小说也仅仅点到为止，《金瓶梅》中虽有一定描写，但却无一不涉情欲。直到《红楼梦》，这一女性空间才真正显现。曹雪芹营造了不同金钗各自别具一格的闺房，尽管《红楼梦》中的每一处房舍的文本呈现方式、内部装饰摆设都与其房主人的个性和内心、世界观息息关合，这些闺房陈设与文本中其他的描述一起成为其主人完整性格的一种体现。但小说家却并未将房舍特征、主人性别以及性格之间做刻板的完全对应。比如潇湘馆书房式的设计固然体现了一定的男性之英气，但是之后围绕潇湘馆的描述却基本为了渲染黛玉感伤、孤苦、凄惨的柔弱女性特质，又因为潇湘馆空间环境的呈现和意境变动做到了与其主人林黛玉之心境变化和命运走向的丝丝相扣，故而潇湘馆的空间设计成为《红楼梦》中最为成功的一个案例。而蘅芜苑之清、冷、香的描述也没有完全固化，而是与宝钗在贾府中实际为人处世上的圆融、和气、周到、细致之"热"形成反讽。于是，作为对人物性格的补充，大观园空间物象的布置不仅是人物性别特征、内在精神和价值追求的外化，更为重要的是，风格迥异的物象传达出小说家对人物个性化塑造的多层次追求以及对传统性别设定的

[①] [美]巫鸿：《重屏：中国绘画中的媒材与再现》，上海人民出版社，2009，第184页。

多元化突破。

最后需要提及的是，钗黛两人的居所差异性虽然很好地体现了二人截然不同的内心世界和价值取向，但他们的居所都在不同程度上拒绝他人的介入。潇湘馆被竹林所包裹，呈现出遗世独立的孤寂，而蘅芜苑的进口被一大玲珑山石将屋舍全部挡住。这种阻拒性虽说体现的是园林景观设置的藏、露技巧，但是从小说整体设计的层面来看，空间的阻拒性亦体现出小说家视野的内缩性（这里的内缩性并非价值上的否定之义）以及对女性空间纯洁性的守护。视野的内缩性表现在，《红楼梦》所呈现的都是内在空间，也即是视线基本不离开贾府，即便有人物出离，也会很快回来。时间较长的如被贾政点了学差、薛蟠出外做生意、黛玉回家探父、贾琏出城办事，少则半月，多则不过两年，必然返回；短暂的如为可卿送丧，贾府女眷出外打醮，贾母、王夫人出城送殡等都是去去就回。几乎所有故事都是从贾府开始，也一直围绕着贾府展开，人物一旦脱离贾府一定距离便会从文本中消失，直到返回时才再次出现。这种内缩性的视野，一方面固然跟《红楼梦》的题材有关，作为一部成功的世情或曰人情小说，小说家的视野必然要由外转向内，而对居室空间描述的增多就成为写作的必然，但另一方面，这种向内缩的倾向其实也是一种心态的改变，尤其是对曾经历过人生与家族兴衰起落的曹雪芹来说，其心态更趋向于内化外在空间，或从室内寻找温暖或回忆的所在，或从内在空间寻求一个视角去体现外界的变化。①《红楼梦》对内在空间的重视，尤其是对女性居室铺陈的关注，亦是这种内缩性的印证。故而对曹雪芹而言，这种内缩性不是指视野的狭隘，而是体现为一种对其笔下大观园空间的深情眷恋，因眷恋而不舍，因不舍而试图阻止一切可

---

① 当然这不是认为曹雪芹人生视野不够开阔，实际上曹雪芹虽然目光凝聚贾府，但其视野却扩展至贾府周围三教九流的社会现实乃至宇宙天地古今，只不过这种扩散有一个内在的聚焦。

能的破坏。因为这个空间是其用全部诗性创造力创设的隐喻或象征性空间，它是众女儿在其中展开炫目多彩诗性生活的一个理想王国。故而无论是阻拒性还是内缩性，亦都是曹雪芹对其笔下女儿纯洁之境无限守护之情的反映。

三、用"纯洁"的艺术进行性别区分

从才子佳人小说伊始，女性之"才"即成为作家赋予佳人形象的特殊审美意象、文化意涵乃至一个美学概念，或者一种典型象征，以区别于"情""色""德"，成为《红楼梦》及之后佳人形象范式的新内涵。周建渝曾认为："从简单地对'貌'的注重，到对'情'的强调，再到对'才'的凸显，这就是佳人形象在不同历史时期发生的演变。这种演变恰好反映出古代文人士大夫对女性的价值标准的变化。"[①]事实上，若果从女性意识的觉醒来看，佳人形象则经历了一个从身体的觉醒（艳情小说）、才情的觉醒（才子佳人小说）到精神、灵魂的觉醒（《红楼梦》）的过程。而对《红楼梦》来讲，体现精神、灵魂的最重要的艺术方式就是诗词创作。但是《红楼梦》对女性诗词才艺的征调使用，并非如才子佳人小说一样仅仅为了表现众金钗钟灵毓秀的文人才华，完成绝世佳人的塑造。富有象征意味的是，作为一种策略，诗词也是女儿们用来画出自我领地（大观园）之"纯洁"并完成与外界男性世界区隔的重要工具。

（一）诗／文与道德模式建构的话语权

一般而言，在中国传统的文化秩序中，文学话语权作为语言／象征体

---

① 周建渝：《才子佳人小说研究》，文史哲出版社，1998，第9—14页。

系的重要表现工具,通常被男性文人所掌控。女性无论是作为被表现的对象抑或是创作的主体,一般也多是男性凝视的对象,在文学书写中一直都是缺席者。但自才子佳人小说始,女性开始执笔以诗的形式表达自己的才情与主体经验,这一觉醒在《红楼梦》和《镜花缘》中得以传承并逐渐达至高潮。

如众所知,"诗"在古代话语体系中属于雅言,有别于日常语言,与"诗"相关联的文化实践通常被认为能完美地表达"道",即所谓的"文以载道"。长久以来,"诗"作为文人最重要的抒情达意乃至以诗论天下兴亡的工具,一直占据着古代文化的中心位置。不仅如此,"诗"作为"文"的重要形式,其重要性不仅体现在文化上,更体现在其与现实之间形成的一种秩序的同构关系上,这表现在其亦如"礼"一样具有一种神圣的力量去规范,或协调现实世界的不同存在。这在《易经·系辞传》中就有所凸显,与所谓之"物相杂,故曰文"一样,卦象所显示之"文"正是宇宙天地的结构秩序(文)的象征。①这种诗、文、礼、秩序之间的关联到了汉魏曹丕时更为显豁密切。曹丕在《典论·论文》中首次将文章称之为"经国之大业,不朽之盛事",指出文人即是靠文章来经邦济世的。《文心雕龙·原道》也意识到诗文在派生宇宙秩序时的道德作用,于是在其开篇就提出:"易曰:'鼓天下之动者存乎辞',辞之所以能鼓天下者,乃道之文也。"②相类似的表述在王安石那里也有,在其"上人书"中他亦是明言:"尝谓文者,礼教治政云尔。"③

因为中国独特的用掌握着诗文话语权的儒生来治理国家,这样经过历史文化长期的浸润,诗文与礼法、秩序之间的链接更加密不可分。于

---

① 《十三经注疏》整理委员会整理:《周易正义》(十三经注疏),第375页。
② (梁)刘勰著,龙必锟译注:《文心雕龙全译》,贵州人民出版社,1992,第9页。
③ (宋)王安石:《临川先生文集》卷七十七"上人书",聂安福等整理,复旦大学出版社,2016,第1369页。

是由文人实践着的文学活动，就像圣贤实践的"礼"一样，因其同样的安邦治世功能而具有了同样的道德权威和政治力量。米歇尔·福柯有句名言"话语就是权力，就是力量"，意思是指话语能够通过人类文明、集体无意识的传递，潜移默化地支配人的思维图式，进而影响人类的文化进程。从这个层面上，可以说作诗的文人正是因具有了话语权，而相应地具有一种道德上和文化上的权威。但是对中国古代而言，诗文的能力一直都是男性的专属权力，他们通过对"诗""文"的占有而在社会公共领域占据发言话语权。而在这个领域中，女性是被排除在外的，这种情况，曾被曼素恩（Susan Mann）描述为："男性和女性都各有适于自己的范围，女性的言论绝对不能越过内阃。"①

但是随着明清报刊业的发达以及对女性受教育程度的重视，女性阅读、写作成为一种可能，虽然这种可能仍是建立在"妇德"的基础上。比如清代关于女性才德冲突的讨论，章学诚在其具有影响力的《妇学》②中认为女性应该受到教育，因为只有受到教育的有文化的女性才能更好地践行礼仪。而在当时的闺秀看来："想要拥有美德并恪守礼仪得体的界限，女性就必须接受教育，这是最基本的要求。"③但尽管如此，女性至少获得了书写的权力，而一旦拥有了这个权力，其就有可能完成文学上的创造以至于挑战"内言不出于阃"的底线。事实上，女性正是通过阅读、书写获得一个远远大于其闺阁的诗文领地（尽管是想象的），而这一领地之前是属于男性的，从这个意义上看，阅读和写作开启了一个女性通往男性世界的通道，也即是说，即使闺阁女性在身体上仍然不越家庭围墙，但借由这个通道，女性闺房的界限已经变得可以渗透了。

---

① [美]曼素恩：《缀珍录——十八世纪及其前后的中国妇女》，定宜庄、颜宜葳译，江苏人民出版社，2004，第146页。

② （清）章学诚著，叶瑛校注：《文史通义校注》，中华书局，1985。

③ [美]罗莎莉：《儒学与女性》，第131页。

鉴于诗在文化传统中优越的话语权地位，才似乎可以理解才子佳人小说乃至《红楼梦》何以让裙钗选择作诗，而不是其他文学样式或者艺术形式去表达她们主体意识的觉醒。虽然女性创立诗社并非《红楼梦》的新创，但大观园却因诗社的存在而构建了一个女性风姿迥然、性情自由抒发，并能够勇敢发言的另一处乌托邦的存在。主体只有经过论述和言说，才能自我确立，于是当裙钗打破女性固有的妇德角色限制，摆脱男性界定的女性特质，而获得相当的自主性时，女性作为一个主体的存在才是可能的。因此，小说中主体意识较为自觉的女性，都多少参与作诗的活动，包括不通文墨的王熙凤乃至后来学诗而入社的香菱。而黛玉作为最丰产的女性，其主体意识亦随着言说空间的增大而愈加明显。与此同时，迎春和惜春，这两个恰恰不太喜作诗的女儿，主体特质则相对隐微。

与园中的女性相比，园外的男性不仅道德堕落、淫靡豪奢，亦只管贪图安逸、得过且过。虽然都正经上过学，如兴儿所言"我们家从祖宗直到二爷，谁不是寒窗十载"（第六十六回），他们却并无作诗写文的兴趣，更遑论有诗情。因此，在园内就产生了有趣的逆反：作诗，传统被视为一项严肃的男性文人事业，却被男性弃之不顾，而被闺中女儿占用，借以重申现实中未能获得的主体意识，并借作诗与文化传统中的历代男性文人（如在作"菊花诗"时，陶渊明是她们潜在的对话者和试图仰慕比肩的对象）对话。可以说借用诗这一媒介，裙钗部分地实现了对其主体意识和情感价值的宣泄，男性文人的文学活动在此被女性化。

（二）女性领地的命名——获得"诗词"占有权

如上节所论，花园与女儿的同质性使得大观园成为女性居住空间的另一可能，但是从闺房到大观园的流动，却必须首先符合性别得体的规范，而完成性别得体的前提在于对外部空间的隔绝。于是经由元妃的诏令与大观园深藏贾府内院的地缘位置，大观园获得了隔离的初步条件。

但要保持园内女儿乐园的纯洁和干净,就要不断地清除可能有的污染和杂乱,并在围墙之内创造一个尽可能干净的领地。大观园最初是一处男性建筑,它的建基选择、承建以及最后的落成、布置都依赖男性。这样一个男性化的空间想要成为一个女性世界必须经过净化,而完成这一净化的,正是元妃的命名书写仪式。第十七回,大观园一落成,贾政就带领清客进园游览,游览的目的是完成对园子的"命名"。"命名"之所以重要,首先,在卡西尔(Ernst Cassirer)看来,"名称"在人类的神话原型思维中,是一个人身份乃至性命的象征:"名称,当它被视为一种真正的实体存在,视为构成其负载者整体的一部分时,它的地位甚至多多少少要高于附属性私人财产。这样,名称本身便与灵魂、肉体同属一列了。"①其次,在儒家看来,"命名"就是一个"正名"仪式,而只有名分正了,道德和秩序才能建立,没有恰当的"名字",园林是"哑"的,花柳亦不能生色。因此大观园的"命名权"实际上昭示了园子的所有权。但是贾政游园之前就对元妃无法直接命名的窘境进行了解释:"这匾对倒是一件难事。论礼该请贵妃赐题才是,然贵妃若不亲观其景,亦难悬拟;若直待贵妃游幸时再请题,若大景致,若干亭榭,无字标题,任是花柳山水,也断不能生色。"因此贾政等决定先按其景致拟出,暂作灯匾联悬了,待贵妃游幸时,再请定名。游览大观园的最初意图是在一群公拟的名称中挑选出最适宜的,但最终获得命名权的却总是宝玉,这固然有一众清客明白贾政要考验宝玉才学,故意拿庸俗之名搪塞的结果,或者认为宝玉是元妃爱弟的原因,但更重要的应该是小说家赋予宝玉女性气质的原因。因为宝玉为"群芳之冠",是裙钗的守护者,这让他比其他男性更有为大观园命名的权力。而宝玉的命名也因为

---

① [德]恩斯特·卡西尔:《语言与神话》,于晓等译,生活·读书·新知三联书店,1988,第73页。

最相宜于女性居住空间的气质，故而不仅妥帖且有韵味。

或者说，曹雪芹故意安排宝玉命名，其意图亦是告知，只有女性（宝玉是女性的代言）才具有园子的命名权，而这在第七十六回黛玉湘云在凹晶馆联诗时又有所暗示。湘云提及"凹""凸"两字有趣，黛玉便说："实和你说罢，这两个字还是我拟的呢。因那年试宝玉，因他拟了几处，也有存的，也有删改的，也有尚未拟的，这是后来我们大家把这没名色的也都拟出来了，注了出处，写了这房屋的坐落，一并带进去与大姐姐瞧了。他又带出来，命给舅舅瞧过。谁知舅舅倒喜欢起来，又说：'早知这样，那日该叫他姊妹一并拟了，岂不有趣？'所以凡我拟的，一字不改都用了。"黛玉的话透露出曹雪芹试图借贾政之口说出，那日命名原该叫宝玉与其姊妹一起进行才好的意图。这样经过宝玉与其他男性的才情较量，通过对大观园初次命名权的占有，宝玉完成了对园子的初步净化。到了省亲时，元妃又对这初步的命名做了最后的净化，亲挪湘管，将宝玉之命名逐一重新赐名，这意味着她的题对将在园中占据主导地位，当然亦意味着其对男性命名权的彻底消除，同时将园名题之为"大观园"，并择最喜的几处命妹辈各题一匾一诗，于是在元妃、宝玉及几个能诗会赋的姐妹的吟诵中，大观园被命名为真正的女儿世界。可以说，借助元春的笔迹，大观园以匾额题对的命名形式铸造了一个女性角色作为掌控这一领地的道德和政治保护权威。因此，书法和诗歌技能在此成为关键，成为保护大观园围墙内与世隔绝的女性纯洁的力量基础。

（三）来自"诗"的救赎——香菱学诗的意义

在《红楼梦》活色生香的人物群像中，香菱①是一个极为特殊的人

---

① 关于香菱形象的论述，可参见孔令彬：《二十世纪以来香菱研究综述》，《红楼梦学刊》2013年第2辑。

物。其特殊，首先体现在其是小说中唯一一个被多次易名的不幸女儿，从英莲到香菱再到秋菱，遵循这一连串改名的轨迹，曹雪芹用墨不多，却力道甚深地描摹出一个女儿一生可能遭遇的多舛命运和苦难生活。如众所知，《红楼梦》中所有事物的命名都是有寓意的，正如张新之所言："是书名姓，无大无小，无巨无细，皆有寓意。"①清代的话石主人也说："《石头记》开首借英莲失散说起，英莲读作姻联，言真姻联而复失也，归薛氏曰香菱，香菱读作相怜，后改名秋菱，谓始如并蒂相怜，终似深秋零落也，全部之节目，以英莲起，以英莲结，英莲为群芳中薄命之尤者也，此书之始末也。"②故而，这一组峰回路转式的名称改换，又配合香菱身份处境的实质转换，遂使香菱成为《红楼梦》里极少数兼具生理年龄、形象蜕变与名分改换的人物。

其次，香菱之特殊还体现在她的命运的象征性，她的设置被赋予了强烈的转喻意蕴，不同时期的她同一僧一道、警幻仙姑、贾雨村、甄士隐等一样，具有重要的结构性功能，比如英莲时期的她是联系神话与现实的中介（只有通过她，甄士隐才能与僧、道二人接榫），是"有命无运、累及爹娘"的悲剧象征，是同时跨越富贵与贫穷、异常宠爱与极端凌辱两极生活遭际的实验者；香菱时期的她见证的是"皮肤滥淫"（薛蟠之淫滥）与"意淫"（冯渊、宝玉之痴情）两种情爱及这两种男性的存在状态，勾连的是大观园的内之纯洁与外之险恶的对比；秋菱时期的她见识的是诗性之美与丑陋之恶两极相对的女儿，领略到的是善良和诗性的被侮辱与被损害。可以说，"她是红楼女儿不幸命运的集大成者、见证者和承担者，她的多次易名、不幸遭际、多舛命运，构成了对存在

---

① （清）张新之：《红楼梦读法》，朱一玄编：《红楼梦资料汇编》，南开大学出版社，2012，第703页。
② （清）话石主人：《红楼梦本义约编》，一粟编：《古典文学研究资料汇编·红楼梦卷》，中华书局，1963，第179—180页。

于文本之内与文本之外的女性的集体命运的象征,她辗转于故事主体与故事边缘之间,牵连着故事的演绎者与故事的旁观者,香菱既是一个有着浓重悲剧意蕴的女子,同时也是一个有着强烈'红楼'结构意味的女性"①。或者说,香菱本身就是一个表现社会生活的多面体,覆盖在她身上的层层折磨、辛酸、甘苦,构成了作者展示纷繁复杂的社会生活和折射不同层面上各类人物情性的独特视角,"香菱的存在就像一面镜子,既能映衬出大观园女儿世界至真至美的理想境界,又能折射出多层面的社会状态和现实人生;既能衬托以宝玉、黛玉、宝钗等这样一些主要人物的精神境界,表现自身价值;又能将世间的丑恶攫取给人看,表现人间种种苦难的来由和根源"②。

概言之,在香菱身上,曹雪芹没有完全遵照现实主义的笔法,作为小说中几个为数不多,被完整展现从幼儿、少女到为人妻一生历程的角色,因为更多地被赋予了象征的使命,故而其形象从一开始就不是在沿着一条现实主义的路子而被塑造。不仅从英莲到香菱、秋菱的命名③取义,包括围绕她的几个主要场景,比如情解石榴裙,比如香菱学诗,比如塑造其在邪恶中依然天真烂漫如"荷花出淤泥而不染"的性格特征,都不能仅仅理解为人物现实性格的发展,而要看作是作者刻意经营

---

① 许秀琴、张丽红:《天香云外:香菱形象的悲剧意蕴与结构意味》,《文艺评论》2012年第10期。
② 丁武光:《香菱故事的多重视角》,《贵州民族学院学报(哲学社会科学版)》2009年第3期。
③ 关于香菱改名的说法,有一种论者认为,与其说作者让香菱经历了三个名字,不如说是作者赋予了香菱三个灵魂:"英莲"之名隐喻了香菱与宝玉的情爱;"香菱"之名隐喻其"有命无运"、"陷入泥沼,不能自拔"的悲哀和"实堪伤"的平生遭际,更隐喻了香菱与宝玉情爱的虚幻;"秋菱"之名隐喻其在中秋之后金桂死去不久即将逝去的悲剧结局,而且隐喻香菱的死与金桂有很大关系。参见袁锦贵:《从香菱改名看香菱的命运——〈红楼梦〉中"香菱"新解》,《小说评论》2009年S1期。

的结果，因为"在作者笔下也几乎出于同一思路，即以不合常理的多种性格特征集于一身而使人物形象呈现出某种含混的模糊状态，正是这种存在方式加强了二者的隐喻效果，使之具备成为全书纲领性人物的特质"①。

　　理解了上面两点的特殊性，其实才可以理解香菱这个形象的独特性与珍贵性，这个看似在最黑暗最无助的处境中挣扎的姑娘，为何没有形成一种尖锐的自我防范意识？为何没有对社会人生形成苦大仇深的恨意？为何会对自己遭受的不幸和苦难无知无觉？她的无知无觉是否可以被理解为逆来顺受而使其形象呈现出十足的奴性？香菱的性格如何在经历了那么多的创伤性经验之后依然可以是一个整日笑嘻嘻而又无忧无虑的纯真少女？犹如涂瀛所言："香菱以一憨，直造到无眼耳鼻舌心意，无色声香味触法，故所处无不可意之境，无不可意之事，无不可意之人，嬉嬉然莲花世界也。"②甚至香菱的特殊连王蒙也曾感叹过："唯独香菱，我读'红'少说着也有十几遍了，始终没找到对于香菱的感觉。""是不是作者太同情和喜欢这个人物了，反看不出人物轮廓了呢？如此悲惨而无悲情，如此孤单而不感孤单，如此学诗有成心有灵犀，乃至可以与黛玉对话，至少能与黛玉做伴。如此能为宝玉情解石榴裙（按：情解石榴裙的含义是绝无含糊的，就是把身体给了宝玉之义），而又天真无瑕，被称为美香菱而不涉风月，这可能吗？其高度甚至超过了宝钗了，宝钗还是被教育出来的，她对黛玉讲过她读闲书而受责罚的事迹，而香菱从小被人贩子抢去，哪有受教育的可能？幸而她的命太不好了，命运对她太苛刻了，作者又一再强调其呆傻，否则，她

---

① 谢德俊：《论香菱的艺术形象及其思想内涵》，《西安建筑科技大学学报（社会科学报）》2010年第3期。

② （清）涂瀛：《读花人论赞》，《红楼梦》（三家评本），上海古籍出版社，1998，第32页。

会不会也被怀疑是城府权谋韬光养晦呢？"①王蒙对香菱性格的不合常理的发展逻辑的质疑，实际上暗示我们更应该把香菱放在一种综合了写实、理想和象征隐喻几个层面去塑造的形象。

从这样的前提出发，再去认识香菱学诗这一情节，似乎才不会对作者的这一设计心生疑窦。因为很多人坦言，这个情节在《红楼梦》中显得突兀，曹雪芹为什么要突然安排香菱学诗，甚至是刻意设计了两三回的篇幅来铺垫香菱入园以及学诗之契机？这于脂砚斋在第四十八回的批语中可见一番："细想香菱之为人也，根基不让迎、探……且虽曾读书，不能与林、湘辈并驰于海棠之社耳。然此一人岂可不入园哉？故欲令入园，终无可入之隙，筹划再四，欲令入园必呆兄远行后方可。然呆兄又如何方可远行？曰：名不可，利不可，正事不可，必得万人想不到自己忽一发机之事方可。因此思及情之一字，乃呆兄素所误者，故借'情误'二字生出一事，使阿呆游艺之志已坚，则菱卿入园之隙方妥。回思因欲香菱入园，是写阿呆情误；因欲阿呆情误，先写一赖尚荣，实委婉严密之甚也。"（第四十八回庚辰本夹批）脂砚斋的这段话透出至少是在第四十五回，作者就借赖嬷嬷请王熙凤等去其家看戏吃酒，铺叙出薛蟠挨打之故，并之后薛蟠借故出远门躲羞等一大段文字，皆为第四十八回"慕雅女雅集苦吟诗"做铺垫。不过小说中，曹雪芹给香菱学诗的直接理由是"羡慕"。香菱自己也说："我不过是心里羡慕，才学着顽罢了。"宝玉对此的看法是："我们成日叹说可惜她这么个人竟俗了，谁知到底有今日。"无论如何，这良苦用心的铺叙和安排，都见出曹雪芹对

---

① 王蒙：《不奴隶，毋宁死？——王蒙谈红说事》，北京十月文艺出版社，2008，第50—51页。其实对香菱这种饱经苦难而无知无觉，依然天真的性情，除了王蒙之外，亦有学者有过质疑，参见詹丹：《从说开去到说进去——谈中学语文教材中的"香菱学诗"》，《红楼梦学刊》2011年第1辑；孔令彬：《苦难之水何以浇出清香之花——也谈香菱的形象塑造》，《文艺评论》2013年第4期。

这个女子的不忍和喜爱,学诗就是这么特为她所设的一节。

第四十八回,薛蟠一走,宝钗就向薛姨妈讨了香菱带至园中做伴,至此那个羡慕大观园不是一日两日的香菱才真正住进园中。但香菱刚一住下就往潇湘馆拜黛玉学作诗,"借了王维的集子回到蘅芜苑"诸事不顾地读,读了又去找黛玉谈心得,之后换杜律来读,还要黛玉出题来作,一首不成,推倒再作,不肯罢休,被宝钗形容为"疯魔"了一般地学诗,其苦思冥想之神态在众人看去就是这般:"香菱听了,默默地回来,越性连房也不入,只在池边树下,或坐在山石上出神,或蹲在地下抠土,来往的人都诧异。"众姐妹包括宝玉都站在山坡上瞧她景况,宝钗笑她定是疯了。众人看她皱眉一回,又含笑一回,一会儿兴兴头头又往黛玉处去,也都跟了她去。谁知第二首还不行,被宝钗指谓描写"月色"还使得,香菱听了自觉扫了兴,只是还不肯丢开手,自己走至阶前,挖心搜胆,耳不旁听,目不旁视思索起来,探春忍不住隔窗笑她:"菱姑娘,你闲闲罢。"香菱只管怔怔的,随口答道:"'闲'字是十五删的,你错了韵了。"众人见她果真痴魔,就拉她找惜春看画,让她醒一醒,过藕香榭,至暖香坞中,她看画指认美人,被探春戏说道:"凡会作诗的都画在上头,快学罢。"至晚翻腾一夜,最终精血诚聚,于梦中得了八句,一早录了找黛玉去,刚过沁芳亭恰碰到去王夫人处请安回来的众姐妹,争看她的诗:"精华欲掩料应难,影自娟娟魄自寒。一片砧敲千里白,半轮鸡唱五更残。绿蓑江上秋闻笛,红袖楼头夜倚栏。博得嫦娥应借问,缘何不使永团圆。"众人看了皆说:"这首不但好,而且新巧有意趣。"至此,香菱学诗之描写暂告一个段落。

这章文字,读起来颇感急促,这种急促不光是行文语感造成的紧迫,更是香菱读诗之急切、解诗之兴奋、作诗之痴迷带来的快、急、痴的心理感觉。有渴慕而至痴迷,有痴迷而金石为开,作者上述的这段描写,不仅成功地将香菱放置在了一个求索诗文至无我无知唯有诗的审美境界中,也让我们跟随文字一起,深深为这个"根基不让迎、探,容貌不让凤、秦，端雅不让纨、钗，风流不让湘、黛，贤惠不让袭、平，所惜者幼年罹祸，命运乖蹇，至为侧室"的姑娘之精诚之心震撼不已，不由得也发出类似宝玉之赞叹："这正是'地灵人杰'，老天生人再不虚赋情性的。"这短短的学诗经历成为香菱生命中最绽放光华的一回，也是香菱苦难人生历程中最难得一见的欢欣明媚。如果联系上文谈到的"诗"本身具有的与话语权一样的象征意味，那么写诗之于香菱，就具有对于宝玉、黛玉、宝钗等人不同的复杂意义，诗不仅仅是表达自我主体话语的需要，更重要的是其进行自我救赎的迫切需要。冯渊救不了她，薛蟠没打算救她，当如深渊的磨难从四面八方围拢而来，并且命运的网袋一再收紧时，写诗也许就成为香菱处身绝境中的唯一自救之道。从这个意义上看，香菱对自己的处境和苦难绝非无知无觉，刻意的遗忘是因为这苦难太深太重，无法被记得。也正是从这个意义上，才可以理解小说为何将香菱学诗的心态描述得这样急切、这样痴迷。一入园，第一句话就是："好姑娘，你趁着这个工夫，交给我作诗吧。"因为只有学诗写诗是她可以独立完成的事，也是她唯一可以全力以赴的事。所以小说描写当其沉浸于诗的世界时，是如何如醉如痴，夜不能寐，反复吟哦，一再推敲，似乎是在夜以继日地进行着一场自己和自己的战争，失败然后从头再来，最后终于见到光明。她的痴迷与疯魔都显示，她在写诗这件事上，感觉到了自己的力量，甚至第一次感觉到了自我的存在，在其身不由己如浮萍般漂泊的一生里，自己终于不再那么命如草芥，而有了表达自己的可能。

这可能才是香菱学诗的意义，也是作者设计这段情节的意义，学诗作为一个事件，它本身体现了香菱对命运的抗争。与金钏、鸳鸯等刚烈的抗争方式不同，香菱所选择的是一条诗意的救赎之路（用诗意作为人生的救赎，这也是作者所认可的，关于此在第五章还会有专门的讨论），是尝试在绝境里专注于诗的灵动与美感，进而完成对恶、俗、苦的黑暗世界的超越和出离。而在作者看来，能够担负起对此世苦难最终超越的，也只能是诗的形式以及诗所象征的权力。因此，香菱所学的也只能是诗，而不是其他的艺术样式。

不过，作者对这一情节的设计，并非翘然孤出，香菱学诗之所以一学必成，还在于作者设置了一系列的对比，来衬托香菱天赋的蕙质兰心与诗性气质（除了她出身的遗传之外）。比如其与薛蟠之对比，"呆"是小说为他们两人共同设置的一个性格特点，但是香菱之呆，在其痴迷于诗，而薛蟠之呆，恰恰在其不懂诗，只会那令人喷饭的"哼哼韵"。所以，香菱之于薛蟠，不仅意味着身体要屈受贪夫之棒的打击，同时也是诗性与玲珑玻璃心在粗暴之中的毁灭，恰如清代二知道人所言，"香菱为人略卖，狮吼惊心，人悲其遇矣。仆为香菱悲着，尚不在此，独恨无知月老，何竟以吟风弄月之美人，配一目不识丁之傻子耶？"[①]其次，与夏金桂的对比，这对比最典型地体现在两者第八十回的一番对话中，夏金桂先问香菱名字的由来，后谈及菱花、菱角是否有香之语，香菱道："不独菱角花，就连荷叶莲蓬，都是有一股清香的。但他那原不是花香可比，若静日静夜或清早半夜细领略了去，那一股香是比花儿都好闻呢。就连菱角、鸡头、苇叶、芦根得了风露，那一股清香，就令人心神爽快的。"这段话显出香菱对淡淡幽香情有独钟，似乎并没有把所谓的桂花之香放在心上。当然，对香之欣赏，无论淡雅或浓烈，未必是判断人之高雅与庸俗趣味之根据。但是香菱的这段言辞之所以重要，是因为其话语之中凸显出来的对日常事务观察之细腻、敏感之心思与娴静之情态，已经把自己与对淡雅之香的品位一起提升到了一种诗性的智慧与情趣上。于是，其锦心绣口说出的不仅仅是质朴的道理，而是经由对生活的敏锐感知营造出的诗画般的意境，这样，香菱与其话语一样，就有

---

① （清）二知道人：《红楼梦说梦》，冯其庸纂校订定：《八家评批红楼梦》（上），文化艺术出版社，1991，第31页。

了一种诗化的倾向。而与香菱不同的是，夏金桂不仅表现出了对菱角之香的不屑："菱角花谁闻见香来着？若说菱角香了，正经那些香花放在那里？"，且粗暴地剥夺了香菱名字中的"香"字，两人的名字、品性的差异，在这短短几句话的对谈中就见出了天上地下之分别。

可以说，薛蟠、夏金桂这两个人的存在，一方面是为了衬托香菱命运之悲惨，他们的罪恶正是那一层层覆盖在香菱身上的黑暗，气质美如兰、才华馥比仙的香菱，其一生命苦如此，有人说，这是《红楼梦》里最为疼痛的名字。不过另一方面，也正是由于这黑暗无处不在，香菱才会那么渴望入园，进入诗的世界，与诗做伴，试图将自己完全沉浸在诗中，用光洁如玉的诗句，来照亮黑暗的一角，给她惨淡的生活带来稍许亮色。但也正如詹丹所言："她的诗性智慧发展得越充分，她从学诗中得到的快乐越充盈，与她不得不离开大观园后的真实处境相比，其反差就显得越强烈，从乐园跌落进深渊的感觉，也就越沉痛。"①因此，这反倒越能见出诗作为一种纯洁的救赎力量，以及学诗这一短暂时光之于香菱的重要意义。

四、性别领地的被侵犯：当大观园"入画"时

在《红楼梦》中，作者通过在一个家庭内部构建一个有性别的领地——大观园——从而标识出女儿乐境的乌托邦之纯洁与园外浊臭肮脏的男性外部世界的分野。但事实上，大观园的围墙作为一个对性别隔离的象征，不可能是封闭的。浦安迪曾指出，大观园是一个放大了内与外双重领域相互影响的场所，同时更重要的是"对园子的封闭状态与广阔

---

① 詹丹：《从说开去到说进去——谈中学语文教材中的"香菱学诗"》，《红楼梦学刊》2011年第1辑。

的外部世界的清醒认识，构成了整部小说主要的结构方式"①。而围墙的象征作用恰恰提醒了"性别隔离"的徒劳无功。

从第二十三回开始，小说故事的发生场所从宁荣两府转移进大观园，这一转换的意义在于完成了两个过渡：从环境上看，是从家庭成人世界慢慢过渡到少男少女的游戏世界；从境界上看，则是从纷杂的社会关系过渡到了单纯宁静的审美境界。观花赏柳、作诗填词、饮酒斗令、拆字猜枚等审美活动构成了这个诗意世界的主要场景。绘画和笔墨诗词不仅在建构女儿乐境时居功甚伟，也成为这一世界解体的一个重要因素。促使大观园解体的原因很多，在本章的论题下，用画大观园图为例，说明在画图的过程，区隔外部真实与女儿仙境那条界限何以被刺破，而大观园图的最终未完成，又何以在多个层面成为大观园女儿仙境终将陨落的象征。

第四十回，刘姥姥游大观园，感叹于大观园如画一般的景致，于是她的一番闲话引起贾母绘大观园图的兴致，面对刘姥姥"求画"的请求，贾母回答说："你瞧我这个小孙女儿，他就会画，等明儿叫他画一张，如何？"简单的一句话，便将绘图任务交给了惜春。但小说从一开始就提示读者，惜春是难以胜任的，她的为难在她向诗社告假一年，且向宝钗等人的诉说中表露出来："我又不会这工细楼台，又不会画人物，又不好驳回，正为这个为难呢。"虽然宝钗等人给她提供诸多建议，但是这个任务仍令惜春犯难，几番苦思仍难以下笔，入冬后更以"天气寒冷了，胶性皆凝涩不润，画了恐不好看"（第五十回）为由，直至搁置到秋风已起，众芳摇落时仍未成就。

分析大观园图之所以最终未能完成的原因，并非仅仅是因为惜春技能有限，而是说"大观园图"的"未完成"从多个层面上显示了小说家

---

① Andrew H. Plaks: Archetype and Allegory in the "Dream of the Red Chamber", p.190.

对多种意图的经营：

首先，作为太虚幻境的人间倒影，大观园本身就如"画儿"，具有仙境一般的"不真实"性，这本身就决定了其"入画"的困难。

从局外人的视角来看，惜春的困难首先在于"给画儿"画画，因为曹雪芹给出了一个宛若仙境的大观园，其不断地游走在真实与不真实、可感与虚幻之间，本身就很难"入画"。小说中，曹雪芹至少用了三次暗示大观园如"画"的特性。第一次是在贾政、宝玉等人一起游览大观园时，第十七回写到贾政命人关上园门，采取从外而内、从整体全览到内部细观的方式开始游园，因为所采取的方式是"游"，而"游"的目的是贾政所说的"便览"，故而整个游园的展开过程就像是读者欣赏长幅手卷一样。故此张新之在此回评之曰："以下是看园，是看书，双管齐下矣。"[①]经过翠障走进大观园，从羊肠小径进入，就像慢慢打开手卷，入潇湘馆，评稻香村，然后转过山坡，穿花度柳，抚泉依石，过荼蘼架，入木香棚。随着作者的描述，读者跟着手卷移动目光，俯仰观察，将被山水阻隔的空间联系起来，将远景近景尽收眼底，而游园的结束就像是关上了手卷。第二次是刘姥姥进入大观园时，如果说贾政诸人游园，还是象征性地表现出了园如画的特质，那么在小说中将园与画直接联系起来的正是刘姥姥，她对贾母说："我们乡下人，到了年下，都上城来买画儿贴，时常闲了，大家都说，怎么得也到画儿上去逛逛。想着那个画儿也不过是假的，那里有这个真地方呢。谁知我今儿进这园里一瞧，竟比那画儿还强十倍。怎么得有人也照着这个园子画一张，我带了家去，给他们见见，死了也得好处。"实际上，小说家借刘姥姥之口表达的正是中国传统的园林如画、画如园林的共通思想。汉宝德在对中

---

① 冯其庸纂校订定：《八家评批红楼梦》第十七回张新之夹批，文化艺术出版社，1991，第358页。

国园林艺术的研究中,曾将明清园林艺术的高度发展归功于娴熟的绘画技巧之影响与挪用,据他描述在《清史稿》中唯一入选的一位造园家张涟正是以"以山水画法为石工"的能手,"传文描写他造园时的风采,那种胸有成竹、指挥若定的大将之风,完全是一副画家酒后挥毫的景象"①。而郭熙作为一名著名山水画家,在其画论《林泉高致》中所表达的画家通过画作希望创造的也正是一个"可居可游"的想象空间,这些思想显然被曹雪芹所吸收,故而其所创造的纸上园林大观园本身就具有画的特质。②第三次,是在第四十二回薛宝钗论画时,直接点出大观园就像一幅画,而且也是她提醒读者,正是这个图画性使大观园难以转化为真正的画。宝钗说:"这园子却是像画儿一般,山石树木,楼阁房屋,远近疏密,也不多,也不少,恰恰的是这样,你若照样儿往纸上一画,是必不能讨好的。"故而她提议要用"界划"③的方式,而"界划"又讲究透视法,透视法又要求有一个外在的观察的视点,故而她说:"藕丫头虽会画,不过是几笔写意。如今画这园子,非离了肚子里有几幅丘壑的才能成画。"这对惜春来讲,不仅是笔法的问题,更重要的是惜春正处身"画"中,无法走出去形成一个远观的外在视点。于是惜春的悖论就在于:其会画写意,但大观园的亭台楼阁又必须要被"界划"成工笔。但即便其会用工笔,问题又出在,这园子本身虚幻"如画",写实的工笔又如何能将虚构"界划"得清楚?更重要的是园内生活的限制又令她难以置身画外,故而也就无法找到"界划"所必需的直线与角度。

---

① 参见汉宝德:《物象与心境——中国的园林》,生活·读书·新知三联书店,2014,第180页。

② 另外关于大观园的园林艺术与文学和绘画的关系可参见顾平旦、曾保泉:《文学、绘画与园林——曹雪芹笔下的大观园》,《红楼梦学刊》1987年第2辑。

③ 界划,又称界画,是(明)陶宗仪在《辍耕录》里提到的"画家十三科"中的第十科"界画楼台",界画需要用尺引笔,几近写实,见《钦定四库全书》(子部·小说家)。

其次,"大观园图"的性质被定义为"行乐图",于是随着大观园乐园性质的丧失,图的最终未完成就是必然的。关于大观园的乐境属性,元妃省亲之夜,就在众姐妹所作的一匾一咏的题诗中被反复咏赞。女儿们入住大观园之后,再一次以艺术创作试图赞咏并留住大观园仙姿风貌的举动就是贾母提议的画大观园图。惜春的话——"原说只画这园子的,昨儿老太太又说,单画园子成个房样子了,叫连人都画上,就像'行乐'似的才好"——清楚地透出了贾母命惜春绘大观园图,目的是为乐境留影,意在框写大观园最繁盛最欢乐之时的全盛模样的意图。行乐图,本是古代绘画的一种题材,虽也有描绘普通人生活的,但"大多描绘帝王、贵族的奢侈豪华的娱乐场景",汉代画像中的《车马出行图》、唐代张萱笔下的《明皇合乐图》《虢国夫人游春图》等皆属于此类。对贾母而言,及时行乐并在繁华凋零之前印刻存写大观园中所有胜过人间、拟似仙境的人物情境,不仅是其心态的准确表达,同时也是曹雪芹刻意凸显大观园在终将凋谢与试图留影之间的张力。故而当贾母看见"宝琴披着凫靥裘站在山坡上遥等,身后一个丫鬟抱着一瓶红梅",喜笑道:"你们瞧,这山坡配上他这个人品,又是这件衣裳,后头又是这梅花,像个什么?"众人皆以仇十洲的"双艳图"比拟,贾母却认为后者远远不及,当日即命惜春"第一要紧把昨日琴儿和丫头梅花,照模照样,一笔别错,快快添上"(第五十回),再次凸显贾母意图。也由于大观园图意味着对仙境和人间乐园属性的印刻,于是诗社所有成员皆参与协助进行。然而,从元妃到贾母,从大观园题诗到大观园图,她们分别以园主人和守护人的角色令园中诸艳作诗作画,虽然意味着对园中仙境的艺术性定义和重写,而她们浓烈的意兴也意味着其对园中盛景和美好事体的深情眷恋与无比珍爱。但铭记刻画的意图却不同程度地面临现实环境的阻碍,裙钗在面对题诗时或限于才力而"勉强随众塞责",或出于失望胡乱作一首应景;而画图时,惜春的为难,即使有了众金钗的帮助,画作依然终未完成，这些都隐隐透露出桃源仙境即使存在，也刹那即逝，永难维系留存，即便是要通过作诗与作画为其留影也终将不能。

最后，外部建筑图样和笔墨进入图中，宣告着大观园内外界限的混淆，暗示着现实世界对大观园内部的侵入。为了解决惜春的技术难题，宝钗的办法是，找出原先盖这园子的一张细致图样，叫外面的相公矾一块重绢，然后照着那个图样删补着立了稿子，惜春只用在这个稿子上添补人物就行了。这一办法不仅仅是为了规避技术上的难题而采用的艺术上的权宜之计，事实上，也具有较强的可操作性，既解决了惜春不会工笔，难得透视点的缺陷，又提供了工笔的稿子，并且可以发挥惜春写意的特长。但尽管如此，惜春仍然迟迟无法交稿。有论者把惜春画图的艰难喻指曹雪芹自己创作的艰难。比如萧驰认为："小说家把自己的叙述过程比作惜春进行中的绘画。"[①]再比如，清代也有评论家指出："议论画大观园图的一段文字，乃作者自言惨淡经营处也。"[②]此种说法给出了一种解释，但大观园图的未完成，无论是从艺术上还是象征层面上，都应该被认为是作者刻意经营的缘故。艺术上的不能完成在于：如果真要创作出一幅完整的"大观园图"，工笔界画和写意经营其实都必不可少，并且还要具备宝钗所说的三个要点。一要有胸中丘壑，有大立意才会有大境界。二是楼台房舍要用工笔"界划"细描，要写实。三是布景要分主宾，有添有减，有藏有露，安插人物要有疏密有高低。这对创作者要求是很严格的。但宝钗已经提出了解决的方案，如果最终无果，只能认为是曹雪芹延宕了这个结果的到来。从象征层面上来说，尽管宝钗的方案具体可行，但是画图立稿子却必须来自园外相公们的协助，况宝

---

① XIao Chi: *The Chinese Garden as Lyric Enclave: A Generic Study of The Story of the Stone*, Ann Arbor: University of Michigan Press, 2001, p.1.

② （清）曹雪芹、高鹗：《红楼梦》（三家评本），（清）护花主人评，上海古籍出版社，1988，第四十二回后评论，第667页。

钗还建议惜春遇到不知道，或难安插的，叫宝玉带出去问问那些会画的相公。这意味着大观园图作为标志园中女儿美好风姿的行乐图的意境，最终要建立在外部男性画图样的基础上，而此反过来也意味着"经由这些建筑方案，外部世界的结构与刻板的特征得以进入大观园"。而正是通过这种方式"一道重要的保护性界限被打破了，这代表着区隔大观园外面的真实世界与里面非真实世界的围墙被穿透"①。因此，虽然贾母几次催促惜春，但是大观园与大观园图在象征女儿乐境纯洁与隔离上具有的同构性质，决定了其必然要以"未完成"来拒绝外界的侵入。

---

① [澳]李木兰：《清代中国的男性与女性——〈红楼梦〉中的性别》，第30页。

第二章　性别·情礼·秩序
大观园对情礼秩序的演绎

　　作为一部伟构，《红楼梦》描写的是一部清代贵族世家的生活记忆。其生活实况及家族兴衰际遇作为全书刻画的重心，其场面描写之真实细腻、情感之真挚感切、人物之立体丰满、基调之悲喜交融、艺术手法之褒贬兼用，呈现的世家大族世界的真/假、正/邪、黑暗/光明、纯洁/肮脏等等价值观皆是作者倾其全部认知体验与心力情感为我们展现的文化图景。正如前所述，《红楼梦》写的是贵族，也是写给贵族看的。假若没有儒家礼教的制度基础、文化积淀，首先就不会有"公侯富贵之家"这般世家大族的形成累积，小说的创作就失去了生活素材的来源。其次，作者在对小说世界的描写中，其对于贵族家庭所谓的"大家风范""诗书簪缨之族""大族规矩""世家风调""翰墨诗书"之族的礼教规矩等巨细靡遗的描写，无一不凸显出"世家风范"的生活习惯、思想理念、社会期望、家族文化乃至伦理价值观，甚至渗透入人格中形成的贵族意识形态，对于作者人格特质乃至美学修养所产生的巨大影响。可以说，没有这些世代礼法的累积与铺排，也就没有《红楼梦》独特的美学与社会学魅力。再次，更为重要的是，礼法秩序在文本中，不仅仅是作为细节场面的填充物而存在的，某种程度上，伦理秩序的崩塌、性别秩序的混乱也是贾府衰落、大观园陨灭的一个极其内在的关键因素。因此，本章需要清理地不仅是曹雪芹是否反儒家或者反礼教的问题，而且透过文本的种种描写，揭露出儒家、性别与秩序建构的复杂关系。

实际上，当我们把小说文本安放进中国传统文化的巨大背景中时会发现，中国的社会的文化结构秩序之所以如此稳固，形成金观涛所谓的"超稳定结构"①，表面上看乃在于儒、道、佛等多家思想因共生互补带来的在破坏性与稳定性之间的往复循环。但其内在原因或许在于，以儒家建构出来的性别、伦理、等级、宗法等社会秩序的相对稳定，仍是支撑整个中国帝制时期社会文化结构（尽管从2世纪的西汉到19世纪的清代，每个时期的社会结构都不完全相同）稳固的更内在原因。

一、贾府秩序的建构——礼法②的悖论性与情/理的流转

儒家以"仁"为核心建立起来的关于人伦、等级（"三纲五常"）结构的传统话语构成了明清社会的意识形态基础。而礼法和仪式就是建筑这一意识形态的砖石。在董仲舒对"礼"的阐释中，广义的"礼"是指维持宇宙和谐，也即是沟通天人合一的社会政治秩序的行为规范。而狭义的"礼"则主要被规定为人与人之间以"仁"相处的社会行为方式。实际上，在《礼记》的相关记载中，自周公制礼作乐开始，"礼"

---

① 参见金观涛、刘青峰：《兴盛与危机——论中国社会超稳定结构》，法律出版社，2010，第9—14页。

② 本书在论述中，频繁地使用到了礼、理的概念，而在清中期的思想史上，儒家思想的一个重要转变，就是在接续明末清初情欲论述之后，提出了"以礼代理"的思路，并将儒学从其哲学形态（理学）推向社会学形态（礼学）的转型。简单地说，本书的"礼"主要指向实践层面的道德规范，是一种将人各安其位、各得其所进行合理有序安置的人人需要遵守的礼法规范。而"理"主要指高于实践层面，并从中抽象出来，高于个体价值的普遍原则。本文在使用这两个词时，一般皆分开使用，但考虑到《红楼梦》在文本使用上的混淆，以及清中期正处于礼、理之辩的关键期，当时的文献亦出现两个词混淆使用的情况，这给笔者的论述带来了一定的阻碍，因此在两个词不能截然区分时，多采合用，但会加/或者（）进行标注。

在被法典化和经典化的推广过程中，不仅仅是被认为个人内在自我道德纵向完成（修身—齐家—治国—平天下）的必要行为准则，更是建立起包括社会礼仪、宗教祭祀、图腾崇拜等一系列横向的沟通"天—地—人—神"，进而被王朝统治者作为其建立合法化秩序的行为规范。正如有学者曾言："礼概括了作为人类与宇宙相通所必需的方式：一些法则和实践，靠着它们，宇宙和人类世界的相互渗透，由于人类的主动参与而得以维持。"①传统中国是一个宗法伦理秩序组成的社会，"宗法伦理和宗法秩序通过'身份'从价值面贯彻到形式面，举凡教育、仕官、赏罚，把人的生命意义、生活事实和终极审判结合成一气，而'礼'正担当着这个责任"②。

余英时在讨论贾府的礼制文化时也曾言："满族征服中国本土以后，汉化日益加深，逐渐发展出一种满汉混合型的文化。这个混合型文化的最显著的特色之一便是用早已过时的汉族礼法来缘饰流行于满族间的那种等级森严的社会制度。其结果则是使满人的上层社会（包括宗室和八旗贵族）走向高度的礼教化。所以一般地说，八旗世家之遵守礼法实远在同时代的汉族高门之上。曹雪芹便出生在这样一个'诗礼簪缨'的贵族家庭中。"③贾府作为历经百年的世袭侯门，礼法在其中的渗透，不仅广博至官制、丧葬、民俗、避讳、空间方位等礼法体统，也精雕细琢地体现在服饰、姓名、称谓、饮食、起居坐卧等方面的繁复有序。

---

① Zito, Angela: *Of Body and Brush: Grand Sacrifice as Text/Performance in Eighteenth-Century China*, University of Chicago Press, 1997, p.16.
② 张寿安：《十八世纪礼学考证的思想活力：礼教论争与礼秩重省》，北京大学出版社，2005，自序，第1页。
③ [美]余英时：《曹雪芹的反传统思想》，《红楼梦的两个世界》，上海社会科学院出版社，2002，第202页。

（一）礼法对贵族世家阶级地位的建构作用

小说一开始，曹雪芹就通过对宁荣两府宅第的外在形象的雕刻来凸显贾府"赫赫扬扬已将百载"的士族气象。贾府作为世家大族身份地位的象征首先体现在府第①建筑形制的开间数、高低、大小与纹饰图案的选用及繁简差异上。小说中，贾府第一次出现，是在贾雨村的描述中，"街东是宁国府，街西是荣国府，二宅相连，竟将大半条街占了。大门前虽冷落无人，隔着围墙一望，里面厅殿楼阁，也还都峥嵘轩峻；就是后一带花园子里面树木山石，也还都有葱蔚洇润之气"（第二回）。短短如白描的两句话，已经描摹出钟鸣鼎食之家应有的堂皇肃穆、威严阵仗，它们是宁荣二府盛世威望的外显符号象征。而藏附在这外显符号之下的世家威仪以及大家做派，又通过初进荣国府的林黛玉再次获得确认。第三回林黛玉参拜府中长辈的谒见次序，一方面无形中透露出荣国府第二三代子孙的尊卑长幼和其在宗法礼制上的先后位次，另一方面，又暗示他们在贾府中的实际权力、日常地位，而这种地位又清晰具体地透露在各人所居院宇的空间大小、布局结构以及陈设布置中。

比如贾母在礼法秩序上是最高位者，是贾府的精神支柱，亦是贾府位阶最高的老祖宗，故而是黛玉第一个要参拜的对象。但因年迈不管事，在日常实际权力上并不位居最高（虽然贾府日常的运作并不依靠贾母进行，但有时最终的裁断权依然在贾母这里），因此别居荣府西边大

---

① 作为以军功得到爵位的异姓功臣，贾府第一代荣国公、宁国公均是国公等级，贾府之所以称"府"是符合帝制时期对住所的称呼的。《大清会典·工部》记载："凡亲王、郡王、世子、贝勒、贝子、镇国公、辅国公的住所，均称为府。"但其中"亲王、郡王称王府"。贾府并非"亲王、郡王"等级，故只能称"府"，这也能解释，为何看起来贾府亦富贵喧天，但是小说中几度提到他们自称却并非大富大贵极也，贾母破陈腐旧套时，曾自言自家是中等人家，王夫人在拦阻凤姐裁革丫头时亦认为自己没受到大荣华富贵，而自己家的几个姑娘只比别人的丫头略强些。这些描述都不能仅仅看作是自谦之词，亦看作是对贾府地位的如实反映。具体描述可参见欧丽娟：《大观红楼》（综论卷），台大出版中心，2015，第88—90页。

院。此院虽非正经上房,但格局陈设悉皆不凡,"正面五间上房,皆雕梁画栋",弘敞轩阔的格局和华丽精致的排场,宣告出贾母身份的尊贵。"台矶之上,坐上几个穿红着绿的丫头",屋内人数众多的仆婢既暗示贾母养尊处优的身份,亦显示贾母正室依然是内眷们往来聚集、通讯、传报以及裁断示下的中心枢纽。并且,房内丫鬟仆妇虽众多但都"敛声屏气,恭肃严整",也展现出贾母日常生活里严谨异常的规矩礼制。

贾赦、邢夫人是荣府长房,是黛玉第二个要参拜的对象,但在黛玉眼中,身为承袭世爵的贾赦、邢夫人居住的却是从"荣国府中花园隔断过来的"的东院,其"正房厢庑游廊,悉皆小巧别致,不似方才那边轩峻壮丽;且院中随处之树木山石皆在"。小巧的别院是现袭一等将军贾赦所居院落的重要特征,身为长房却另开独门别院居住,规模形制亦缩减为"小巧",且"隔断"之痕迹宛然犹在,暗示出贾赦一房在家族中的不得宠、不掌权的边缘位置,当然也隐隐埋藏着一段尚未被揭开的家庭矛盾和裂痕。①

与贾母同在荣国府的是贾政和王夫人,不同于贾赦、邢夫人花园别院的"小巧别致",贾政、王夫人的上房是直通大门的"正经内室"——荣禧堂,"上面五间大正房,两边厢房鹿顶耳房钻山,四通八达,轩昂壮丽"充分展现出荣国府历将百载的世泽荣光与恢宏气派。符合诺伯舒兹所定义的"宇宙式建筑",因为在他看来,以"'宇宙式'命建筑乃因其明显的一致性和'绝对的'秩序。宇宙式建筑可以被视为是一个整合的逻辑系统"②。以此来看荣禧堂正是礼法秩序和权力政治的枢纽中心,亦是儒家"绝对秩序"的象征。比如直通正门且四通八达的空间位置及整饬的中轴对称性,一方面暗示出荣禧堂在荣国府的权力

---

① 第七十五回,中秋夜宴时,贾赦以"针灸治病"的笑话暗示贾母的偏心。
② [挪]诺伯舒兹:《场所精神——迈向建筑现象学》,第67页。

地位，并对内指向阖府权力汇集的中心，另一方面也象征着此一钟鸣鼎食之家礼仪体统的文化精粹，且对外彰显出公侯之家非凡的尊贵体面。与此同时，从五间大正房连带两边厢房的宏阔对称格局，到荣禧堂御赐牌匾，郡王手书对联，螭龙纹饰、铜鼎金彝，乃至地下桌案交椅的陈设及数量布置，这些代表着显贵、礼度、庄严和富丽的符号，无一不凸显荣国府上房里的世家气象。①

可以说，荣禧堂既是体现贾家历史与荣耀的空间表征，也是宣告并演示礼法尺度的仪式所在，更是昭示身份地位的象征符号。在这个空间中，密集布置的礼仪符号和扑面而来的秩序感，强烈地昭示着自身的存在以及象征的阶层权力，并以抽象严整的礼法系统遮盖活动在其间的个体的自主性与独特性。也即是说，个体处身其中，不仅其性格、精神、意志等情感活动会被隐藏，甚至身份属性亦会被这个空间自身蕴含的秩序规则反向定义乃至强制规范。比如黛玉初进荣禧堂拜见贾政、王夫人，就仔细忖度正房内座位的尊卑次序。王夫人坐在炕上西边下首，见她来了，便往东让，小说中两次描写黛玉度其位次，都便不上炕，只在炕边的椅子上坐了。这段描写，虽旨在体现黛玉大家闺秀的礼仪教养与初至荣府的敏感谨慎，但亦从另一个角度体现出，这种空间的礼仪规范，亦在无形中召唤所有的进入者，变换相应的身份标示，顺从、遵循空间所潜藏和暗示的行为矩度，并践行合宜的仪式举止。这正如建筑理论家巴兰坦所指出的："建筑的内部装饰会对人们的感觉产生影响，使人知道自己在建筑中怎样行事才是适当得体的，并且还能暗示居住者的身份与抱负。"②

另外世家大族谨严有序的礼法规矩同样体现在黛玉在贾母房中用餐

---

① 关于《红楼梦》中屋室陈设所代表的礼法与阶级意识，可参见王毅：《中国古典居室的陈设艺术及其人文精神——从"大观园"中的居室陈设谈起》，《红楼梦学刊》1996年第1辑。

② [英]安德鲁·巴兰坦：《建筑与文化》，第160—161页。

时。小说精心描写了餐前、餐时、餐后的仪式尺度，何人坐、何人布菜伺候，各个小姐固定的座位和制式顺序，以及媳妇丫鬟婆子们如何各司其职，房内人数众多，如何"连一声咳嗽不闻"，这些细节无一不说明贾母房里日常进餐就是一种确认身份关系与礼法秩序的仪式，在站、坐、位次、方向、里外的空间排序、间隔以及距离中，凸显权力关系、宗法秩序。正如儒家意识形态所要求的那样："人类的行为要为宇宙进程带来秩序，而这一进程正是通过礼的正确表演而得以完成的。"①故可以说，在如此富含意义的礼法空间中，老祖母、太太、奶奶、小姐、丫鬟的身份属性要远远高过她们个体的人格情性，即使权重机变如凤姐、受宠率性如黛玉，一入正室，也都需要在孙媳妇、孙女儿的角色限制下，恰如其分地承欢行事。

（二）伦理秩序在家庭日常内部的有序展演

规矩多且严，是贾府作为诗礼簪缨之族的印记，黛玉进贾府前闻得母亲说起"他外祖母家与别家不同"，后来荣府小厮兴儿也不讳言"我们家的规矩又大"，第十三回秦可卿之丧，将贾府丧葬、吊唁之礼描写得巨细靡遗，自不消细说。这里仅举一小例，如第二十四回贾宝玉去探贾赦病时，小说描写宝玉"见了贾赦，不过是偶感了些风寒，先述了贾母的话，然后自己请了安。贾赦先站起来回了贾母话，……邢夫人见了他来，先倒站了起来，请过贾母安，宝玉方请安"，寥寥数语，即将府内日常问安的礼数用心描出。宝玉是奉贾母之命而来，有代贾母探病之意，所以宝玉虽是子侄晚辈，贾赦、邢夫人亦得先以儿子、儿媳身份站起来听宝玉传话并恭恭敬敬回话，之后才是宝玉跪下向贾赦请安。另外，贾母一日三餐均有

---

① Zito, Angel: *Slik and Skin: Significant Boundary.* In Body, Subject and Power, Princeton University Press, p.103.

各房儿孙循礼献菜,作为孙子、孙女的宝玉、四春等可以坐着吃饭,而作为儿媳、孙媳的王夫人、李纨、王熙凤要围绕伺候;其他如祭祖拜神、晨昏定省、家常宴集乃至贺往迎来,事无巨细,贾府上下莫不依照身份严格按角色遵礼行事,确如孔子所要求的那样:"把'礼'所具有的那种属于人性的道德自觉赋予了每个人,并把这种道德自觉作为全部社会生活的基础。"①难怪初至贾府的刘姥姥也忍不住赞叹:"别的罢了,我只爱你们家这行事,怪到说'礼出大家'。"(第四十回)

实际上,在孔子对于礼乐理想的设计中,身份、角色之正名正是维护"礼"和实现"礼"的核心,也即是说,对"礼"的践行,就是通过建构一套"君君、臣臣、父父、子子"的结构系统,使得每一个人在一个处境中适当地扮演某个角色,并通过维护这些角色间的相互责任、义务,进而把君臣、夫妇、父子、长幼以及亲友编织在一个庞大的等级伦理秩序中。因为"在孔子的思想中,表述正统价值观的适当行为同一个与宇宙保持和谐的统治者掌管的秩序良好的稳定社会有关"②,而和谐、秩序和稳定不仅是国家也是一个家族要实现的目标。这种对儒家礼仪的倡导在贾府被一丝不苟地全面实践着,它切实而具体、无往而不在,规范着贾府上下每个人的言行。当家主事的王熙凤虽然在个别场合可以有限度地"放诞无礼",但大多时候仍须毕恭毕敬地"立规矩",不敢有半点错缝儿(第二十九回,七十一回)。宝玉虽得众人宠爱,背后纵他一点子,但其同样没有超越礼法规矩的特权,经过老爷书房门口,即使锁门,也必须下马(第五十二回),口内偶尔叫出丫头的名字也要被林之孝家的教导一番(第六十三回),"凭他有什么刁钻古怪的

---

① 崔大华:《儒学引论》,人民出版社,2001,第29页。
② [美]韩书瑞、[美]罗友枝:《十八世纪中国社会》,陈仲丹译,江苏人民出版社,2009,第90页。

毛病，见了外人，必是要还出正经礼数来的"（第五十六回）。

尽管有太多人从现代意识看来，对历史上这种世家大族的繁冗礼节，往往不屑一顾并斥以"封建"概述之，但钱穆却反对这样不加辨析的简单否定态度，并对这一现象进行批评："今人论此以时代之门第，大都只看出其在政治上之特种优势，与经济上之特种凭借，而未能注意及于当时门第中人之生活实况，及其内心想象。因此所见浅薄，无以抉发此一时代之共同精神所在。"①事实上，对贾府而言，作为统帅上千人口的豪门大族，不仅日常秩序的运作需要礼法秩序的维护支持，更为重要的是，世代诗书之家的门风形成以及家族百年"富贵"之"贵"②的累积更是要通过严谨有序的宗法制度得以绵延。牟宗三在谈论文化传统与贵族社会时，也指出，"我们不能轻视贵族社会，斯宾格勒（Spengler）就知道这个道理，他认为一切能形成一大传统的文化都是贵族社会的文化"，"贵是精神而言，我们必须由此才能了解并说明贵族社会之所以能创造出大的文化传统。周公制礼作乐，礼就是form（形式），人必须有极大的精神力量才能把这个form顶起来而守礼、实践礼"③。这段阐述，清晰地表明富贵之家的精神文化实在与严谨有序的儒家礼教息息相关、互为支撑。一方面，宗法礼教的形式为一切大文化传统的承继和传递奠定了血脉根基，另一方面，文化传统的精神之"贵"又通过振拔的生命将宗族礼法世代延续。另外，钱穆在考察南北

---

① 钱穆：《略论魏晋南北朝学术文化与当时门第之关系》，《中国学术思想史论丛》（三），东大图书有限公司，1977，第155页。

② 牟宗三曾指出贵族世家中，"贵"与"富"是两个范畴的概念，"贵族在道德、智慧都有它所以为贵的地方，……'贵'是属于精神的，'富'是属于物质的"。参见牟宗三：《中国哲学十九讲：中国哲学之简述及其所涵蕴之问题》，第八讲"法家之兴起及其事业"，台湾学生书局，1983，第130页。

③ 牟宗三：《中国哲学十九讲：中国哲学之简述及其所涵蕴之问题》，第八讲"法家之兴起及其事业"，第127—130页。

六朝士族文化时，也指出："当时门第在家庭中所奉行率守之礼法，此则纯是儒家传统。可谓礼法实与门第相始终，唯有礼法乃始有门第，若礼法破败，则门第亦终难保。"①陈寅恪亦说："所谓士族者，其初并不专用其先代高官厚禄为其唯一之表征，而实以家学及礼法等标异于其他诸姓。"②比如"魏孝文以来，文化之正统仍在山东，遥与江左南朝为衣冠礼乐所萃"③。也即是说，文化正统之所以能够在北方保存，实与北方的一批世家大族如博陵崔氏、清河崔氏、范阳卢氏、弘农杨氏等以儒学礼法传家息息相关。

由是知之，作为文明礼仪规范性表达的儒家礼法，对于一个贵族世家来讲，并非仅仅为封建糟粕，更不能简单地引出尤氏那句"我们家下大小的人，只会讲外面、假礼假体面，究竟做出来的事都够使的了"，借以指责封建礼教的虚伪及吃人性质。其实这里需要澄清的是，以"礼教吃人"来否定儒家宗法制度，是一种时代误解，这里面忽视了儒学礼法本身在历史现实中的错综复杂且充满歧义的多重面向，同时也忽视了世俗时间（比如宋以后程朱理学）对儒礼精华的腐蚀和扭曲。况且在《红楼梦》的文本叙述中，伦理、宗法、礼数不是一种孤立的空洞说教或者理念，而是存在于作者对贾府"礼"的生活、运作方式的一种充满感情的文化叙述中，以及作者意识到的礼法秩序对于绵延家族何等重要的自我意识中。

（三）礼的双重性与《红楼梦》的难题

也许受制于"五四"以来，现实主义社会学的批判解读模式，很

---

① 钱穆：《略论魏晋南北朝学术文化与当时门第之关系》，第176页。
② 陈寅恪：《唐代政治史述论稿》，上海古籍出版社，1982，第72页。
③ 陈寅恪：《隋唐制度渊源略论稿》，中华书局，1983，第43页。

多论述都认为曹雪芹是反礼教的,《红楼梦》中对礼仪制度的描写应持一种反讽的态度去对待。这一对儒学之复杂构成不加辨析的解读模式,一直到20世纪80年代之后才有所改观。人们逐渐认识到儒学在《红楼梦》中表现的多重性,以及《红楼梦》本身对待儒学的复杂态度。迄今,很多研究都已经注意到这个问题,并通过将儒学的多重面向进行分解[1],详细厘析曹雪芹在各个面向上的褒贬之态。[2]事实上,不仅《红楼梦》,在很多清代的章回小说以及短篇小说中,都能看到对儒家价值观的矛盾心态:一边是不遗余力地戏仿、嘲讽冲动,一边却是对儒家道德规范和伦理秩序的重建渴望。而在《红楼梦》中亦能看到对儒家礼法秩序的种种相悖心态。因为小说在描写伦理孝悌的一些片段中,明显地"既重申了儒家基本德行的价值,也质疑了它们作为抽象理念呈现在具体的社会实践中的结果"[3]。比如,小说中主要的男性文人贾赦、贾政、贾珍、贾琏、贾蓉等,他们一方面在家中是孝子,都能较为严格地遵守伦理礼法的规定,但另一方面,他们对礼法的表面尊重却导致在社会实践领域中更深的道德威望的沦丧、个体人格的矮化、官场的腐败以及他们个人在社会、政治、家庭生活中的言行不一、名实不符和表里分离。

当然不只是《红楼梦》,在18世纪的儒家礼仪主义话语中,其实都存在这个令人瞩目的悖论。一方面文人们将社会道德危机归罪于儒家礼仪

---

[1] 可参见冯震翔:《论贾宝玉的儒家真面孔》,《红楼梦学刊》2011年第2辑;刘清平:《曹雪芹哲理心态结构的文化学辨正》,《红楼梦学刊》1992年第4辑;饶道庆:《〈红楼梦〉的"怨弃"情绪与"被弃"原型》,《文艺研究》2003年第2期。

[2] 关于18世纪儒学的内部分野、儒学在整个文化体系上遭遇的困境,以及曹雪芹如何应对这一困境的问题,可参见笔者2018年博士论文《身份·性别·叙事——文化诗学视域中的〈红楼梦〉研究》第三章,这里仅简单概述之。

[3] Anderson, Marston:'The Scorpion in the Scholar's Cap: Ritual, Memory, and Desire in Rulin waishi. In Huter et al., *Culture and State in chinese Histroy* (q.v.), p.275.

秩序的混乱和颠倒，因为礼是儒家社会的基本行为规范，涵盖了政治、家族、个人等诸多方面，而仪式既构成了礼的重要部分，又是它的象征体系的具体呈现，另一方面，他们又坚持认为唯一的解决方法只存在于儒家礼仪之中。但是吊诡的是，这些礼仪主义者如何将他们构想的有效的儒家礼仪实践与那个危机四伏的礼仪秩序区分开来（假如这两种礼确实有所不同）？这里实际上正是作者借尤氏之口，说出的那句讽刺宁府（不只是宁府）只讲"假礼、假体面"的意味深长之处。在曹雪芹的笔下，这些相悖的现象同时共存于小说中，礼法作为贵族文化的传承载体，其对维护社会秩序和谐稳定固然必不可少，"因为礼仪体现了衡量世界和历史的价值规范和意义"①。但是因为"礼"本身的双重性——它既是道德的、高尚的、象征的，但又是世俗的、工具性的、功利的，因此对它的构想倡导与最终在实践领域中的落实往往会表里不一。"儒家的礼仪世界是一种理想的规范秩序，在这一秩序中，社会地位与等级被理解为人与人之间互相的责任关系与道德义务，并且最终与宇宙的自然秩序相一致。但是，这样一个神圣的、'自然的'规范秩序，同时也形成了政治关系和现存秩序的基础，它的运作与社会交换、协商及权利操纵紧密相连。"②正是由于这种二重性，常常使得"饥寒愁怨，饮食男女，常情隐曲之感"③，在礼的约束下，不能自由地表达欲望，而这种拥有道德合法性的礼也常常由于生活中人的逃避和利用，而带上了浓重的虚伪性、表演性和功利性。结果导致的是，一方面"君子无完行者"，而小人"依然行其贪邪"，另一方面也成为"尊者以礼责卑、长

---

① [美]商伟：《礼与十八世纪的文化转折——〈儒林外史〉研究》，严蓓雯译，生活·读书·新知三联书店，2012，第217页。
② [美]商伟：《礼与十八世纪的文化转折——〈儒林外史〉研究》，第17页。
③ （清）戴震：《孟子字义疏证》卷下，《戴震全书》第六册，黄山书社，1995，第217页。

者以礼责幼,贵者以礼责贱"①的理由,也即是权力的拥有者、位阶较高者可以拥有"以礼杀人"的权力。

比如,小说中贾赦逼迫儿子贾琏抢夺石呆子的古扇,贾琏没能完成父命,不仅被贾赦"天天骂没能为",最后因为贾琏反驳贾雨村害人坑家败业的手段,又被贾赦指谓不孝,拿话堵人,遭受贾赦一顿狠打(第四十八回)。在此之前,贾赦因为讨鸳鸯无果,害得贾琏跟着填陷,不过抱怨一句,邢夫人亦拿着家法教训他,"我把你没孝心雷打的下流种子!人家还替老子死呢,白说了几句,你就抱怨了。你还不好好的呢,这几日生气,仔细他捶你"(第四十七回)。在这里,家法既是父慈子孝的秩序象征,但又为身份地位之间的无理由压榨提供合法性理由。同时,小说中,凤姐在贾母面前的各种承欢机变乃至效"斑衣戏彩"的孝行,虽说不乏出自真心的孝敬,但也未尝没有讨巧为自己谋利益(比如稳固自己当家的权力、跟鸳鸯借当等利益)的原因。也即是说履行礼仪义务本身既可以是出自伦理道德的需要,但也同样可能是为利益所驱使。其实,"任何一个在礼仪的名下所展开的实践活动是否真正符合自然、神圣的道德理念,很大程度上取决于谁来看待这一行为,以及怎样对它做出解释"②。在这个问题的解决上,曹雪芹显然矛盾得多,因为礼仪秩序不仅是贾府赖以生存的基本规范,是世家大族优美门风、贵族文化传承的必要保障,必须爱之亲之且维护之。但是礼在实践中的功利性却大大地降低甚至违背了礼的道德内涵,礼的虚假性、表演性、伪饰性亦被作者不客气地一一深度厚描。从这个意义上看,《红楼梦》比当时的理论话语更形象地告诉我们儒学论述的困境和礼仪主义者的挣扎。也正是在这个意义上,我们不应该仅仅将小说视为文学诠释的对象或思

---

① (清)戴震:《孟子字义疏证》,第161页。
② [美]商伟:《礼与十八世纪的文化转折——〈儒林外史〉研究》,第17页。

想史、社会史的参照材料，因为归根结底，小说本身即是一种"社会性的象征行为"，而这也是本书倡导的文本与历史互文的基本立场。

尽管《红楼梦》没有如《儒林外史》一样将展现"礼"的双重性矛盾作为写作的重点，但是曹雪芹显然亦注意到这个在18世纪异常凸显的话题，①并提供了不同于《儒林外史》的解决办法②——礼与情的相互流转。《礼记》曾言制礼之本有三，"夫礼，承天之道以治人之情"③表明"缘情制礼"是儒家礼制的基础。很多学者都认为宝玉是反礼的叛逆之人，《红楼梦》为礼教的叛逆之书。但是透过文本，能看出曹雪芹反对的并非家族礼仪之礼，而是程朱标榜的无情之理或虚伪僵化之伪礼。比如贾珍、贾蓉在贾敬丧礼时"为礼法所拘，不免在灵前籍草枕块，恨苦居丧。人散后，仍乘空寻他小姨子们厮混"（第六十四回）的表里不一或许才是曹雪芹最不耻之事。如众所知，程朱理学发展至明清，因为对情欲的过分压抑已经充分动摇了其作为士人价值观的基础，其与经验世界的背离使得清初的思想家"试图用另一种约定俗成的道德共识和形诸仪节的规则来替代它，于是有'以礼代理'的思路"④。比如戴震的新义理学，其建立的根基是对程朱理学的批判，但这种批判恰恰是从礼义中寻找立论根据的。戴震的私淑弟子凌廷堪，因提出凡"理"皆虚、唯"礼"最实，"以礼代理"而被称为"一代礼宗"，而此"以礼代理"思想又经焦循、阮元等人的推

---

① 张寿安在他的《十八世纪礼学考证的思想活力：礼教论争与礼秩重省》一书中，开篇即指出，"礼学成为18世纪已降儒学思想的主轴"。商伟在他的《礼与十八世纪的文化转折——〈儒林外史〉研究》中亦指出，儒家礼仪主义在清代初期和中期开始主宰思想界和知识界。

② 关于《儒林外史》对儒林群像的批判、反讽乃至重建儒家礼仪秩序的复杂想象以及对儒家礼仪双重性的矛盾的展示和解决途径，可参见[美]商伟：《礼与十八世纪的文化转折——〈儒林外史〉研究》，第217页。

③ 《十三经注疏》整理委员会整理：《礼记正义》（十三经注疏），第773页。

④ 葛兆光：《中国思想史》（第二卷），复旦大学出版社，2001，第443页。

展,在学界终成披靡之势,影响所及直至晚清的曾国藩诸人。这里撇开礼与理的具体区分①,在清代朴学"以礼代理"的礼仪主义思潮下,《红楼梦》对礼的态度显然与这一思潮关系密切,小说不仅呈现明显的尊礼攘理的倾向,且流出强烈的情礼交融态度以及对情礼兼备的理想性想象。关于《红楼梦》具体的情礼兼备的想象倾向在以下的章节中会分别阐述,这里不再赘述。

二、皇权与省亲别墅——大观园的多重面孔

大观园是元妃省亲的结果,因此其性质、规模、结构、布局及陈设配置无不首先带有世家贵族颂圣的政治意味,故而既区别于一般私家营建的宅园别墅,又不同于文人园林休闲自得、吟咏自适的自由天地。从贾琏谈论元妃省亲的根由,到贾府对建园之事的重视,从不惜巨资营建,讲究排场规模到隐隐地与当年甄家接驾的仪仗相类比,建成后的大观园果然琳宫绰约,桂殿巍峨,说不尽的太平气象、富贵风流,以至于元妃一进园也不由得感慨"奢华过费"。这些符号无一不凸显出大观园以"皇家行宫"的政治意涵。而之所以赐名"大观"②,体现的也正是

---

① 《红楼梦》中对礼和理的区分,并不绝对,这体现在一方面文本中呈现出两者的不同,比如。庚辰本第三十八回脂批说:"近之暴发专讲理法,竟不知礼法",可见当时人也是将理、礼区分对待的,但同时,小说中又存在大量理、礼混用之态,不过这种混用恰好也体现了清初儒学在情、礼、理之间不断交锋辩论的现实背景。不过具体的礼与理的区分,可参见伍大福:《"越理"与"越礼"之辩——兼谈〈红楼梦〉尊礼攘理的思想倾向》,《红楼梦学刊》2014年第2辑。

② "大观"一词出于《周易》:"大观在上,顺而巽,中正以观天下。观,盥而不荐,有孚颙若,下观而化也。观天之神道,而四时不忒,圣人以神道设教,而天下服矣。"《十三经注疏》整理委员会整理:《周易正义》(十三经注疏),第114—115页。有学者认为大观包含人间之王道与天地间之神道两个意义。周易所谓的大观在上,乃是神道显现并应用于现实之中的王道。

一种"包涵君臣之道在内的儒家伦理价值观"[①]。有学者从社会政治制度与家庭结构层面透析，指出大观园作为女儿国的聚集完成，实质上是遵循君臣之道，在元妃的旨意及贾母的怜护下，通过"封建君主制度和家长制度两方面的权威"[②]合力作用的结果。确实，在这个充满物质荣华与政治秩序的空间，先后凭借元妃之"皇权"与贾母之"母权"，众金钗才得以迁入园内，拉开大观园的诗意生活，并开始实践曹雪芹对女儿乐园的净土想象。

（一）大观园的政治结构与秩序

大观园虽只是一处园子，但从一开始就包裹了不同的力量关系。关华山曾指出大观园的复杂层次在于：它既要彰显出省亲别墅及太虚幻境富丽堂皇之"大"，又要凸显作为宝玉和裙钗诗意生活意趣天成的闺阁园林之"小"，于是，虚实掩映、公私空间交融，作为"私园的'小'与行宫园囿的'大'便一并出现于大观园中"[③]。可以说，一方面，作为皇恩浩荡的产物，元妃行宫的功能、规模、仪仗、定位、气派决定了大观园的政治意涵，另一方面，大观园作为世家花园尤其是女儿的乐园，无疑又接续起中国文人园林的传统，蕴含着花园空间特有的自由诗性与任性洒脱的闲情逸致，成为暂时脱逸于政治秩序之外的"清幽灵境之地"。但与此同时，大观园又建造在宁荣二府之内，无论是空间位置

---

① 欧丽娟在上述的意义之外，亦认为"大观"是指权利与道德的完美结合，位居中正的明圣君王顺应自然之理以教化人民，实践了大中至正的王道而达到"天下服矣"的太平境界。欧丽娟：《大观红楼》（母神卷），第415页。

② 参见舒芜：《〈红楼梦〉故事环境的安排》，《红楼说梦》（插图本），人民文学出版社，2004，第388页。另有学者认为大观园女儿国的出现源自中国传统社会名位与孝悌观念之下的"缝隙"，是在父权制的空隙下偶然出现的，不得复制。参见李艳梅：《从中国父权制看〈红楼梦〉中的大观园意义》，《红楼梦学刊》1996年第2辑。

③ 关华山：《〈红楼梦〉中的建筑研究》，境与象出版社，1984，第215页。

的包裹还是建园之基的选择，亦暗示出大观园与两府共生共存的密切关系。如是可见，"钟鸣鼎食之家、诗书簪缨之族"既是宁荣二府的社会角色定位，亦是大观园赖以生存的背景基调。因此，作为乐园的大观园，固然有闲适、娱乐、任情的一面，但世家大族的身份定位亦时时提醒着大观园应有的礼法规矩与伦理秩序。

对贾府而言，大观园不只是叙天伦、抒至情的情感空间，更是贾家氏族熏沐天恩祖德，形成如"烈火烹油、鲜花着锦"般繁盛荣华的碑记。元妃归省的过程见证了大观园如何成为顾恩思义的象征与国朝旷典的圭尺。书中描述，归省之日，先有大批太监预先入园探勘，划定"何处更衣、何处燕坐、何处受礼、何处开宴、何处退席"，又有关防太监"各处关防，挡围幪；指示贾宅人员何处退、何处跪、何处进膳、何处启事，种种仪注不一"（第十八回）。等到元妃亲临行宫正殿，礼仪太监又依序带领贾府男众"等于月台下排班"，女眷"自东阶升月台上排班"——躬行国礼。应该说，用皇家的礼仪典制划分大观园的空间，并根据性别身份定义出各处所的区域功能，然后召集阖府上下践行一场体仁沐德的隆盛仪式，借以宣示对皇恩浩荡的由衷感佩，彰显贾府历经百载的富贵气派，正是大观园营建的首要意义与正式用途。园中亭台楼阁、山水花木围绕簇拥着的类似中央宫室的平面布局，彰显的是皇家园林的规模法度。元妃省亲时的盛大仪仗及众人朝圣的跪拜仪式，则是大观园作为皇家行宫属性的标记。与此同时，元妃——接见家中姐妹（大观园未来的主人），巡幸大观园，并亲搦湘管，逐一为园中景致赐名，将宝玉的"天仙宝境"换作"省亲别墅"，并赐园芳名"大观园"，将大观楼正殿主匾题为"顾恩思义"，并书下"天地启宏慈，赤子苍头同感戴；古今垂旷典，九州万国被恩荣"的对联，均意味着元春以皇妃兼园主人的身份对大观园意义的框定——"君父仁恩中诞生的皇妃行宫"。其中铭刻天恩、彰表慈孝、昭示祖德的意图——展露。大观园也因此与天恩、祖德、世泽密切相连，以清晰的政治定位昭告、暗示贾府接下来的地位和运数。

如果说"省亲"从本质上讲是践行君臣之道,那么"省亲别墅"就首先是一种"王道"的体现。欧丽娟曾在论述大观园的擎建与意义时指出,大观园的本质就是一座缩小的皇城,这个本质"尤其特别体现在'居中的正殿'与'南北的中央大道'这两个规划上,构成了大观园最主要的空间骨干与存在性质"①。确实,从大观园的空间布局来看,作为大观园主景的牌坊和正殿,"崇阁巍峨、琳宫合抱"的外观,左右分别由飞楼缀锦阁、斜楼含芳阁围护,正面有大路直通园门,周边为各处大小屋宇院落、山水景致团团簇拥,无论是规模上还是形制的等级上,都显现出大观楼正殿是统摄园中万千景象。大观世界的主要建筑,且以行宫的规格用作参拜、宴饮等盛大朝会的仪式空间。此外这一正殿也如脂砚斋所提示,"想来此殿在园之正中"(见庚辰本第十七回夹批),"中"在中国,无论是地理空间的象征上,还是礼制法度的参照上,都具有重要意义。《孟子·尽心上》有云"中天下而立,定四海之民",《荀子·大略》中也说"欲近四旁,莫如中央,故王者必居天下之中,礼也"②,更是从礼制上"象征王者执中统领四方的枢纽意义与统御天下的权力"。大观园正殿"承载了如此严肃的方位象征,是'至中'以统御四方的皇权体现,因此是大观园各方据以辨识方位的中位所在,为全园区的轴心"③。

在富丽巍峨、象征政治中枢的正殿之外,大观楼、嘉荫堂、榆荫堂等几处"大地方"④,作为大观园里的另几处重要建筑,也各自以建筑

---

① 欧丽娟:《大观红楼》(母神卷),第416页。
② 《荀子·大略四二十七》,李涤生集释:《荀子集释》,台湾学生书局,1988,第599页。
③ 欧丽娟:《大观红楼》(母神卷),第417页。
④ 第七十一回,贾母作八十大寿,"大观园中收拾出缀锦阁并嘉荫堂等几处大地方来作退居",宾客到来,"先请入大观园内嘉荫堂,茶毕更衣,方出至荣庆堂上拜寿入席"。可见缀锦阁、嘉荫堂皆是大观园中的"大地方"。

语言和命名取义指向礼仪与恩典，比如"榆荫堂"可谐音"余荫堂"，与"嘉荫堂"相呼应，暗示大观园受到天恩祖德的荫蔽，其中所透露出来的礼制思维及入世精神，亦是"大观"意义中不可或缺的一面。另外，由于正殿坐北朝南，接通正殿的就是一条"平坦宽阔大路，豁然大门前见"，脂砚斋在此之前即点出："想其通路大道，自是堂堂冠冕气象，无庸细写者也。后于省亲之时，已得知矣。"（庚辰本第十七回夹批）直通大门且"堂堂冠冕气象"的空间位置，既是大观园皇家礼仪体统的精粹体现，亦是"皇权与中轴线结合，形成最高权力的几何空间形象，即所谓'唯我独尊'"①的象征。

（二）皇家行宫与女儿乐园的相互流转

但大观园作为皇家行宫的身份定位，与之后作为女儿国的乐园属性并非相互对立，而是处处体现出大观园在"礼"与"情"之间的相互流转。实际上，元妃省亲的事件本身即首先标示出皇权与人情的彼此映衬与相互缠绕，如第十六回，贾琏道出省亲的目的是"庶可略尽骨肉私情，天伦中之至性"。而省亲别墅的建造，更是太上皇、皇太后"深赞当今至孝纯仁、体天格物"，为了遂椒房天伦私情之愿，"大开方便之恩"的具体体现，也意味着个体家族的慈孝真情对国朝礼制定律的有限突破。当然这种突破是有限的，必须体现出情不违礼、礼又顾情的弹性包容空间。比如元妃至家后，烦琐的退避礼节、秩序井然的参见次序，贾母、贾政等人亦须以国礼下跪请安等皇权礼仪等，又频频抵消着省亲中皇权礼制下天伦至情的表达。

其次，元妃对大观园的命名亦体现出情礼兼备的和谐统一，前面述过大观园之正殿及匾额联对皆是崇德颂圣的应制话语，体现出对皇权天恩

---

① 唐晓峰：《从混沌到秩序：中国上古地理思想史述论》，中华书局，2010，第95页。

的感佩。但另一方面在大观园其他的房舍命名中，作为至情化身的宝玉初拟匾额联对时，不仅有"况此处虽云省亲驻跸别墅，亦当入应制之例"的尊礼自觉，更是处处按照"行幸之处，必须颂圣方可"的基本原则，将园中景致一一命名。但有意味的是，作为皇权礼制象征的元妃却将宝玉的"有凤来仪""杏帘在望""蘅芷清芬""红香绿玉"等应制之作一一赐名为"潇湘馆""浣葛山庄""蘅芜苑""怡红院"。改后的命名显然较宝玉初拟的更符合未来院落主人的精神特质、审美情调与性格内涵，故可称为各院落主人灵魂的延伸（其中凡黛玉所拟之名，一字不改都用了）。可见出，在命名中，宝玉与元妃均体现出其身份与命名话语之间的"情""礼"互动。与此同时，在对众姐妹匾额题诗的鉴赏中，亦体现出对薛宝钗、林黛玉情礼兼备之诗作的赞赏："终是薛林二妹之作与众不同"。而黛玉替宝玉作的"杏帘在望"一首更被评为冠者，并因此将"浣葛山庄"再次更名为"稻香村"。而元妃对唱戏之龄官（龄官是黛玉的又一分身）的特殊欣赏与纵容（龄官违命不作《游园》《惊梦》）亦再次表明元妃具有一种包容兼备不同审美、情性的宽阔胸怀。

最后，元妃诏令诸艳进入大观园居住，亦使大观园得以从象征贾府繁华、标志宫廷礼制的皇妃行宫，转变成宛如世外桃源又纵情自由的闺阁仙境。元妃之所以喻令"命宝钗等只管在园中居住，不可禁约封锁"，原因不纯然是因为这几个能诗会赋的姐妹进去，可不使"佳人落魄、花柳无颜"，更复杂的或许也是一种补偿性的替代心理：少女们在大观园中居住，可以让元春自己幽禁于宫中饱受压抑的自由性灵，得以因转嫁心理机制而间接地在她们身上获得补偿性的满足。因此，在皇命天恩的象征中，由元妃銮驾亲临开场，在铺演成的"香烟缭绕、花彩缤纷，处处灯光相映，时时细乐声喧"的太平景象与富贵风流中，一一接待未来园中主人，又几乎可视作元妃亲自宣告的女儿国成立典礼。夏志清曾认为："当然这个院子是为元春所盖，但奉元春之命这大观园成了贾府的孩子们的住宅，她要他们能享受她在宫闱中被夺去的那种友情和温暖。因此大观园可以象征地被看作受惊恐的少年少女们的天堂。"①可以说，元妃是用皇权把她"十三岁以后失去的自由、温情加倍地转移给家中的其他少女，让她们能够获得比一般情况下更多的自由欢乐"，因此，"对元春而言，大观园的意义不仅是一种'感性家园'，一处亲人楼居相守、凝结着温暖回忆的具体所在；还更是一种'精神家园'，亦即出于'对沉沦的抗拒，对自由的诉求'，而欲引领自我回归本体时，所找到的一个绝对的存在之域，其中实蕴含着一份对存在的诗意化沉思"②。

元妃的谕旨，使大观园成为坐落于山水间的闺阁群落，而被点名赐住的特权以及世家大族闺阁礼制的双重保护，又使大观园较一般世家花园更为隐秘亦更为洁净。虽然在后来的女儿国度里，元春渐渐隐入深宫，大观园省亲别墅的性质亦渐渐隐没，大观楼正殿亦基本"缺席"，仅仅在第四十一回，刘姥姥将"省亲别墅"正殿误认为"玉皇宝殿"时，大观园才再一次凸显出皇家行宫的象征意义。但元妃促成园子之出现，并开启大观园之生机，使之渐渐成为一派花繁叶茂、生机融融的女儿世界，却无疑符合皇权王道德育合一的精神以及如母神般造作化育万物而不占有的至德至情。

由上可知，大观园因游人、屋主各自的阶级身份定位与迥异的游园体验，将大观园空间折射出不同的镜像意涵。但是，大观园的多重意味与复杂功能之间呈现出的是重合共存，而不是彼此删盖与排斥。省亲之前，宝玉已经常在园中戏耍解闷，园子作为怡情养性、休闲娱乐的质性初步显露。之后贾政引众清客入园题对额时，更是以赏鉴园林艺术的眼

---

① [美]夏志清：《〈红楼梦〉里的爱与怜悯》，胡文彬、周雷编：《海外红学论集》，上海古籍出版社，1982，第130页。
② 欧丽娟：《贾元春：大观天下的家国母神》，《大观红楼》（母神卷），第433页。

光，依次对园中各处院落景致的精妙之处做出品评，其标准乃是大观园异趣横生、搜神夺巧的审美意蕴，并由此勾连出文化与文学传统脉络中历代文人对闲情惬意、超脱凡俗的归园田居生活的想象。因此，初见潇湘馆之清幽静雅，贾政即感叹"若能月夜坐此窗下读书，不枉虚生一世"；见稻香村的田家乡野气象则曰"未免勾起我归农之意"；游至蘅芜苑，更觉清雅不同，随即叹道"此轩中煮茶操琴，亦不必再焚名香矣"（第十七回）。无论是月夜读书之静幽、竹篱茅舍自躬耕的恬淡，还是雅室煮茶操琴的意趣，皆是以对"私"生活的品质经营，对生命情性的陶冶熏沐，折射出对精神价值与生命境界的追求，从而呈现出与"公"领域中仕途经济等功名道路相悖的人生取向。因此可以说，贾政等游园拟题匾额之事，固然首先是颂圣，但游赏过程却隐微地透露出颂圣与归隐、富贵与自然、仕途经济与闲适自得之间的交锋争辩，揭示出大观园的空间定位与品质属性并非仅仅是皇家威仪的体现，更是与中国文人园林传统的血脉承接相连，而此也是之后诸裙钗之所以适宜入园居住的原因。

三、母权与女儿乐园——女性领地的礼法秩序

且不说荣宁两府的日常运作依赖于宗族礼法的支持，大观园所谓的女儿乐园，亦不能脱离等级秩序成为一处完全自由的"桃花源"。荣国府从上至下"有几百女孩子"，虽未全入园，但各房按照丫头配备的定例，再加上服侍、打扫、看园的婆子们，"园里的人多"却是一个显见的事实。园中庞大的人口与相应而生的规矩制度，使大观园衍生出不同于园外的管理体制，也即女性世界自成秩序的管理模式。

（一）母亲—妇人—女儿的内在结构

大观园虽是女儿的乐园，但作为太虚幻境的影子，很多学者亦承认

大观园同时是一处具有超越象征意义甚至宗教神话意义的"母性"世界。①"《红楼梦》中警幻及其掌理的太虚幻境，与宝玉诸美共居的大观园，都是尊重女性的，其中传承了原始社会对大地母神的崇敬。"因此，"大观园在看似沿着人世时间往前流动，展演出层叠错综的红尘世情，应该一直潜藏着对宇宙母亲的认同依恋，成为众生在此最深层的回顾凝望"②。确实《红楼梦》拥有石头"下凡—历劫—回归"的神话故事，并由此生成一个"神界—俗界—神界"的循环结构。③其中神界时空频频与现世人间平行出现，在隐微的同质关系中不时地提示着大观园与神界的渊源关系，并进而构成贾宝玉在世历劫的温柔乡。因此，梅新林亦认为在大荒山与太虚幻境所共同构成的神界时空里，不仅女娲④与警幻仙子⑤具有大母神的意义，大观园作为太虚幻境的人间投影，虽由元妃开启，却主要是由神界母神的俗世变形——贾母——以"孤雌纯坤"的"俗界原生母体"属性，接续扮演女儿们的保护人。

大观园的母性特质，除了体现在象征意义上母神对女儿们的爱惜，保护她们的园中生活能够尽量任情自然之外，女儿世界想要运转不辍，亦必须建立相应的规矩机制，而此机制的正常运作亦需要一群"母亲"的保护，并以"母""女"的关系网络在花园里进行女儿国的实验。

---

① 比如梅新林曾指出，大观园作为游仙模式中天上仙宫的变形，其具有纯阴性、超凡性与原始母性的特点。而"凡男贾宝玉的上游太虚幻境，下居大观园，既是一种阴阳交合，同时也是一种母体复归。"参见梅新林：《红楼梦的哲学精神》，华东师范大学出版社，2007，第196—197页。
② 赖芳伶：《〈红楼梦〉"大观园"的隐喻与实现》，《东华汉学》2014年第19期。
③ 参见梅新林：《红楼梦的哲学精神》，第16—19页。
④ 女娲抟土造人与炼石补天两个神话故事，皆表现出其在创世救世、利物济人的事功中展现母神化育万物的母神意识。
⑤ 警幻仙子司掌女儿命运及警幻觉迷两种任务，在以情悟道与规引入正之间，成为女娲在仙界的置换变形。

有论者指出，大观园的女儿"或是失父的孤儿，或是父亲因宦游而缺席，处于'无父'的状态，进入花园更意味着进一步松脱与父权社会的密切关系"①。另外，园中女儿不仅"无父"，而且"无夫"，她们虽不都是闺中少女，却总是在孀居抑或丈夫暂时缺席的状态下进入园中。比如李纨、香菱、尤二姐，这种"无父""无夫"的状态使得大观园中母性空间的意涵更为显豁。元春的"母亲"角色，首先是来自近乎"国母"的政治权力位置，其次则来自和宝玉"名分虽系姐弟"但"情状有如母子"的关系。虽然元春在归省之后迅速淡出，但她园主人的身份和类似"母亲"的功能角色却传递流转在以贾母为首的众多成年女性之间，她们以"母亲"的身份持续擎盖和荫庇大观园，因此由"母""妇""女"的身份关系所组成的闺阁世界，既是大观园这处女儿国能存在于贾府中的现实架构，亦是容易被外界承认和辨识的伦理体系。

大观园中"妇"的角色，主要由李纨担任，其因"寡妇失业"的状态兼长嫂的身份，携贾兰在园中居住。而李纨所担负的教养、照顾众姐妹，以及料理园中诸事的职责，则体现出"以嫂代母"的意味。而照料大观园的另一位母亲——薛姨妈，则是在贾母、王夫人出城送殡的非常时期，被特别托付承担"母亲"职责的，且因为贾母"千叮咛万嘱咐托他照管林黛玉，薛姨妈素习也最怜爱他的，今既巧遇这事，便挪至潇湘馆来和黛玉同房，一应药饵饮食十分经心。黛玉感激不尽，以后便亦如宝钗之呼，连宝钗前亦直以姐姐呼之，宝琴前直以妹妹呼之，俨似同胞共出，较诸人更似亲切"（第五十八回）。薛姨妈在对"母亲"角色的扮演中，亦通过母亲般的慈爱抚慰，使"孤女"身份的林黛玉心怀温

---

① 李艳梅：《从中国父权制看〈红楼梦〉中的大观园意义》，《红楼梦学刊》1996年第2辑。

暖，且顺利融入母/女、姐/妹的人伦序列中。

除了上述"母亲"承担的照顾和保护职责外，园中大小事务、各房生活的顺畅运作也必须仰赖荣府内母亲或者主妇的供给。大观园中裙钗之所以能安享尊荣，专注于诗与情的审美生活，相当程度来自园外"母亲"对其一切生活所需的必要打理。除去吃、穿、行等每日的生活必需，甚至是裙钗的诗意活动亦须依赖她们的帮助。比如，惜春画大观园图，虽系裙钗诗情画意的一个体现，然一应画具、笔墨及园子起造时的工程图样，俱由凤姐代为采购、张罗、应付。诸艳起社，既需李纨为社长，更要拜请凤姐做监察御史，不仅是变法儿求凤姐"做进钱的铜商"（第四十五回），更是请求凤姐对违反社规的人公正处罚。另外，在应付园内临时需求时，园外的"母亲"也总以方便、便宜女儿为行事原则。比如因为天冷，为使姑娘们免受冷风朔气侵伤，凤姐就提议在园子里另设厨房，由李纨带着众姐妹在园内吃饭（第五十一回），就是为女儿们着想的范例。不独凤姐，王夫人同样在凤姐提议打发、裁革丫头并省俭用度时，出言阻止："从公细想，你这几个妹妹也甚可怜了。也不用远比，只说如今你林妹妹的母亲，未出阁时，是何等的娇生惯养，是何等的金尊玉贵，那才像千金小姐的体统。如今这几个姊妹，不过比人家的丫头略强些罢了……如今还要裁革了去，不但我于心不忍，只怕老太太未必就依。虽然艰难，难不至此。我虽没受过大荣华富贵，比你们是强的。如今我宁可省些，别委屈了他们。以后要俭省先从我来倒使的。"（第七十四回）言语之间也流露出不忍姑娘们受委屈的用心。

这里值得一提的是，无论是贾母、王夫人、薛姨妈还是李纨、凤姐，这些为大观园生存出心尽力的已婚妇人，有一个共同的特点，那就是皆曾产育生子，具有实质上的母亲身份。而贾府中"一生无儿无女"的邢夫人则基本与大观园世界绝缘。唯一一次突出的描写即是邢夫人遇到傻大姐捡了绣春囊，并因此引发了抄检大观园的事件，而其陪房王善保家的又在抄检事件上扇风起火，为大观园的陨灭埋下火种。因此对照可以看出,大观园的日常生活确实是在一群成年已婚且具有真实母亲身份的妇人照管下运作,她们将母亲的关爱与母职的实践倾注在大观园中,缔结了大观园"母亲—妇人—女儿"的内在结构,因此作为女儿清净地的大观园在此意义上亦可看作是一处蕴含母性意义的花园。

(二)大观园日常运作的基础法则

大观园虽与外界暂时隔离,但却不是永久封闭自足的桃花源。作为世家大族的一部分,贾府诗礼之族的门风以及宗族礼法的形式也必然延伸进大观园中,并成为后者每日生活运作的基础法则。因此,园中生活亦不可避免地带上了明显的阶层性、等级性,并进而形成一定的制度结构。这种制度结构,一方面通过对园里丫头、媳妇、婆子间严格的阶层评定,保障了女儿国裙钗生活的安乐和谐,同时供给宝玉和诸姊妹"金尊玉贵"的生活仪派。而另一方面,这种制度也造成甚至激化了丫头、婆子、媳妇等不同阶层间的潜在矛盾,使园外的阶级不平等性延伸进园内,促使大观园染上浓重的世俗性与现实性。

首先,严格管理园子的出入口,是大观园日常起居的一个重要法则。门禁制度不仅起到了与围墙一样类似隔离的作用,更重要的是其"标志着清代中期统治阶层理想的男女有别,即将纯洁的女孩与不纯洁的其他种人区隔开来"[①]。非园中人,不能轻易进入,并禁绝男子足迹。考察前八十回《红楼梦》,众金钗入住大观园之后,男性进入大观园的事例屈指可数,除宝玉、贾兰作为入住者可以随意走动外,进来种树的贾芸(第二十六回贾芸进来同宝玉说话)和看病的太医,皆要在其他女儿回避的隔绝状态下入园。当然特殊的节日(如第六十二回,宝玉生日,贾环为宝玉祝寿入园,第七十五回中秋赏月,族中男子都进了大观

---

① [澳]李木兰:《清代中国的男性与女性——〈红楼梦〉中的性别》,第14页。

园）与非常状态下（第二十五回宝玉魇魔法时，族中男子也来园中看视宝玉）也例外开启。这里需要强调的，上述林林总总的男子入园理由，看起来似都合乎情理，不过这些"例外"或许并不只是单纯的例外。因为，书中真与假、理想与现实两个看似分殊的世界，往往被作者处理得平行并存，对偶相生，诚如浦安迪（Andrew H. Plaks）所言："真假是人生经验的互相补充，并非辩证对抗的两方面。"① 所以，大观园所谓的内、外之隔，其实类似实线与虚线之间的互涵与交浃。比如，第二十六回贾芸进园虽是宝玉叫他进来说话，但这个原因却为他和小红的私情提供了缘由，后来为种树而进园，更是为两人的罗帕传情提供了契机。所以，小说描述了种种的意外进园之由，恐也是要借机透露门禁与围墙作为空间间隔的双重性、矛盾性与可渗性。此外，即使是在园中职事的妇人，也不能任意携带其他闲杂女子入园。第六十一回，柳家生病的女儿五儿入园给芳官送茯苓霜，由于五儿不属于园中人，出园时被林之孝家的盘查，因对入园原因吞吐不详被林之孝家的软禁一夜，几乎要了性命。

其次，由于园中宝玉及众姐妹的院落自成一房，在居住空间的归属和管理上形成了以"房"为单位的相对独立性与身份定位。从制度上看，每一房皆有婆子、丫头的配备定例："两个老嬷嬷，四个丫头，除个人的奶娘亲随丫鬟不算外，另有专管收拾打扫的"（第二十三回）。每月小丫头固定支领的月钱与其他衣服簪环之类都一并由各房大丫头收管。而从同属一房的集体关系视之，主子与丫头又具有一荣俱荣、一损俱损的利害关系。比如，宝玉房中的坠儿行窃，平儿为之遮掩，主要为的就是"宝玉偏在你们身上留心用意，争强要胜的"，如果传出偷窃的事，会使宝玉沮丧难过（第五十二回）。抄检大观园时，惜春房里的入

---

① [美]浦安迪：《中国叙事学》，陈珏译，北京大学出版社，1996，第160页。

画被搜出园外之物，惜春便说："这些姊妹，独我的丫头这样没脸，我如何去见人。"（第七十四回）亦印证了房主子与丫头的脸面相连，荣辱与共。而抄检至秋爽斋时，探春为了保护自己的丫头，拦阻凤姐、王善保家的等人搜查丫头的东西，理由是"我们的丫头自然都是些贼，我就是头一个窝主"，"他们所有偷来的都交给我藏着呢"（第七十四回），不仅点明探春既有身为房主子的领导者意识，且点出了一房各成员之间相互信赖、依靠的重要性。同时，由于"房"的运作机制，各房大小丫头的身份地位亦与所在"房"之地位高低紧密相连。因为宝玉的宠儿地位，生活起居最受贾母、王夫人重视，怡红院的丫头们在园中最体面，地位也最高。第五十四回，小丫头向婆子要热水给宝玉洗手，婆子因是贾母泡茶用水而拒绝，秋纹便说道："凭你是谁的，你不给？我管把老太太茶吊子倒了洗手。"当婆子认出是怡红院的人时，才赶忙赔笑倒水。秋纹接着又道："谁不知是老太太的水！要不着的人就敢要了。"管厨房的柳家会赶着趋奉怡红院的晴雯、芳官，却对迎春房里的大丫头司棋怠慢（第六十、六十一回）。芳官虽只是二三等的丫头，但因分在宝玉房里，也有高视阔步的理由，她不仅允诺五儿在怡红院谋差事，且在答应改日带五儿进园逛逛时说"怕什么，有我呢"（第六十回），得意之色毋需言表。

再次，在各"房"里面，从主子、大丫头到小丫头逐次第降的阶级秩序亦相当明显。大丫头兼"姐姐"的身份和经验，不仅私掌着教导小丫头的职责，且拥有在其犯规时教训、打骂的权力。第五十二回，晴雯病中教训行窃的坠儿，麝月劝她道："等你好了，要打多少打不的？"坠儿娘不甘心坠儿被撵，质问道："你侄女儿不好，你们教导他，怎么撵出去？"被麝月排揎一顿之后，赌气要走，宋妈妈忙拦住"怪道你这嫂子不知规矩，你女儿在这屋里一场，临去时，也给姑娘们磕个头"，坠儿只得回来，以磕头作为姐姐们教导了一场的谢礼。第五十八回，芳官干娘追打芳官入怡红院，麝月便震吓她道："你看满院子里，谁在主子屋里教导过女儿的？便是你的亲女儿，既分了房，有了主子，自有主子打得骂得，再者大些的姑娘姐姐们打得骂得，谁许老子娘又半中管闲事了？都这样管，又要他们跟着我们学什么？越老越没了规矩！"宋妈妈及麝月的话一样都意味着分房之后，一切要以房中主子、姐姐们的"规矩"为大，这更清楚地说明了园中秩序虽不以外界伦常尊卑为度，却依照世家闺阁的需求和规矩，自然谱成一套"礼"的法度。

（三）婆子—小丫头—大丫头—主子的等级制度

　　大观园拥有严明的空间界域，不同身份的人在园中能到达的区域是有标识的，逾越界限不仅会被排揎，重则会被赶出园子。这种阶层界限是以各房的主子为核心，遵着从"里（中心）/上"向"外（边缘）/下"的顺序层层辐射，主子中宝玉、黛玉、宝钗是居于中心之中心，其余各主子居中心，各房的奶奶、妈妈和大丫头居第二层，小丫头次之，而婆子媳妇们则位于边缘底层。

　　在大观园这个阶级金字塔里，丫头们（包括大小丫头）因为负责服侍主子，相较只担任浆洗、守夜、看家、打扫等杂役的婆子们更有体面。晴雯撵坠儿，坠儿母亲入怡红院理论，麝月便搬出府里的规矩压制："这里不是嫂子久站的，再一会，不用我们说话，就有人来问你了"（第五十二回），麝月的话意味着"成年家只在三门外头混"的坠儿娘，并不知里面的规矩，她在怡红院既没有立足之地，更没有讲话理论的余地。小说中，"阶下""廊下""门边"等这些专门为婆子们设定的边缘性活动空间，一方面划定了她们活动的范围，一方面亦将她们所代表的如"鱼眼睛"一般的俗世尘嚣摒除在边缘位置。第五十八回，芳官干娘追入怡红院教训女儿，受了麝月一顿排揎后，仍不明园里规矩，抢夺献殷勤，夺过芳官手中的汤碗要替宝玉吹凉，晴雯忙吓道："出去！你让他砸了碗，也轮不到你吹。"已显示出主子房中根本没有婆子们的立足之地。怡红院的小丫头亦说："我们到的地方儿，有你到的一半，还有你一半到不去的呢,何况又跑到我们到不去的地方还不算,又去伸手动嘴的了。"小丫头的话更清楚地透露大观园空间界限的明晰,而活动空间的宽窄程度又具体显现了个人在园中地位的高低。第七十三回,王住儿媳妇因她婆婆得了罪,瞅着迎春好性儿,正捏造假账,威逼迎春去讨情,在迎春房内大呼小叫,平儿进来就对住儿媳妇正色教训道:"姑娘这里说话,也有你我混插口的礼!你但凡知礼,只该在外头伺候。不叫你进不来的地方,几曾有外头的媳妇子们无故到姑娘们房里来的例。"亦再一次点明婆子们如果进了主子的房,就要受到"该打出去,然后再回太太去"的越界惩罚。

相对于边缘空间的婆子们,小丫头的地位相对较高,她们在各处当差,因为负责传递物件、通报、打扫等职责,因此能够在园中各处活动。但小丫头虽能在园中走动,却到不到各房屋子的中心,她们虽比婆子活动的范围大,但与大丫头之间亦存在着"边缘""中心"的等级差。各房中主子身边凡"递茶递水、拿东拿西"等"眼见的事"都被称为是"巧宗儿",都由大丫头负责。而在屋子周边提水、浇花、喂鸟、传话、送东西等粗活儿则是小丫头的分内。因为大丫头要贴身服侍主子,不仅从小娇生惯养,极少受人呵斥,吃穿用度也一般的与主子相若。用王夫人的话是"跟姑娘的丫头原比别的娇贵些"(第七十四回),是名副其实的"副小姐"或"二层主子",其体面程度也确如麝月所云,"就是赖奶奶林大娘也得担待我们三分"(第五十二回)。至于大丫头的行止教养,宝钗的评价是"百个里头挑不出一个来,妙在各人有各人的好处"(第三十九回)。凤姐在为探春的庶出身份鸣不平时也吐露道:"殊不知别说庶出,便是我们的丫头,比人家的小姐还强呢。"(第五十五回)其意就是说贾府的大丫头,不仅行事周全、举止适宜,并且有分寸识大体,实在与一般大家闺秀的教养相去不远。而贾府的内闱规矩、礼法又将这些"副小姐"推向与主子一样的中心,成为被供养的对象,因此,她们的身份地位自然是那些小丫头和婆子所不能相提的。

（四）礼法秩序的必要与情礼兼备的尝试

从上面的分析可以看出，大观园虽被称为女儿国，但是在这处女儿国的内部，依然要依靠外界男性世界的礼法规矩维系运作。从园子外面的小厮到园内的婆子媳妇，从小丫头、大丫头到主子，层层递进的阶层排序，均显示出大观园作为世家闺阁，亦严格遵守着区分男女、内外、尊卑位阶的礼法规范。其实，将不同身份角色的人划分进不同的空间界域里，是保护界限之内阶层较高者的主子姑娘们清净无忧、不受骚扰的必要保障。虽然阶层礼法秩序因其明显的不平等而被现代民主思想斥之为"吃人的礼教"，但正如前所述，礼法秩序实践的核心就是让人确信：上下有别、尊卑有序，对于维持一个社会、家族的稳定有序不仅是必要的而且是必须的。与此同时，礼法秩序更是保护大观园不受外界侵害，保护主子们不受俗世污染，保护诗意生活能够存在的基础防护墙。实际上，大观园的兴衰某种程度上亦是与礼法秩序是否有序运行密切相关。婆子们逾越界限，丫头们私相传递信物等等越礼行为，在小说中都被暗示为大观园受玷污和即将崩溃的征兆。

但是，大观园因"礼"而形成的排序等级，并非与"情"的排序冲突对立，而是相互流转，体现出情礼兼备的意愿尝试。一方面，被"礼"的秩序优先保护起来的是居于阶层中心美丽清洁、凝聚天地钟灵毓秀之气的有"情"女儿，另一方面，这些有"情"女儿又总是透过"情"的散播冲破"礼"的规范，形成"情""礼之间的流转互通。因此，大观园不仅通过礼法在制度上保护形成了一个清幽洁净、金尊玉贵、远离俗世的女儿世界，同时也在与传统闺阁有别的花园空间里铺展出别一片容许人性自由舒展的有"情"天地。可以说，绾合闺阁之礼与花园有情的双重属性使得大观园成为一个践行"有情有礼"之理想世界的尝试。

当然可以进一步讨论的是，在《红楼梦》对情礼兼备的理想想象中，"知礼"应与"有情"平行相映，偏废一方即不能成为"兼美"型的完满人物。而在曹雪芹的人物设计中，园中女儿虽多，却大都各有一偏，这与其说是曹雪芹对人物性格采用补称①手法刻画的结果，却不如说是他对人性及生命之不完美深刻洞察之后的体悟，而大观园亦因此成为太虚幻境在人间不完美的投影。宝玉虽"见人礼数比大人行出来的不错"，但大体上却"重情不重礼"；黛玉偏溺于情，往往不能以礼调节；宝钗则相对守礼太过；其他女儿也多于情礼两端各有偏废。相对较为"兼美"的女儿如湘云、宝琴则不属于大观园，而园子边缘的婆子们则更是既"无情"又"不知礼"。至于园外的男子更多的是国贼禄鬼，往往既罔顾国法家规不守礼，更耽溺于皮肤滥淫不知情，确是一群须眉浊物，在《红楼梦》中正是他们使家国摇摇欲坠，末世降临，只能亟待有情女性以真情补天。②

---

① 刘再复在其《红楼梦悟》中提出曹雪芹塑造人物是采用多重性格对照系统。参见刘再复：《红楼梦悟》（增订本），三联书店，2009，第266—267页。另，浦安迪亦认为《红楼梦》在人物形象、寓意、结构等处处处渗透着"二元补称"的思维理念与艺术手法，参见[美]浦安迪：《中国叙事学》，第158—163页。

② 关于女性代替男性补天的观点，学界有大量论述，不再赘述。这里可参见周思源：《在被颠覆的世界背后——兼论女娲补天神话的原型意义》，《红楼梦学刊》1992年第1辑。他认为补天神话构成了小说的主题，男性的堕落、对人性的异化，唯犹存"洁净"与"真情"的女性才具有修复的能力，而补天的目的又指向文化传统中曾经描绘的大同世界。

第三章　权力流动与性别倒置
裙钗齐家与治国、补天的隐喻

在关于《红楼梦》的性别问题的种种讨论中，小说文本呈现出的一些性别错位现象，比如贾宝玉、秦钟、蒋玉涵等男性的女性化特征，以及王熙凤、史湘云、薛宝钗、贾探春甚至林黛玉等女性的男性化气质，曾吸引了众多性别研究者的高度关注。一种常见的观点认为，上述的性别错位甚至倒置现象，乃是曹雪芹通过性别安排挑战儒家传统性别规范的一种方式，从而为曹雪芹反儒家反礼教进而为女性昭传的观点提供论据。但真的是这样吗？本章以贾探春、王熙凤等理家人为例，且将其放置在中国妇女解放史的发展脉络中，探讨曹雪芹的性别意识，并以期发现中国性别秩序的独有特点。

一、中国妇女解放史的隐蔽脉络：探春可能"出走"吗？

第五十五回贾探春有句颇令现代女性主义研究者振奋的宣言："我但凡是个男人，可以出的去，我必早走了，立一番事业，那时自有我一番道理。"这句话经常被研究者用来证明曹雪芹喊出了女性渴望解放、渴望权利平等的呼声。而在对探春的研究中，一般研究者的论述也往往集中于描述探春的种种"叛逆行为"。比如其对女性"三从四德"要求的否定，对改变自我处境、张扬自我生命价值的积极追求，对理家治世责任的勇敢承担等。可以说，在承认探春具有女性自我意识的觉醒，拥有独立判断思考的能力，具备与男性相媲美的才情谋略上并无二致。但多数研究者在肯定探春的同时，也会以女性意识的不完全、自我觉醒的不彻底，最终没能挣脱封建家庭的束缚，没能勇敢地迈出家门，且以"偏我是个女孩儿家"为证据，感叹探春对女性不公地位的妥协，并将这种设计的缘由归因为曹雪芹思想的局限或者时代的局限。

由此不得不引出一个疑问，是否只有安排探春离家出走才能证明曹雪芹思想的卓绝之处？是否女性只有走出家门才算是实现了对男权思想的反抗？"内""外"的男女分工是不是性别压迫的根源？我们谈女性解放究竟是在一个什么样的标准和条件下去谈的？所谓的受封建的、父权的、压迫的中国女性究竟是一种现实存在，还是一种非历史的发明？

探春最终没有离家出走，很多评论家表示了遗憾，但是160多年后，一个叫娜拉的女性却勇敢地将脚迈出，其"砰"的关门声不仅震动了西方，更是在中国掀起轩然大波，作为一个颇具象征意义的时代符号，娜拉出走的行为遂演化为一场妇女思想解放史上的大事，甚至超越了伦理、性别的意义而成为标识中国现代性的典型意象。故而其划定的问题范畴、中心议题以及由此带出的对中国传统女性处境的深层思考，成为我们重新讨论探春问题的一个纵向参照。

（一）鲁迅的问题：娜拉走后怎样？

"娜拉"形象出自易卜生的《玩偶之家》，剧中对丈夫逆来顺受、形同玩偶的主人公娜拉经历了个人觉醒，终于为追求个人自由、反抗家庭压制而出走。这就是著名的"娜拉出走"事件。其被中国读者熟知是在1918年《新青年》推出胡适、罗家伦译作的《娜拉》之后。随之欧阳予倩、沈佩秋等多人改译，遂在全国各地剧社掀起了一股"娜拉"风暴。由此带出的话题和思考不仅吸引了当时众多妇女研究杂志的加入，如《妇女声》《新妇女》《女界钟》等著名刊物都纷纷撰文支持娜拉的行动,而且引发了不少革命家、思想家、学者的深度讨论,如陈独秀的《孔子之道与现代生活》、胡适的《易卜生主义》、周作人的《贞操论》、鲁迅的《我之节烈观》,他们站在启蒙主义的立场不遗余力地赞扬娜拉为自由而战的独立思想。比如胡适认为"娜拉的出走是她向内寻求自我的解放,为社会的变革准备了一个新社会的分子"①。

可见,娜拉的出走,不仅仅是对男女不平等婚姻的反叛,同时也是女性对作为一个独立完整的人的权利的争取,当然也是在特殊语境下女性知识分子对自我生存空间的探索和对男女两性新的相处方式的深入探讨。因此,在20世纪早期的中国,"娜拉出走"的命题成了革命、启蒙、两性、知识教育、价值观的交锋之地。而对此问题做出最冷静思考的是鲁迅,其在1923年北京女子高等师范学校的文艺会上,以一篇《娜拉走后怎样》的演讲,提出了"娜拉走后怎样"的著名问题,并由此引出一系列对娜拉走后可能遭际的命运的探讨。

首先是梦醒与出路问题。所谓梦醒是指个性觉醒和对自我充分发展的自觉认知,比如娜拉,当她充分意识到作为女性的自主而不是谁的玩偶时,她的主体意识就是觉醒的。但她出走后能否独立自主地生存下去,现实处境和社会制度是否为女性的这一出走提供各种保障,被鲁迅比作出路。梦醒与出路间的紧张被鲁迅一语道破:"人生最苦痛的是梦醒了无路可以走。"因为对梦醒并准备上路的娜拉,路上最要紧的是钱。因此,"她还须更富有,提包里有准备,直白地说,就是要有钱"。也就是说如果缺乏了经济基础,娜拉的生存可能就面临问题,"不是堕落,便是回来"的预言判断使娜拉的出走由一个个人命运问题伸展成一个社会问题:"自由固不是钱所能买到的,但能够为钱而卖掉。人类有一个大缺点,就是常常要饥饿……为准备不做傀儡起见……经济权就见得

---

① 胡适:《易卜生主义》,《新青年》1918年第4期。

最要紧了。第一，在家应该先获得男女平均的分配；第二，在社会应该获得男女相等的势力。"①

可以说，首先借用经济权这一人类生存的必备条件，鲁迅向"娜拉出走"这一现代性价值理念及其推行者、实践者提出质疑：倘若没有强大有力的社会环境和制度的保障，觉醒者娜拉经不住物质、现实和舆论的沉重压力与打击。其在1920年所写的《头发的故事》里，借主人公N先生之口，尖锐质疑"新文化运动"所提倡的诸多现代性价值理念的乌托邦色彩："现在你们这些理想家，又在那里嚷什么女子剪发了，又要造出许多毫无所得而痛苦的人！……改革么，武器在那里？工读么，工厂在那里？仍然留起，嫁给人家做媳妇去：忘却了一切还是幸福，倘使伊记着些平等自由的话，便要苦痛一生世！"在这里其实可以发现"五四"话语的缠绕之处：改革不是一场口头革命，如果没有经济制度网络的支撑，女性觉醒的改革就会变成一场冒险激进的观念革命。鲁迅对此看得清晰透彻，正如他那句颇为矛盾和无奈的警告："做梦的人是幸福的；倘没有看出可走的路，最要紧的是不要去惊醒他。"这种对娜拉所展现的"用真实去换来的虚空存在"的生命体验，恰恰是对一切乐观主义的人生期待的深刻怀疑，是对现实的无可希望或绝望状态的证实，从而也是对"娜拉出走"这一现代性命题的深刻反省。

其次，鲁迅又以"在经济方面得到自由，就不是傀儡了么？其实也还是傀儡"的反省姿态，把女性解放问题继续追问到整个中国文化、制度上面。对梦醒后无路可走的冷静洞察，说明其并不相信在现有社会体制之下，"娜拉"们能够真正觉醒并获得解放。与此同时，鲁迅对社会文化体制的革命也抱着相当的质疑态度，因为他清醒地认识到："中国太难改变了，即使搬动一张桌子，改装一个火炉，几乎也要血；而且即使

---

① 鲁迅：《娜拉走后怎样》，《鲁迅全集》（第一卷），人民文学出版社，2005，第168页。

有了血，也未必能搬动，能改装。"这段话讲得十分明白，如果中国文化传统、政治经济体系不发生质变，"娜拉"们即使争得了"较为切近的经济权"，她们能否最终解放"我也是不能确切地知道"。①

因此其在1925年写出小说《伤逝》，不仅是用寓言的方式凸显出新一代知识者的精神追求和现实社会结构之间的巨大矛盾落差，更暗示了"娜拉"们的出走可能只是一种时髦的姿态和浪漫的实验。这种姿态的脆弱性体现在：当现代"娜拉"们试图与父权、夫权以及支配她们生活的旧秩序与价值观念说再见时，会突然发现"五四"话语堆砌出的新时代更多的可能只是一个个观念外壳。于是她们那种奋不顾身地逃离便有可能导致两种可怕的怀疑：

第一，对寻求到的新价值依傍的怀疑。比如子君试图从对涓生的感情和新型爱情关系中获得支持。但讽刺的是，当子君自以为她终于是她自己了，且可以自由地追求爱情时，事实却以索取生命为代价证明了爱情的虚妄。因此"娜拉"们面对的"无爱人间"不仅寓指黑暗的现实，而且寓指鼓动她们出走的现代性价值理念的男性中心主义权力空间。从父权家庭中出走的子君不过又跌入夫权的牢笼中，甚至两者的合谋，共同宰制和压抑着"娜拉"们对新女性主体地位的重新理解。因为"五四"启蒙思维模式中的爱情是以现代价值理念的形式，掩盖着两性之间隐蔽的不平等，正如米利特所洞悉到的："在我们的社会秩序中，基本上未被人们检验过的甚至常常被否认的（然而已制度化的）是男人按天生的权利统治女人。一种最巧妙的'内部殖民'在这种体制中得以实现，而且它往往比任何形式的种族隔离更为坚固，比阶级的壁垒更为严酷、普遍，当然也更为持久。无论性支配在目前显得多么沉寂，它也许

---

① 鲁迅：《娜拉走后怎样》，第168页。

仍是我们文化中最普遍的思想意识、最根本的权利概念。"①

第二,对女性觉醒价值本身的怀疑。"五四"时期,中国思想界与学术界在易卜生的众多剧本当中,选择了《娜拉》来作模范的"觉醒的妇人"有着意味深长的用意,他们期待借此给予"我国妇女以一个有力地启示",并鼓励女性"弃去家庭而谋人间的独立自由"。这是一种将"个性解放"直接演绎为"女性解放"、将"离家出走"直接理解为"现代意识"的话语策略。无可否认,作为一种革命的宣言,这种解读强有力地撼动了当时中国旧有的性别制度。但问题的关键却在于,先驱者由于误读了胡适的《易卜生主义》,而把苦大仇深的女性阶层置身于历史变革的风口浪尖;同时又因为他们误读了胡适的《终身大事》,而让女性去扮演时代先锋的英雄角色。而我们必须充分注意到这两次"误读"所造成的严重后果:走进社会的"娜拉",一旦按照"五四"性别话语安排人生时,传统相夫教子的角色与追求个体人生价值之间的矛盾就会迅速凸显:或因"既不能管理家庭琐事,又无力参与社会事业",发出"何处是归程"的迷茫与苦闷②;或为兼顾家庭与社会赋予的双重使命,难以避免疲于奔命的窘境③。其中,她们有的甘愿在社会中充当"交际花",有的因误解平等自由、醉心物质享乐,沦为都市的"摩登女郎"。特别是伴随着国民革命的退潮,"新女性"将进入一个"不能善后的恐怖时期"④。

这种对娜拉出走的质疑,表现在之后众多文学作品中,钱锺书《围城》对于现代女性的嘲讽,张爱玲《倾城之恋》借白流苏对中国"娜

---

① [美]凯特·米利特:《性政治》,第33页。
② 庐隐:《胜利以后》,中国现代文学馆编:《庐隐代表作》,华夏出版社,1998,第103—115页。
③ 陶寄天:《锡沪杭女工生活概况》,《妇女共鸣》1932年第9期。
④ 傅琛:《关于娜拉出走问题》,《女师学院学刊》1935年第3卷第1—2期。

拉"的调侃，都表达了与巴金在《寒夜》中设置的意念相同的价值判断——中国"娜拉"的知识熏陶，只不过是为自己准备了一套精神嫁妆，然后她们再重归传统的老路，去轮回"同样是被男子玩弄"的悲剧！① 他们强调说现在"大家都认为妇女有了职业，经济能够独立了，便什么都不成问题了"②；但"事实报告着，娜拉做了'花瓶'！……所谓知识，不过是抬高价格的一种装饰罢了。这些近代的知识女性，每天在办公室里点缀着，不是娜拉的出路吗"③？

（二）曹雪芹的问题：探春定要出走吗？

站在今天反思的视角再一次回望"五四"时期对娜拉问题的诸多讨论，不得不承认"觉醒的娜拉"与其被当作一种启蒙新思想，毋宁说只是一种关于未来的设想、一种期待男女平权的态度，甚至只是一个悲剧性的反抗姿态。清醒如鲁迅，深刻地意识到娜拉的无路可走，经济权对女性解放来说只是必要而非充分条件。因为时至今日，女性至少获得了劳动权亦因此拥有了自由支配资金的能力，但男女平权甚至双性和谐之路依然遥遥无期。

如此来说，200多年前的曹雪芹亦显示出他在面对女性问题上的理智和深刻。他让探春发出愤慨不平之声，但始终没有给其预约一个出走后的黄金世界。这是因为他清醒地明白，作为长在豪门绣阁中的闺秀，想要脱离家庭像男性一样向这个社会索要生存权和尊重权，不仅不切实际，而且显得盲目冲动。

前面已经简单描述过，中国女性在历史话语中一直是一个复杂的存

---

① 陈学昭：《时代妇女》，上海女子书店，1932，第53页。
② 须予：《从娜拉到华伦夫人——为萧伯纳来华而作》，1933年3月《女声》半月刊第1卷第11期。
③ 许藩：《"娜拉"与"花瓶"》，《中华日报》1935年2月12日。

在，任何关于性别的话题都需要被放置在具体的语境中。因为中国女性的性别术语只能存在于家庭角色与亲属关系中，而非西方一样存在于生物学意义上的对人的两性的区分。正如卢慧馨的观察："要使一位中国女性向你描述'正常'女性应有的特质几乎是不可能的，她会立刻将你询问的目标转换成妻子、母亲或儿媳等角色。如果你提示她理解错了，她又会告诉你一个好女儿所应有的特质。"①也即是说，在传统中国，女性并不被视为一种局外于或无关于家庭关系的"独立"存在。女性只能通过在家庭中占有不同的角色才能被塑造成为性别化的存在，而其性别化的进程与家庭伦理体系中的礼仪化进程又恰恰是同步的。因为对"礼"的规范的遵守，正是建立和维护不同性别、身份、角色的社会分工和差异的需要。因此可以说，在中国，角色分工的需要、性别的塑造与礼法伦理秩序的形成，三者在某种程度上是一种同步的相互影响与互为促进的过程。这种同步过程的形成又从另一个方向促进整个社会"内""外"秩序的加深、巩固。"内"成为女性的生活、活动空间，在其中女性通过角色扮演与性别分工完成自身价值的实现以及女性身份的社会化。"外"与"内"相对应，成为超越家庭内领域的外扩空间，男性的性别化除了扮演儿子、丈夫、父亲等角色之外，还需要在君臣秩序中完成"臣"的角色职能。

必须承认，在这个性别化的过程中，男性、女性所到达的地域、空间界限的深度大小和职能划分存在显而易见的不平等。但是，将女性限制在家内领域却并非必然意味着女性比男性地位低下或者从属于男性，也并非意味着女性就没有一点在内闱腾挪的空间和施展才华的可能。事实上，在对"礼"的具体实践中，一个人在不同场域中扮演的角色的相

---

① Margery Wolf: *Revolution Postponed: Women in Contemporary China*, Stanford University Press, 1985, p.112.

互转化、跳跃往往会打破对"礼"的严格遵守。如果将亲属等级体系、婚姻阶层观念、宗族资历等信息引入，则会发现，性别本身并不能决定男人或者女人在生活中的地位，一个同时兼具妻子与母亲角色的女人，在生活中，至少是拥有一定的特权的。

事实上儒家性别体系之所以能够绵延数千年运转顺畅，很大程度上应归功于其性别空间的巨大弹性。在这个弹性范围内，各个阶层、年龄、地区的女性，都或多或少在实践层面享受着生活的乐趣和占有着实际的权利。有学者曾指出，虽然在父系社会中，女性从小就受着"在家从父，出嫁从夫，夫死从子"的礼法制约，这种制约从社会身份和制度上限制了女性，但却不能剥夺其作为个体的个性和主观能动性。所以"当女性的角色从女儿转变成母亲时，中国父权制对儿子应遵行的孝道的强制力，便会在身为儿子的男性身上展现"[①]，这时人们往往不是用简单的性别"权力"来看待男女地位问题，而是要从儒家"名位"的意义及其所具有的道德原则来考量。故而，当"孝道"成为中国社会的基本伦理原则时，身为母亲的女性，便在儿子"侍亲"顺从的相对性中，获得了权力，这就是中国传统中母权至上的观念。而《红楼梦》中贾母作为最高权力的大家长亦是明示。

母权至上的原则，给予我们的启示是：即使在父系社会中，社会性别制度看似要以"阳"为指导，但某种时刻"阴"仍是基础，比如世界各种文化中渊远流长的"母神崇拜"现象以及"回归母体"的集体乡愁亦是明证。另外，在漫长的文明演变史中，历史发展、文化分层又总是为社会性别制度的复杂性涂脂抹粉。"即使处在性别上有所限制的局面中，'观念'与'原则'这些抽象概念并不完全等于实际上的具体处

[①] 参见李艳梅：《从中国父权制看〈红楼梦〉中的大观园意义》，《红楼梦学刊》1996年第2辑。

境，有时再加上权力的流动性与复杂性，也使得女性的待遇可以有很大的差异，不能用'受压迫者'一概而论。"①甚至"有的妇女利用自己阶级、姿色、才能等各种优势和家庭中性别身份多重性，最大限度地发挥主体能动性，如家庭母权、才女书写、交游结社等"②。即是说，一个人性别、身份及其实际地位在其一生中绝非固定不变，相反会因为其在不同的社会网络或相对位置上的层级而相应转换。这正如高彦颐的研究所提示的，"妇女在中国家族制度中的角色并非一成不变，而是循年序照应生命循环，自闺女、新妇、人母、主妇而至熬成婆，每段落具有不同的生活节奏、应负责任，及权力分配。而新妇入门，除顺应以男性为本位的宗族要求外，亦暗自建构一以母性为中心的'阴性家庭'，从中行使权力，叫儿媳唯命是听，女性虽称'内人'，并不俯仰父权鼻息求存"③。这也即是白露所言的性别身份会存在各种各样"相互转换的不平等"④，同时也是高彦颐用"三重动态模式"⑤来代替"五四"之后普遍的"父权压迫的二分模式"去认识中国妇女史的原因。所以考察性别的实际地位，必须将性别同年龄、婚姻状况、阶层、宗族等多重信息相互叠合并因时因地地适当转换，才能释放其复杂的意义。

在这样的处境中，曹雪芹能为他钦佩的女性所做的就是将她们放在家庭合适的位置上，由衷地展现她们的魅力，表现在探春身上就是其"齐家"才能的凸显。当然更难能可贵的是曹雪芹通过女儿齐家不仅完成了对

---

① 欧丽娟：《大观红楼》（母神卷），第540页。
② 杜芳琴：《从社会性别视角研究中国历史：个人的经验》，《中国女性文化》2001年第2期。
③ [美]高彦颐：《"空间"与"家"——论明末清初妇女的生活空间》，《近代中国妇女史研究》1995年第3期。
④ 白露："Asian Perspective: Beyond Dichotomies"，《性别与历史》1989年第1卷第3期。
⑤ 所谓的"三重动态模式"是指中国传统妇女的生活分为三种层面的总和："理想化理念""生活实践""女性视角"，这三个层面有时是被截然分开的，但有时是可以叠合的。具体论述可参见[美]高彦颐：《闺塾师——明末清初江南的才女文化》，第9页。

女性主体觉醒的呼应，更是通过齐家与治国、补天之间的同构关系，暗示了女性对性别界限的突破程度。于是同样是娜拉式的问题，鲁迅的问法是"娜拉走后怎样"，曹雪芹的问法则是"娜拉定要出走吗"。

（三）脂粉英雄的道场：贾探春的启示

事实上，自"五四"之后，中国文学场中的"娜拉"无论是庐隐、萧红、丁玲、杨沫，还是她们笔下的诸种样态的女性，她们由"父家"走入"夫家"，再从"夫家"走向"革命"，最终并没有真正实现"自我"解放，这恐怕已经不再是一个思想认识成熟与否的简单问题，更包含着对女性解放的核心要素（人格的独立）、对自我现实处境的清醒认知以及对这种认知所能做的最大努力。从这个层面去考察贾探春，或许更能对曹雪芹的女性观有清晰的认识。

首先，探春的人格独立表现在其对传统设定的妇德的突破上。前面已经简单描述过，对女性的角色职责定位从"三从四德"到才情的凸显，彰显了明清时期女性对儒家文化价值的一定颠覆。大观园中，探春以一庶女身份率先表达对女性才情的肯定，她直言："孰谓雄才莲社，独许须眉；不教雅会东山，让余脂粉耶？"相比于黛玉"你们只管起社，可别算上我，我是不敢的"的推辞之语，这短短数语写尽探春之胸怀气度。探春认为，在才情见识诸方面，女性并不输于男性，虽不能如男性一样学而优则仕，但应设法在有限的历史条件下，自主创造一个自在的有意义的色彩斑斓的诗性空间。于是她首倡诗社，为裙钗自我才情提供了一个展演的舞台，亦使得诗社活动成为众金钗彰显主体性最为显豁的时刻。

其次，探春的独立人格并非仅仅停留在观念意识层面，而是有着强烈的实现自我价值的行动欲望。探春并没有因为庶出的身份，像贾环那样自甘卑贱、妄自菲薄，而是勇敢地把家族责任和自我的价值实现相结合。探春理家之所以成为《红楼梦》中精彩动人的篇章之一，就在于其凸显出来的探春的远超众人的高远胸襟与格局。相比于黛玉的儿女情长、宝钗的

"随分从时"、迎春的懦弱木讷、惜春的冷漠孤僻、李纨的心如死灰、凤姐的市井聪明,能够感怀家族没落之悲剧并且试图对此做出改变的探春,其思想和远见已经达到了红楼中诸位女儿无法争及的高度。无怪乎脂砚斋批探春元宵灯谜时忍不住哀叹:"此探春远适之谶也。使其人不远去,将来事败,诸子孙不致流散也,悲哉伤哉!"(第二十二回戚序本夹批)连王熙凤在得知探春理家后的手段时,亦连声赞叹道:"好,好,好,好个三姑娘!我说他不错……将来不知那个没造化的挑庶正误了事呢,也不知那个有造化的不挑庶正的得了去。"(第五十五回)

再次,除却观念和行动层面的独立,探春周旋在家族成员复杂的关系网络中,不仅在阶级、性别、嫡庶、母女等身份的错综交涉之下展现出对情理法的冷静关照和理性思考,甚至很多认识和言论还可上升至哲学理论的高度,着实不负曹雪芹"才自精明志自高"的超群赞语。第七十一回贾母生日时,探春感慨:"我说倒不如小人家人少,虽然寒素些,倒是欢天喜地,大家快乐,我们这样人家,外头看着我们不知千金万金小姐,何等快乐?殊不知我们这里说不出来的烦恼,更厉害!"一语勘破大家族利害关系的纠葛。第七十四回抄检大观园时,探春先是"命众丫鬟秉烛开门而待"显示对抄检这个错误决策的质疑和反抗,然后将自己的箱柜奁盒包袱等"若大若小之物一齐打开",为自己房中的丫头辩护;随之又愤慨纵论"可知这样大族人家,若从外头杀来,一时是杀不死的,这是古人曾说的'百足之虫,死而不僵',必须先从家里自杀自灭起来,才能一败涂地",将抄检的实质一语道出;最后飞起一掌,扇得"狗仗人势"的王善保家的脸面丢尽。探春在这里不但气度非凡、胆识过人、有勇有谋,且其对"大族灭亡"的原因的洞悉鞭辟入里。可见,她已经不再囿于李纨式的安守于闺阁针黹之间,或者流于凤姐式的世俗机关算计之内,而是在对待大家族复杂繁难的利害关系、运作经营,对待自身处境、身份位置上已经具备清醒的头脑、深邃的目光和独立思考的能力。而此正是对传统女性附庸角色和地位的重大突破。

最后，更重要的是，曹雪芹还通过设置地陷东南/贾府末世VS女娲补天/裙钗治家的同构关系，充分表达了其对女性主体意识的彰显和对传统性别分工的僭越。也就是说，在传统男女内外分工的前提下，女性虽身处闺阁内帏，但是她们依然能够越过儒家伦理预设的内外界限，而参与到家庭、社会乃至国家的公共事务中。当然如果我们进一步考察还可以发现，因为中国传统的家国同构关系，如孟子所言："人有恒言，皆曰'天下国家'。天下之本在国，国之本在家，家之本在身。"或如《礼记·大学》所言："古之欲明明德于天下者，先治其国；欲知其国者，先齐其家；欲齐其家者，先修其身。"也就是说在儒家的伦理话语中，女性所处的"内"领域其实恰恰是国家政治秩序的中心。因为家首先被定义为大丈夫"修齐治平"的起点和圆心。简言之，家与国、内与外在中国历史语境之下，应是互相关联而非互相对立的场域。从这个意义上讲，将女性从家庭内的"出走"解读为"解放"的标志，可能就是一种无视中国女性现实处境和社会结构的粗暴逻辑。

二、末世：女娲补天与裙钗治家的同构关系

《红楼梦》的故事是由女娲补天神话拉开大幕的，这个神话框架曾在现实主义的批评话语中被视为封建糟粕，比如佩之就认为："书中最大的缺点，是太虚幻境的几段神话。其实作者删去这几节，不必把他插入，与这书的价值，毫无所损。如今多了这几节，反觉得近于神秘派的小说，不是实在有价值的书。"[①]茅盾在其删节《红楼梦》时，亦遵循现实主义的原则将小说的神话部分视之为曹雪芹的烟幕弹进行删除。直到20世纪80年代之

---

① 佩之：《〈红楼梦〉新评》，《红楼梦研究参考资料选辑》第三辑，人民文学出版社，1976，第28—29页。

后，学界才重新认识到神话架构对小说的重要性，不仅从艺术结构的完整性、主题蕴旨的传达、悲剧气氛的营造、哲学命题的阐发等视角肯定小说的前五回，且从中国文学的起源上肯定了神话对整个中国文学叙事具有的"母题"般的价值和意义。正如有论者所言，"后世的一切文学作品，追根溯源，莫不是神话的后裔。以神话的故事母体而言，以其（1）对生命的关注（如女娲造人、神农鞭药、彭祖长寿）；（2）对事业的关注（如大禹治水、愚公移山、后羿射日）；（3）对彼岸的关注（如天梯建木、帝都昆仑、周穆公见西王母）形成一个系统"①。在这样的认识论中，学界对《红楼梦》神话架构的研究愈加纵深与扩衍。本书的论述在吸收前辈们对此问题的基本认识上，尝试从神话与文本故事的象征映衬上予以简要阐释。

  首先，补天神话的应用，从主题基调上暗示了小说苍凉荒诞的末世背景。在中国文化的多种典籍中，都有关于女娲补天的神话记载。尽管《楚辞》②《淮南子》③《列子》④《史记》《论衡》等文献中关于此神话的缘起略有不同，但是在承认"四极废，九州裂""物有不足"的末世背景的渲染上却相当一致。在《红楼梦》所采用的神话系列中，导致末世出现的原因乃是共工撞断不周山的大破坏，因导致"折天柱，绝地维"的天地失

---

  ① 韩进廉：《梦幻文学的巅峰》，冯其庸编：《92'中国国际红楼梦研讨会论文集》，文化艺术出版社，1995，第398页。

  ② 《楚辞·天问》中描述："康回冯怒，坠何故以东南倾？"

  ③ 《淮南子·览冥训》中记载："往古之时，四极废，九州裂，天不兼覆，地不周载。火爁炎而不灭，水浩洋而不息。猛兽食颛民，鸷鸟攫老弱。于是女娲炼五色石以补苍天，断鳌足以立四极，杀黑龙以济冀州，积芦灰以止淫水。苍天补，四极正，淫水涸，冀州平，狡虫死，颛民生。"见《淮南鸿烈集解》（上）刘文典撰，冯逸、乔华点校，《新编诸子集成》（五十一），中华书局，2018，第248—249页。

  ④ 《列子·汤问》也记载："天地亦物也。物有不足，故昔者女娲氏炼五色石以补其缺，断鳌足以立四极。其后共工氏与颛顼争帝，怒而触不周之山，折天柱，绝地维。故天倾西北，日月星辰就焉；地不满东南，故百川水潦归焉。"参见《列子集释》杨伯峻撰，《新编诸子集成》（三十六），中华书局，2018，第157—158页。

序，才需要女娲炼五色石以补苍天，但因为不周山一柱的塌陷，从此亦留下"天倾西北，地不满东南"的倾颓裂痕。有趣的是，这个神话故事中"地不满东南"的倾颓，恰恰被曹雪芹用来作为贾府故事开始的起点，第一回在讲述正文故事时，开篇即说"按那石上书云：当日地陷东南，这东南一隅有处曰姑苏"。曹雪芹这样刻意对应的目的，是否可以理解为是意在点明贾府内部大厦将倾、油灯将尽的崩坏，是一开始就与女娲补天之末世的暗示有着共通之处？而小说中多处暗示贾府的末世背景，亦是否意图在神话末世与贾府末世之间形成一种意义上的关联？比如，第二回中甲戌本夹批直接称"荣府已是末世"，之后冷子兴也明言"这宁荣两门，如今都萧疏了，不比先时的光景"，到第五回宁、荣二公自述其家"奈运终数尽，不可挽回者"，再到第十三回秦可卿临终前送给凤姐的话"三春去后诸芳尽，各自需寻各自门"，都表明曹雪芹是有意点出贾府在"外面的架子尚未甚倒"的繁华背后的肃杀与衰落之命运。

除却上述出自人物之口对贾府末世命运的预言，其末世的景况也真实地表现在家业的空虚匮缺上。空、亏是府中人自述其家时不时流露出的形容，刘姥姥一进大观园时，羡慕贾府的金碧辉煌，凤姐却说："不过是借赖着祖父虚名，作了穷官儿，谁家有什么，不过是个旧日的空架子。"（第六回）如果说一开头王熙凤的这番话可能还被读者认为是对刘姥姥不屑一顾寻求推脱理由的故作姿态，因那么第五十五回却实实在在道出家境的困难，"家里出去的多，进来的少。凡百大小事仍是照着老祖宗手里的规矩①，却一年进的产业又不及先时，……若不趁早儿料

---

① 欧丽娟曾分析贾府既然明知财政艰难，为何仍固执地坚守着老祖宗的规矩，不能就里面省俭的原因，给出了下面的理由：贾府在日常生活中和仪式上之所以如此大的排场与开销，并非仅仅是奢侈享乐，而是因为他们处在一定的阶级，就要遵照阶级的标准，并受到社会的监视与控制，这也就是范伯伦所谓的"尊贵者的义务"。省俭过度就会失去这等贵族家庭的大体统——也就是大家风范，以致受到外人耻笑。参见欧丽娟：《大观红楼》（综论卷），第52—53页。

理省俭之计,再几年就赔尽了"。第七十五回贾母吃饭,各房依照惯例孝敬菜肴,贾母说道:"上几次我就吩咐,如今可以把这些蠲了罢,你们还不听。如今比不得在先辐辏的时光了。"同回中,贾母留尤氏吃饭,伺候添饭的人手内捧着一碗下人的米饭,鸳鸯解释说:"如今都是可着头做帽子了,要一点儿富余也不能的",更侧面显露了荣府的财政艰难。连林黛玉亦意识到:"我虽不管事,心里每常闲了,替你们一算计,出的多进的少,如今若不省俭,必致后手不接"(第六十二回),一席话说出家计每况愈下亦是府中人所共知的事实。第七十七回,王夫人为凤姐寻人参配药,好不容易从贾母处获得二两上等的,拿出去却被告知"这一包人参固然是上好的,如今就连三十换也是不能得的,但年代太陈了,这东西比别的不同,凭是怎样好的,只是一百年后,便自己成了灰了。如今这个虽未成灰,然已成了朽糟烂木了,也无性力的了"。这里虽指的是人参,但与荣府境况契合甚深,已无性力的百年人参,其朽烂尚未化灰的样态,正对应于冷子兴、贾探春对贾府的评语——"百足之虫、死而不僵"。

其次,神话中女娲的补天行动并未造就永恒的太平治世,补天之后依然存在地陷东南的另一个崩坏,而正是在这个由乱需治的过程中,贾府故事展开,于是地陷东南之颓对再次补天的亟须,与贾府末世对力挽狂澜之人才的期待亦形成一种意义上的同构。需要说明的是,在神话中,导致地陷东南的原因是作为男性之神的共工与颛顼为争夺统治权,即使女娲补天(亦有神话版本是说女娲补天在前,不周山之断在后),天地依然不能回到原初无争共融的完满之境,而是永久地维持了这个缺陷。这固然从地理常识上给出了中国地形为何西高东低的原因,但更重要的是,也解释了中国社会何以自古以来即"不平"的原因:只要有男性权力,就会有争斗和杀戮,只要有争斗杀戮,世界就会有势力的不均衡。这正如郭玉雯在探讨神话渊源时曾给出的解释:"当'帝'的最高权位乃由男性共工与颛顼争夺而得之后,女娲(女帝)所代表的母系社会自然被父权社会所取代，母系社会的运作原则是补之使平，父权社会则是借由争夺，既有争夺必有输赢，赢者能享用权力的宰制，输者沦落下沉，愤恨难消，如此即形成高低不平之情势。"①若以此观照《红楼梦》，则两者的同构性就体现在：贾府所在的社会秩序之倾颓以及导致贾府末世的原因，很大程度上要归罪于男性对各种权力的争夺与贪婪占有，因为他们的争夺破坏了社会秩序原初之平稳与和谐，而在小说中曹雪芹又让裙钗担负起理家治世之大任，无疑与女娲以母神身份担起补天大任的情况相类似。比如作为主要补天人物的王熙凤、贾探春，她们的判词中均直接点出"末世"（其他金钗都没有）二字，王熙凤的判词中有"凡鸟偏从末世来，都只爱慕此生才"，贾探春是"才自精明志自高，生于末世运偏消"，见出曹雪芹是有意将两人放置在这样的末世背景中凸显她们的治世之才。至此，小说中男性—破坏—秩序不平与女性—补天—四极正的对应关系就呼之欲出。

小说中描写到的贾府内部踽踽狼狈的情状，以及种种运数将尽的痕迹，虽是上至贾母、王夫人，下到奴仆管家，甚至连深闺中最不识烟火气的黛玉，乃至局外人如冷子兴都察觉之事。但宁荣二府的男性继承者却仿佛无见无闻，不仅坐享祖宗余荫、不理家事，甚至纵欲享乐②、招惹祸患，加速了贾府的崩溃颓败之势。冷子兴演说荣国府时归纳贾府日渐萧疏的原因时说道："如今生齿日繁，事物日盛，主仆上下，安富

---

① 郭玉雯：《红楼梦渊源论——从神话到明清思想》，台大出版中心，2006，第10—11页。

② 需要指出的是，清代北京满族文化的一个重要特征正是"有闲性"。这种"有闲性"与中国历史上汉族那种重视严格修身的士文化有很大的不同。因此，贾府男性中不专于苦读科举，更安逸于对日常享乐和文化品位的追求，既与《儒林外史》中汲汲于功名的士人文化不同，又与《金瓶梅》中西门庆式的暴发户不同。也正因如此，一方面，满族贵族的"有闲"生活才创造出独具特色的北京满族文化，但另一方面，也正是这种"有闲性"，使得贵族子弟多不思上进、玩物丧志，亦成为文化精致到熟烂然后腐朽的重要内因。

尊荣者尽多，运筹谋画者无一。"这些原因中最重要一条则是"如今的儿孙，竟一代不如一代了"。宁府第三代贾敬唯修道炼丹，整日家只顾与道士胡羼。荣府第三代贾赦横行贪色，被脂批评曰"色中之厉鬼"，其好色之态连丫头都嗤之以鼻，其霸道昏聩亦令贾母摇头叹息。贾政虽然自幼"酷喜读书"，"为人谦恭厚道，大有祖父遗风，并非膏粱轻薄仕宦之流"（第二回、第三回），然因族大人多，照管不及，且身非族长，不谋其政，再加上"素性潇洒，不以俗务为要，每公暇之时，不过看书着棋而已，余事多不介意"（第四回）。宁府第四代贾珍现袭族长，但"一味高乐不了，把宁国府竟翻了过来，也没人敢来管他"，致使宁府里"除了那两个石头狮子干净，只怕连猫儿狗儿都不干净"（第六十六回）。贾蓉亦有其父贾珍之风，与其有聚麀之消。荣府第四代贾琏虽善机变、能言谈，但才小识浅，好色钻营，虽能协理家事，但不足振其祖宗基业。到了贾宝玉，不仅"潦倒不通世务，愚顽怕读文章"，并且宝玉挨打作为一个事件又"是贾政回天无力，贾府后继无人的一个象征性的却也是斩钉截铁的结论"①。应该说，小说是竭尽所能地描绘了一个已然毁败的父权社会，以及以男性代表的家业承继者在贾府中如何与"末世"的倾颓面目一起被着力凸显并被尽力讽刺。

故此，相较于贾府男性的集体颓丧，荣府中的贾母、王夫人、王熙凤、贾探春、薛宝钗（暂住贾府）便成为曹雪芹刻意塑造的卓然挺立于阖族男性孱弱无能中的脂粉英雄。②她们的卓越表现，不仅颠覆且完成了男性袭爵却无能继业，女性居内受限却要担当理家大业的性别分工。

---

① 王蒙：《〈搜检大观园〉评说》，《文学遗产》1990年第2期。
② 在小说中，作者赞扬的脂粉英雄几乎都在荣国府中，并无宁国府中人，其实是大有深意的，宁国府由贾珍掌握理家大权，但却将其治理成"家事消亡首罪宁""造衅开端实在宁"的负面评价。宁国府—男性掌权—箕裘颓堕与荣国府—女性掌权—力挽狂澜的局面对照，又形成男浊女清的对照。

同时在家族运数颓堕、步入末世的情况下，荣国府女性借助母亲、妻子身份所拥有的"母权、妻权"，组构形成了家庭权力中枢，并借此施展了各种理家作为。从这个意义上说，她们为贾府末世命运的甚深忧虑以及为挽救颓运境况所耗尽的心血努力，再一次印证了其与女娲补天使命之间的映衬关系。①可以说，曹雪芹调用补天神话架构的主要用意，就象征层面来讲，其是调用神话中的"女神""末世""补天"三个关键词，映衬贾府女性在末世的紧要关头所显露出的补天意识和力挽狂澜的胆识才干，并以此与男性世界的昏聩淫滥形成意义的对照。另一方面就现实层面而讲，当曹雪芹感觉现实世界已无天可补，那么其只能借助母神创生的原始神话移情于女性世界，以此获取暂时的平衡，但是补天的背景毕竟是末世，因此补天的结果最终又只能是徒劳。如果有了这个前提，再来审视小说开头作者对自己身为男性一事无成的抱愧和嵌入这个补天神话的寓意，似乎才可更深地理解其为何要设置这个末世背景，以及其在面对这个末世时的切肤之痛，亦才能更准确地理解何以要让女性承担补天大任，以及这个设置背后的深刻寓意。

三、疾病：秦可卿、王熙凤的齐家症候

贾府女性的补天意识主要体现在秦可卿、王熙凤以及贾探春对家事的忧虑、谋划与力挽狂澜的努力上。作为第一个被浓墨重彩的金钗——

---

① 也有学者认为旗人女性本身就比汉族女性能干，且在家中受到尊重，比如爱新觉罗·溥仪曾说："旗人姑娘在家里能主事，能受到兄嫂辈的尊敬，是由于每个姑娘都有机会选到宫里当上嫔妃（据我想，恐怕也是由于兄弟辈不是游手好闲就是忙于宦务，管家理财的责任自然落在姊妹们身上，因此姑娘就比较能干些。）"参见爱新觉罗·溥仪：《我的前半生》，同心出版社2007，第18页。金启孮也曾言，其亲眼所见旗营里，"男女没有太大的区别，男人能干的事，女人也能干"，还听说"营房中都是女子持家，女人知道的事比男人多得多，自然除了打仗以外"。参见金启孮：《北京郊区的满族》，内蒙古大学出版社，1989，第4—6页。

秦可卿无论是从容貌性情、待人接物还是齐家理事的才干上均具"兼美"特质，成为警幻在人间的化身。她一方面负责引导宝玉入幻悟道，一方面又以宁国府长房媳妇的身份向凤姐提出警示，负责传递贾府命运的末世处境和对策。①因为在理家才干上的惺惺相惜，考虑到别人也未必中用，秦可卿将其未完的使命在临死之前以托梦的方式传达给凤姐：一方面警示其了悟"月满则亏，水满则溢"的运数规律；另一方面又嘱其务必"于荣时筹划下将来衰时的事业"：其一，"将祖茔附近多置田庄房舍地亩，以备祭祀供给之费皆出自此处"；其二，"合同族中长幼，大家定了则例"供给家塾费用。有了这两项的筹划，即便将来败落，一则子孙可以回家读书务农，有个退步；二则祭祀产业不入官，亦可永继。曹雪芹用这短短的几句话，就将秦可卿对局势运数的透彻了悟，及其对家族未来筹划谋虑之深远凸显纸上，巧妙准确也最大程度地展现了秦可卿卓绝出众的见识和理家才干。

秦可卿之后，理家才干的描写主要集中在王熙凤身上，尽管其在才情远见与待人处事的宽厚圆融上不及秦可卿，但在操持家务、管理运作、维持荣国府庞大人口日常秩序的运转上却功不可没、无人能及。作为钟鸣鼎食大家族的主要理家人，凤姐之繁忙之劳累确如丫头善姐所言："我们奶奶天天应承了老太太，又要应承这边太太那边太太。这些妯娌姊妹，上下几百男女，天天起来，都等他的话。一日少说，大事也有一二十件，小事还有三五十件。外头的从娘娘算起，以及王公侯伯家多少人情客礼，家里又有这些家务，交加亲友的吊庆。银子上千钱上万，一日都从他一个手一个心一个口里调度。"（第六十八回）可见凤姐凭着一己之力，不仅将如此繁重的日常家务料理得运行不辍且卓有成效，

---

① 关于秦可卿的女神身份与其在《红楼梦》中的作用，可以参见郭玉雯：《〈红楼梦〉与女神神话传统——秦可卿篇》，《红楼梦渊源论——从神话到明清思想》，第100—116页。

其才干亦渐次为走入末世的贾府带来了一线生机,其无论是胆识还是谋略亦足以傲视那些束带顶冠的庸碌男性。但"大有大的难处",随着贾府世袭爵位随代递降造成的年俸减少,内部腐败亏空以及其他田庄、房租等收入的递减,府内陷入了长期的"出的多,进的少"的财务窘境,因此维持周转、稳定秩序、省俭开销就成为凤姐持家的主要目标。

虽然很多论者总是认为凤姐从包揽诉讼官司、重利盘剥中获取大量梯己财富,比如弄权铁槛寺,一次就坐享三千两银子(第十五回),或者拿丫头们的月钱放债,"一年不到,上千的银子"(第三十九回),坐实其贪婪好利之性,或者根据判词中"机关算尽太聪明,反算了卿卿性命"为由,问罪凤姐。但事实恐非如此简单,小说中虽不乏对凤姐贪利细节的描写,但另一方面小说也如实地描述了凤姐经常出现缺少现银、无处支挪、典当物件,甚至向鸳鸯借当来应对临时之需的困窘。① 这样看来,说凤姐完全是中饱私囊可能就不符合小说透露出来的讯息。而面对加在身上重利盘剥的恶名,凤姐曾自言:"我真个的还等钱做什么,不过为的是日用出的多,进的少。……若不是我千凑万挪的,早不知道到什么破窑里去了。如今倒落了一个放账破落户的名儿。既这样,我就收了回来。我比谁不会花钱,咱们以后就坐着花,到多早晚是多早晚。"(第七十二回)凤姐的此番言语,是否完全属实,是否其放账取利的收益就是为应付府内日常用度,或可怀疑,但未必没有真实的成分。因为荣府内囊亏空的大洞,是悬在凤姐理家头顶上的一把利剑,即使凤姐想要巧取豪夺,但其前提亦要在维持荣府上下几百人的庞大家用开支之后,因为对凤姐来讲,对理家的权力的占有欲和极强的自尊(面

---

① 关于这种财政困境,有论者提出几种认识的可能:其一,凤姐在放债过程中,由于过于大胆而使自己陷入窘境;其二,她放债常常亏损大于所得;其三,她和贾珍一样挥霍无度。参见涂卫群:《眼光的交织:在曹雪芹到与马塞尔·普鲁斯特之间》,译林出版社,2014,第491页。

子）是比单纯的获得金钱更让凤姐满足的事儿。

然而即使有凤姐致力俭省挪用凑补，甚至以非法违禁的方式获利敛财，但在世家规矩排场犹在且上下离心的严苛现实下，正如贾母所言"巧媳妇做不出没米的粥"，贾府运数终将不可阻抑地走向消散。而补救心愿与现实环境之间的严重扞格，导致贾府主要的理家人常常处在身体有"病"的状态，以自身精血的流失、身体的消瘦象征家族精气神的衰弱。有学者曾论，病态、死亡是女性处境的象征，并皆可被理解为对女性处境的概括，因为这些症候意味着女性活力、欲望、精神遭受抑制，并在这种抑制之下逐渐干枯。①宁国府秦可卿与王熙凤在当家媳妇的身份、才干上互为影鉴，又以极亲厚的情谊彼此联结，而为家事焦心劳瘁，以及无力逆转的症结，也是两人共同的处境。秦可卿"心性高强聪明不过"，处事又极妥当，是贾府"重孙媳妇中第一个得意之人"（第五回）。但由于心细如发加上聪明太过，忧思成疾，其病便由"多心"与"好强"上得来（第十回）。而凤姐身为荣国府当家，从经常贴着西洋头痛膏药"衣弗那"一事上，亦可推知操持家事的劳心情况。后来秦可卿若似喜，不行经，又流血不止，时好时坏，终至枯黄干瘦的症状也重演在凤姐身上。②小说中不时提到凤姐之病，第五十五回，年事刚刚忙完，凤姐便小月，暂交理家权，"谁知凤姐禀赋气血不足，兼年幼不知保养，平生争强斗志，心力更亏，故虽系小月，竟着实亏虚下来，一月之后，复添了下红之症。他虽不肯说出来，众人看他面目黄瘦，便知失于调养"。第七十二回，"王熙凤恃强羞说病"中通过平儿的口描述凤姐的病，"只从上月行了经之后，这一个月竟沥沥淅淅

---

① 参见康正果：《重新认识明清才女》，《中外文学》1993年第22卷第6期。

② 关于凤姐疾病的隐喻，除了本书的解读之外，李劼有不同的看法，他认为凤姐的妇女病是其作为补天者受到男性世界浊气污染的必然悲剧，具体论述参见李劼：《论〈红楼梦〉中的补天者形象》，《上海社会科学院学术季刊》1994年第1期。

的没有止住"。鸳鸯惊诧道"这可不成了血山崩了"。紧接着抄检大观园后，凤姐再一次病势复发，更加淋血不止，连起床亦不能（第七十四回）。其宛若"血山崩"的症状，以身体血液的骤遽流丧、倾泻不止，既隐隐呼应其判词中凤鸟栖息于冰山之上的图像，也仿佛指向贾府"忽喇喇似大厦倾"的散败命运。由于女性的经血象征着繁殖与生命，而秦可卿和王熙凤身为荣宁二府的当家媳妇，却接连染上血疾，既意味着身心失衡，不能施展，也借由当家主妇血液的流失，以及逐渐干涸的躯体，暗示宗族生命力的衰丧和贾府气数将尽的危机症候。

四、从女儿乐园到经济田庄——大观园性质的改变与探春的改革

凤姐病后，王夫人便将理家之权交于李纨、探春和宝钗。理家权从"主妇"向"女儿"的角色转换，使大观园中的女儿有机会走出封闭的闺阁出至厅堂之上操持家务，这一方面揭示女儿生命阶段的必然成长与看问题视角的转变，另一方面也暗示着大观园质性的改变：从纯粹审美的园林转变为可以经济利息来计算收益的农田庄园。可以说，园中女儿角色的转变不仅呼应着女性职能的暂时错位，也暗示着大观园审美视角的改变，更加增添了大观园的丰富层次和多重象征面向。

（一）从闺阁千金到理家人的身份转换

第五十三回之前，大观园中的女儿一直被塑造为闺阁千金，不管俗世、不问家务，终日生活在嬉笑打闹或者诗情画意的世界。这种封闭的闺阁，生活一方面保证了园中女儿的清洁、纯净与美丽，以高度的自由精神呈现出"无功利"的审美色调。但另一方面，倘若这种"无功利"是建立在未曾领略生计的艰难、物质的不易以及劳作的辛苦，无须负担经济重担的条件下，则不仅金钗们锦衣玉食的自在生活显得空浮虚

妄①，同时，大观园在现实物质条件上的立足点也将变的可疑。

刘姥姥两进荣国府的见闻，代表着立足于现实之人对贾府内部生活的反向观察，农家老妪与世家教养严重脱隼的夸张演出制造出了笑料倍出的喜剧效果。但在刘姥姥半是夸张做戏，半是淳厚质朴的惊讶与赞叹里，贾府因过度奢靡铺张的"优渥""盈满"也被一一放大审视。如果说刘姥姥的眼睛代表着一双来自现实世界审视的慧眼，那么贾府在这种审视之下，就显现出脱离现实的另一种浮华与不真实。表现之一，刘姥姥信口开河的乡野村言成功地吸引了上至贾母、下至小丫头的巨大兴趣，他们不仅认为乡间见闻比说书的还有趣，同时又把刘姥姥虚编妄造的故事信以为真。这种认虚作实，或是以假为真的混淆迷乱，隐隐暗示出园中人可能生活在脱离真实的浮华世界里。表现之二，对于荣国府、大观园建筑的富丽、生活的奢华，小说家借助刘姥姥身体的不适应透出隐微的批评。比如刘姥姥一进荣府时，来至凤姐房中，"才入堂屋，只闻一阵香扑了脸来，并不辨是何气味，身子如在云端里一般。满屋中之物都是耀眼争光的，使人头晕目眩"（第六回）。可见声色嗅触对感官知觉造成了强烈的侵袭，使头晕目眩的刘姥姥有入坠云中的眩晕感。再如第四十一回，刘姥姥"母蝗虫"一般洗劫了大观园的饮馔声色后，又在一种具有象征性的"排泄"中将其倾倒而出，后又在大观园中最豪奢精致的怡红院中扎手舞脚的醉卧，不仅为大观园注入尘世生活的气息，更是以讽刺的笔法隐微批判了大观园过于富丽、清洁的病态存在。

不过，随着时间的流逝，即使贾府外面的架子未倒，闺中供给依

---

① 当然需要插进来说明的是这种"无功利"仅仅是就姑娘们对俗世经济生活的不察，而非指姑娘们因天真纯洁而对客观世界的认识幼稚糊涂至一无所知。事实上，众金钗对人性的复杂，生存境遇的危险有着深刻的体悟，比如宝钗那句"皮里春秋空黑黄"被指认为讽刺世人太毒了些；黛玉的《葬花吟》更是将人生、青春与生存境遇的复杂关系巧妙解出。

旧，但萧瑟之气已经是扑面而来。在众金钗进入大观园的三五年时间里，贾府衰落的迹象已是清晰可见。贾母带刘姥姥游大观园，设宴秋爽斋，鸳鸯依例分派席上剩菜给各房大丫头，即使已经用过饭的也要照给，因为吃不了的大可喂猫（第四十回）。但如此富裕可浪费的景象迅速转成了后面的捉襟见肘，不仅大观园小厨房里要依人数支领鸡蛋，再多要只能另置另添（第六十一回）。连贾母上房里的粳米饭也只烹煮了刚好之数，多一人便见出窘况，鸳鸯笑言解劝道，如今是到了"可着头做帽子"的时局了（第七十五回）。荣府的情况窘瑟艰难至此，大观园亦自不能完全不改其娴雅优渥的生活步调，而探春、李纨与宝钗的兴利除弊便是以此为背景的。

就贾府内部的日常运转而论，李纨、探春和宝钗继凤姐之后担负理家大任，是以家庭中的"妇""女"身份参与对家务的支援协助，显示作为荣府闺阁的大观园与正房具有连动互通的属性；就女儿角色的转变而言，三人的理家则可被认为是园中金钗自我独立的尝试，从远离俗世走向对现实的师法学习，从审美无功利走向对经济利息的计算。而就大观园性质的改变而言，探春兴利除宿弊之后，大观园不再只是悄然隐退在荣府内院的花园闺阁，它从少女们的自由嬉戏之地，部分地承担了理家治世的政治意味，成为媳妇、婆子们来往回事的重要地方。比如大观园中当年为省亲所设，供太监们起坐，位于院门口南边的三间小花厅成了制号发令之处，一应要请示、回话的管家娘子、执事媳妇皆到此向探春等请示，从早至午络绎不绝。而大观园边上"议事厅"所悬的"体仁沐德"之匾再次提醒大观园之前作为省亲别墅所具有的政治意涵，以及簪缨之族所熏沐的天恩祖德。厅里的整肃谨严气象，也全然不同于之前园中自由闲适的氛围，转成为礼法规矩至大。比如探春因赵姨娘来吵闹而哭泣，丫头等取来巾盆镜奁等物要"跪捧"脸盆、"屈膝"捧巾帕待其理妆，而平儿亦要上来替其"挽袖卸镯"悉心服侍。后来"三人在板床上吃饭，宝钗面南，探春面西，李纨面东。众媳妇皆在廊下静候，里头只有他们紧跟常侍的丫鬟伺候，别人一概不敢擅入"（第五十五回）。主仆间尊卑有序的位置和一丝不苟的礼节，构成大观园中极为罕见的凸显千金小姐主子威仪与世家大族严谨礼法规矩的场景，亦同时暗示着园中女儿暂时搁置嬉戏闲适的儿女情态，代换以理家的慎重态度来处理族中事物的政治姿态。

（二）从审美价值到经济利息的视角改变

随着女儿从养在深闺的千金小姐转变为能够独当一面，处理"如乱麻一般"家务的当家人，身份与视角的转换同时带来了花园质性的改变。因偶然的契机，探春发现花草在点缀景观、具有审美观赏价值之外，另具有市场的经济价值。随后其将花草竹木论斤估两，计取出息，并展开兴与利的计划，这一方面预告大观园审美无功利的封闭时期的结束，另一方面也暗示着女儿们随着时间的推移必须长大成人，认识到园外现实世界的物质运作，并借此找到自我立足的基点。

花草树木作为园中的主要自然景观，既是园中重要的审美客体，亦是构成园中以审美为主的艺术生活的重要条件，同时其美丽的颜色、各异的风情又成为女儿情态风姿的象征。它们形成一种自为自足、无涉其他的单纯审美境界，并与园外布满算计功利的价值世界分疆画界。但是，一旦象征乐园理想的花园与园外的现实世界发生利益关联，便是"未许凡人到此来"的桃源世界发生结构性质变之时。一如出离桃花源的渔人因萌生"处处志之"的机心，也便丧失了再次进入桃花源的契机。同理，大观园中的花草若被加以世俗取利的眼光，产生估价待卖的功能，则亦代表花园宁静清洁质性的改变，成为审美乐园消逝的标志。但随着园中女儿的成长与现实视野的扩大转换，大观园这种世俗面向的出现，却又是必然的发展逻辑。

探春因过年时曾至赖大家吃年酒，发现赖家花园草木繁盛、井井有条，除了家常食用插戴的果蔬花卉之外，年终还能剩银二百两，使探春明白"一个破荷叶、一根枯草根子,都是值钱的",从而萌生整顿大观园之心。这意味着园中女儿对外面现实世界的接纳与学习,企图改变千金小姐不问世事的生活样态,转而探求花园与自身立足现世的支点。①这里,发现无用之物的有用,首先代表着探春等人对待物的视角的转换,打破了纯粹审美的眼光和以完整新鲜为美的标准,而对事物进行了更多层次的关照与评定。于是原本代表破败与枯萎的"枯草根子"与"破荷叶",又从使用的角度翻转出"有用"与"值钱"的意义来。探春的视角转换某种程度上代替了园中女儿的普遍视角,其与李纨、宝钗等的讨论,亦可看作是园中女儿无瑕的视角与园外现实生活视角的一种对话。一开始探春仅知潇湘馆的竹林、稻香村的菜蔬稻稗等物有经济价值,以为"蘅芜苑和怡红院这两处大地方竟没有出利息之物"。经李纨解说,才知这两处的香草、香花,若卖到香料铺、茶叶铺、药铺去,较别的地方利息更大,遂亦指派专门照管之人。

其次,观点的转换,也代表人生观、世界观的延伸与拓展,意味着女儿对自身定位的重新发现与身份角色的转换调整。从娇养的千金小姐到理家执事的成年闺秀,生命阶段的转变,既标志着童年期的结束,也驱使女儿在诗意生活的审美之外,必须面对生存的现实。而花园遂亦在探春成为理家人的新视角下划分为各个经济区,以园子自身的产物,支应园中人的相关用度。

由于探春的兴利之举,大观园从护养群芳、以审美赏鉴为主的花园,衍生出新的庄园景象:"因近日将园中分与众婆子料理,各司各业,

---

① 很多论者或许会提出质疑,女儿过问俗世之后是否就不再清净纯洁,比如宝玉就以此理由反对探春对家事的操心,并劝其"只管安享尊荣为是",这里且不说宝玉女儿视角的偏狭,只说把女儿之美限缩在不谙世事的纯净之上,显然是男性把玩和掌控女性的畸形心态,因为这种心态大大地否定了女性生命必然要成长的现实逻辑,同时也否定了女性生命对多样性、成熟性和完满性的多重样态的需要,关于此在后面讨论贾宝玉的女儿观时有更充分的阐述。

皆在忙时,也有修竹的,也有种树的,也有栽花的,也有种豆的,池中又有驾娘们行着船夹泥种藕。香菱、湘云、宝琴与丫鬟等都坐在山石上,瞧他们取乐。"(第五十八回)对闺中女儿来讲,农事还是新奇之事,能作为暇中取乐之资,而农忙景象本亦能入诗入画。因此虽经探春改革,但大观园中美感与休闲的质性依然存在,而此或许也是曹雪芹试图"平衡"大观园诸种质性的有意策略,让大观园的诸种质性相互流转而非彼此遮蔽与删减。一如女儿们以情韵、意趣、风格划分每处房屋的空间区隔,而婆子媳妇们则以各种作物的"出息"在园子里划疆分界,审美意趣与实用功利两种思维同时并存,落实在大观园生活的实际场域中,最终丰富了大观园意涵包蕴的层次,也成就了大观园具有的无尽阐释性。

但需要提醒的是,曹雪芹并非在理想状态描摹大观园各种质性之间的相互包容,而是相当真实地描述了它们之间的矛盾扞格。一个明确的例子就是第五十九回,莺儿在园中采柳摘花,编制精巧的花篮,蕊官、藕官都觉得有趣好玩,怡红院的丫头春燕看见后连忙阻止说:"这一带地上的东西都是我姑娘管着,一得了这地方,比得了永远基业还利害,每日早起晚睡,自己辛苦了还不算,每日逼着我们来照看,生恐有人糟蹋,又怕误了我的差使。如今进来了,老姑嫂两个照看得谨谨慎慎,一根草也不许人动。你还掐这些花儿,又折他的嫩枝,他们即刻就来,仔细他们抱怨。"(第五十九回)之后春燕姑妈果然就来,还抓起编的柳条子来,指桑骂槐地质问:这编的是什么?这段对话可以说真实具体地揭示了审美趣味与货利营生两种价值观在大观园中的冲突。

五、女儿齐家与治国、补天的隐喻

探春的兴利除弊,不仅有助于贴补贾府经济,有利于管理和兴旺花园,且为荣府女性的治家业绩再添新声。与此同时,探春改革的意义,亦不仅定格在具体家庭层面上的兴利节用，而是在象征的层面上与"治国"比并颉颃。事实上，将"齐家"与"治国"并置，是曹雪芹书写时的一种刻意态度。比如，第十三回王熙凤协理宁国府，短短一天即将宁府秩序整饬一新，其威重令行，责罚分明，实在令人敬服。曹雪芹随即以"朱紫万千谁治国，裙钗一二可齐家"来称赞凤姐之威势之英勇且概括其理家的性质，初步揭示了"治国"与"齐家"的类比性。接着，到了探春理家，更是浓墨重彩其风采气度与管理方式，以至于评点家西园主人曾言："探春者，《红楼》书中与黛玉并列者也。《红楼》一书，分情事、合家国而作。以情言，此书黛玉为重；以事言，此书探春最要。以一家言，此书专为黛玉；以家喻国言，此书首在探春。"①不仅揭示探春理家在小说主题上的重要，更是提出了探春事与家国事的对应关系。欧丽娟亦曾将黛玉与探春比较后得出"情/家（大观园）/小我/黛玉"→"事/国（贾府）/理/宇宙大观/探春"的对照组。②其实探春本身所具有的家国情怀与凤姐相比，除了"精细处不让凤姐，只是言语安静，性情和顺"之外，曹雪芹更凸显了探春读书识字的重要性，"他虽是个姑娘家，心里却事事明白，不过言语谨慎，他又比我知书识字，更利害一层了"（第五十五回）。凤姐所言的利害最重要的表现，便是探春、宝钗在治理大观园时，将"治家务"和"谈学问"相提并论。于是当本属于男性用来辅国治民的"学问"成了女性"齐家"的借鉴策略与指导方针时，这"齐家"也就有了"治国"的高度。

自古中国有"学而优则仕"的传统，因之，学问与治国自然而然形成了相互辅翼的关系。"学，所以为仕也"，在这样的传统之下，"讲

---

① （清）西园主人：《红楼梦辨·探春辨》，一粟编：《红楼梦资料汇编·红楼梦卷》，中华书局，1963，第203页。
② 欧丽娟：《身份认同与性别越界——〈红楼梦〉中的贾探春新论》，《台大中文学报》2009年第31期。

学问"与"知经济"的密切联系不言而喻。《红楼梦》虽然塑造了宝玉这样厌恶科举学问的离经叛道者，在其看来士人"讲谈经济"便是"禄蠹""国贼"，除了"沽名钓誉""诓骗功名"之外别无可取。宝玉的言论看似偏颇过激，但其偏激确是建立在当时对儒家学问的歪曲与科举的功利取向上，因此其一方面批判了仕途经济上以争名逐利为唯一目的的文人，另一方面也暗示了当时文人阶层仕途之路的狭窄化、空洞化和怀才不遇的尴尬处境。科举过于模式和腐败，但不科举就无法出仕，不出仕就不能经世济民，不经世济民就辜负了儒家以学问来修、齐、治、平的宏图大任。也就是说，在官场污秽、士人理想沦丧，且科举走向八股极端化的时代语境中，宝玉所谓的学问无助于明道，读书仅为蟾宫折桂的偏激言论似乎又不能称之为偏激，只是在宝玉这里，学问与辅国治民之间的关联遭受了质疑。而重新建立两者之间联系的是宝钗，身为大观园中端庄雍容的名媛，其对男人读书的看法其实更客观也更公允。"男人们读书明理，辅国治民，这便好了。只是如今并不听见有这样的人，读了书倒更坏了。这是书误了他，可惜他也把书糟蹋了。"（第四十二回）宝钗此语并不讳言仕途中男人孜孜读书仅为沽名钓誉的功利取向，甚至于同宝玉一样，她亦毫不客气地谴责那些不能发圣人真意、不能读书明理、辅国治民的庸碌男人们（也是在这个意义上，欧丽娟曾指出宝钗才是宝玉的同道）。但需要注意的是，宝钗并没有因此斩断学术与治国之间相辅相成的必然联系。当李纨嗔笑宝钗、探春"叫了人家来，不说正事，且你们对讲学问"时，宝钗便立刻回道："学问中便是正事。此刻于小事上用学问一提，那小事越发作高一层了。不拿学问提着，便都流入世俗去了。"（第五十六回）可见，在她们治理大观园时，正是通过将学问贯彻在理家过程中，发挥学问在齐家上的实际作用。事实上，宝钗的话直接点明学问不仅能协助理家，更重要的是借由学问之"大"对家务之"小"的指引，理家才能"作高一层"，而此亦隐隐地透露出儒家齐家、治国、平天下之间的同构关系，诚如《礼记·大学》所云:"欲治其国者,先齐其家",而"所谓治国必先齐其家者,其家不可教而能教人者,无之,故君子不出家而成教于国",且完成这种同构的基础纽带就是学问。

小说第五十六回详细地描述了大观园的改造计划。从提出、协商到落实、执行,能够发现探春整个兴利除弊的构想规划,一直是在与宝钗以对讲学问的方式相互辩证进行的。探春自赖家花园回来,才知道"一个破荷叶、一根枯草根子,都是值钱的",并对此感到惊异。宝钗则回曰:"你们都念书识字的,竟没看见朱夫子有一篇《不自弃文》不成?"其以"句句都是有的"的朱子文不仅戏笑了探春的"纨绔膏粱之谈",且证明了大观园兴利的合理性和可行性。随后又说"天下没有不可用的东西;既可用,便值钱"。而探春则在宝钗的肯定中,思索出要将园中花木果蔬物尽其用,而不任其凋零萎谢,方才不是暴殄天物,也方才不负上天育物之大德,随即便说出要将园子分派与家中老妈妈们照管的四则好处。宝钗只待探春说完,即刻由衷赞叹道:"善哉,三年之内,无饥馑矣!"此语中"三年"之期和"无饥馑"之理想,倘若考察出处,则分别指向了《论语·先进上》中子路对治国理想的谋划①或者《孟子·梁惠王上》中对王道宏图的描绘②。纵然将探春的改革成效比之于三年之内国无饥馑的政治理想,是宝钗的玩笑话,但有意借助孔孟圣贤之治国理

---

① 《论语·先进上》中有著名的四弟子侍坐故事,孔子问各弟子之志向,子路率尔而对曰:"千乘之国,摄乎大国之间,加之以师旅,因之以饥馑;由也为之,比及三年,可使有勇,且知方也。"参见程树德撰,程俊英、蒋见元点校:《论语集释》,《新编诸子集成》(三),中华书局,2018,第1031页。

② 《孟子·梁惠王上》中在阐释王道之始时,有如下的描述:"五亩之宅,树之以桑,五十者可以衣帛矣。鸡豚狗彘之畜,无失其时,七十者可以食肉矣。百亩之田,勿夺其时,数口之家可以无饥矣。谨庠序之教,申之以孝悌之义,颁白者不负戴于道路矣。七十者衣帛食肉,黎民不饥不寒,然而不王者,未之有也。"参见(清)焦循撰,沈文倬点校:《孟子正义》,《新编诸子集成》(五)》,中华书局,2018,第60—63页。

想，却未尝没有将大观园之改革类比于此的意味。待到规划妥当，各处安派专人照管时，园中婆子又争相踊跃，探春问宝钗意见，宝钗答："幸于始者怠于终，善其辞者嗜其利。"此句虽未有确定的出处，但宝钗以工整的书面语形式吟出，内容又是对经验规律的总结，故而也颇具"学问"的样态。探春听后点头称赞并领略其意，自向园中婆子的名册上，指出几人来与宝钗、李纨、平儿共同商定，最后所选之人，"俱是他四人素昔冷眼取中的"，初步完成了大观园的改革计划。

  在这个过程中，有个有趣的插曲，就在探春四人商议分管大观园之事，提笔圈选各处妥当人时，给黛玉、湘云看病的大夫恰巧进园来，待探春等人圈点完毕，大夫亦恰好离去，并将药方交与她们四人察看。这里的有趣点在于，大夫诊病开药与探春兴利除弊，两件事形成了叙事上的穿插映带。就小说的叙述来讲，曹雪芹未必是有意，但却无意中形成了两者以彼喻此的象征意味，探春的改革被无形中隐喻成为贾府积弊已久的管理开出的药方。就具体操作层面来说，此次颇有些类似责任承包制的改革，不仅可使园中花木受专人照管每年滋长蕃盛，并各处可孝敬之物及所取出息又可供给园中小姐、丫头们的日常开度，同时管理之人又能获利，又能将获利的一部分散给园中执事的婆子们，实现大家伙儿的利益均沾。可见，探春改革的立足点，便是首先承认人有私心、心图私利的现实，试图打破荣府责权不分、滥收滥支的宿弊，用利益驱动来形成管理、制约的机制，正如李纨的评价："使之以权，动之以利，再无不尽职的了。"可以说，"整个方案贯穿了一个经济效益的思想，这对一向重义轻利的中国传统习惯是一个突破"[①]。如此对几处皆有裨益的事，如何不让园中婆子们欢声鼎沸？"从此姑娘奶奶们只管放心，姑娘奶奶这样疼顾我们，我们要再不体上情，天地也不容了。"（第五十六回）就治理的效果来讲，如此一

[①] 李廷海：《〈红楼梦〉管理方式浅析》，《江汉论坛》1987年第10期。

行，贾府的账房一年可少出四五百两银子的花销，稍减艰啬之象。况园中婆子媳妇亦能主动敬谨从事，竭尽全力照管大观园。大观园自此应该逐步走向众人各司其职、各尽其能、无为而治的理想境界。宋淇在谈到大观园的改革时也认为："如果再由探春、宝钗、李纨三人经管下去，加上平儿的合作，大观园非但在经济上可以自给自足，在人事上也可以上下团结，打成一片。"①

但是，从最终落实的层面上看，探春等人的改革虽然妥当恰切，并确实能减缓大观园的颓势。但对"昏惨惨似灯将尽"的贾府来讲，大观园的兴利不过是杯水车薪，所谓"大厦将倾，非一木可支也"，探春的改革最终只能以失败告终，究其原因，大致可见以下几点。

首先，受权限所制，探春的改革只能困囿在有限的范围，而不能更深更广地推向整个贾府。因为探春、李纨等受命是在凤姐小产之后，王夫人让其暂管、代管的身份一开始就限定了她们作为"辅助者"的角色。也即是说，凤姐病愈后，理家的权力是要归还的，此种情况被兴儿一语说破："这大奶奶暂管几日，究竟也无可管，不过是按例而行"（第六十二回），点出了探春等人理家权的有限。

其次，探春等人不过拥有裁治小事的权力，真正大事的决断权仍在王夫人手中。况且对探春而言，授命理家，本是王夫人看中她，她更要自尊自重，尽力不逾越分际。对此黛玉曾评曰："你家三丫头倒是个乖人。虽然叫他管些事，倒也一步儿也不肯多走。差不多的人早就作起威福来了。"（第六十二回）可见探春行使手中权力时，主要还是依着"旧例"或者"祖宗手里的旧规矩"。

再次，大观园虽因改革每年可俭省四五百的银子数，但这仅能供给如头油、脂粉等有限的杂费，园中人的大宗开销如月例、吃穿、用度等

---

① 宋淇：《论大观园》，《〈红楼梦〉识要——宋淇红学论集》，中国书店，2000，第28页。

项目依然要仰赖外面官中。因此，相对贾府财库日渐没落、亏空巨大，大观园兴利所节用下的数目就太微不足道了。

最后从经济学的原理上看，探春的改革只是维护贾府原有的经济体制基础上的微小修补，虽然其承包制的引入是打开旧体制缺口的一种手段，但是体制背后的产权结构、意识形态和政治制度等更深刻的内容显然没有被触动。故而探春的改革只能以失败告终。也即是说"经济体制转型之难不在于序幕，而在于以后的戏怎么唱下去。而且，承包制引起的反抗并不大，一旦全面进行改革，会触及原有的既得利益集团，其反抗力量之强，不难想象。正从这种意义上说，改革是一场革命，是权力与利益格局的重大变更，探春的承包制改革并没有涉及这些深层次的问题"①。

当然撇开经济学等问题，对探春的改革来讲，最让人无法左右的是，大观园的改革纵然体现了利益均沾的原则，但计划毕竟无法把人性（尤其是贪婪）直接算计进去，因此园子划归个人管理之后，不久就引起各种纠纷喧闹。第五十九回园中婆子在柳叶渚边嗔莺斥燕，第六十一回管厨房柳家的叙述自己沾惹"瓜田李下"之嫌的难堪经历，都应了宝玉向黛玉所说的，"这园子也分了人管，如今多掐一草也不能了"。即是说，大观园被分管出去会直接造成责任人与使用者的利益冲突。这种情况在探春等人分派大观园时，宝钗就曾将此利弊做出分析："若果真交与人弄钱去，那人自然是一枝花也不许掐，一个果子也不许动了，姑娘们分中自然不敢，天天与小姑娘们就吵不清。"（第五十六回）后来的事件果然印证了宝钗的担心，婆子们与小姑娘的争吵虽说不能在园中搅起巨浪，但潜伏的暗流却显示大观园一旦变成能出产利息的庄园后，利益分配的不均，物质算计的介入，却实实在在会打破大观园原本心无罅隙、远离纷争的乐园世界。而随着小丫头与婆子们之间猜忌的扩大，大

---

① 参见梁小民：《〈红楼梦〉中的转型经济学》，《决策探索》（上半月）2007年第10期。

观园亦不免再次种下自我毁灭的种子。

在此亦能看出曹雪芹对大观园改革事件描述的精细之处,他着实意识到"见利忘义"乃人之本性,虽负责园中各处出息之人,皆是探春等冷眼取中的,但即使慎重如此,仍难免纷争。曹雪芹似乎想借此暗示,孜孜以为利或许正是人性普遍之弱点,尤其是那些常年为生活熬煎的婆子们,恰如春燕所说的"越老越把钱看得真了",她们不可避免地将外界唯利是图的价值取向带进大观园,加增大观园的世俗性和功利性。第四十九回,湘云曾对初来乍到的宝琴提醒说,王夫人上房里"人多心坏,都是要害咱们的",虽心直口快揣度出人之复杂,但也暗示着《红楼梦》充分意识到人性之恶,且在小说各处描写中进行渗透。比如大观园不能避免人性恶的流入,"人"的因素会使大观园改革的理想计划变质变形,再比如贾府中因玫瑰露、茯苓霜事件勾起的盗窃官司等等,亦再次暗示出园内外人际关系的纠葛以及传递网络的复杂。似乎随处有人通风报信、分斤拨两,也随时有人煽风点火、落井下石,甚至借机谋利或者伺机报复。如果说抄检大观园时,晴雯、芳官、四儿等人被王夫人撵逐还只是暗中透露园中告密网络四通八达的话,第六十一回曹雪芹则借门上小厮与柳家的拌嘴,明言道:"别哄我了,早已知道了。单是你们有内线,难道我们就没有内线不成?我虽在这里听差,里头也有两个姊妹成个体统的,什么事瞒了我们!"此番话已经明白地道出,连门口的小厮都有自己的关系网络和通达消息的渠道,可想园中关系网络之复杂已经出乎想象。故此探春才叹息"倒不如小人家人少,虽然寒素些,倒是欢天喜地、大家快乐。我们这样人家人多,外头看着我们不知千金万金小姐,何等快乐,殊不知我们这里说不出来的烦难,更利害。"(第七十一回)这里所言的烦难和利害,最主要的表现就是豪门贵族内部盘根错节的人际牵缠和利益算计,这往往是当家执事之人最有苦难言和最难以掌控的烦难。繁杂的人事网络加上贾府内部积弊已深、牵连极广的溃败亏空,倾颓的末世已经来临,此时想要力挽狂澜又谈何容易。而当有志补天和才志清明的理家人也只能束手叹息时，宁荣二公那句"吾家自国朝定鼎以来，功名奕世，富贵传流，虽历百年，奈运终数尽，不可挽回者"一语的沉痛与哀叹也才愈发令人深思。

客观地说，宁荣二府的败落是府内外各种利益矛盾交互作用且长期积累的结果，生齿日繁、内部腐败、天恩不再与后继无人成为最主要的衰败加速器。虽然小说将这些因素总归至"运终数尽"这个不可阻拒的宿命规律，通过强调贾府末世的宿命感，突显裙钗在末世中齐家的悲壮感，亦彰显人力与天命的抗衡之美以及人力终究毁灭的巨大悲剧感。但《红楼梦》启人省思的地方不只于此，强调天命不可违不过跌入了宿命论的窠臼。如果将整个故事重新置诸"女娲补天"的背景结构里，也即是前文所阐述的，《红楼梦》不仅上演了一出补天者无从补天的悲剧，而且继续追问了补天之后又能如何的问题。如果神话架构中尚且存在补天后依然"地陷东南"的"不平"缺憾，那么人世间为功名利禄争斗不息的战争是否终究无法将人世重新带回远古乐园时期的圆满自足？人世是否终将会在人力的重重算计中再次面临末世？况且如果宇宙间又充斥着盈虚不定、变幻莫测的偶然性，世间万象又不断堕入"好"与"了"往复兴灭的循环中，补天之后的世界又与未补之前有何区别呢？从这个意义上看，从秦可卿、王熙凤到贾探春、薛宝钗，她们为补天透支的心血，期待家族基业永葆无虞的念想，亦不免成为一种痴心，其执着之情与结局注定成空的巨大反差亦不能不让人一掬热泪。

从上面的论述中能够看到，作为象征空间的隐喻，大观园流转在元妃行宫、贾府闺阁、女儿乐园、仙境投影以及货利田庄等多重质性的镜像中，并蕴而生了种种交相重叠的复杂含义，并隐约地构成了对现实存在、人间秩序一系列有意义的抵抗与回应。尤其是情礼（理）、性别、权力等多重话语的注入使《红楼梦》的建构充满了多重声音的对话、冲突与妥协，不仅呈现出秩序与反秩序、现实与理想、情与礼两端之间幽微复杂的共生与辩证关系，并由此延伸出性别、礼法、文化与秩序之间应然与实然关系的思索与深度探求，更亦由此扩展了对文人传统花园景深的深度探照。大观园作为元妃省亲的产物，政治权力在其中的渗透虽然隐蔽，但却至关重要，因为元妃（以及其代表的皇权）对情礼兼备生命形态的认可，又由于皇权与母权的双重庇护，大观园才拉开女儿乐园的序幕。作为曹雪芹实验情的基地，园中的别样世界不仅宣示着女儿情美生命自然干净美好纯洁的样态，且实践着宝玉"意淫"与"情不情"的耽美理想。但大观园的理想却没有止步于情，园中亦遵循着宗族礼法的限定，主子、丫头、婆子们各安其位，自然谱成一套情礼兼备的礼法秩序。值得注意的是，这种情礼兼备的尝试并非曹雪芹的无意之笔，而是遥遥承接着女娲补天时就需要的情礼两全：创物育人、济世补天之至德至"情"；练就长宽如一、合周天之数的五色补天石之规格法"礼"。因为大观园情礼兼备的特性，园中女儿在休闲、诗意的栖居之外，又被赋予了改革花园的大任，而大观园亦因此在审美娱乐的性质之外延伸出利息物质，可供使用的经济价值。这种出自一二裙钗的政治作为，既接续和深化了大观园在礼法制度层面的意义，也重新勾连起了学问与治家的深层关联，并完成了女儿在齐家、治国与补天之间的同构关系。

第四章　性别·欲望·叙事
《红楼梦》的"成书"过程与从"欲"到"情"的动态演变

明中晚期之后,关于欲、理之辩的争论,深刻地改写了中国明清思想史的走向以及之后小说叙事主题的切换。于是,呈现在明清小说中的种种关于欲之合理性、破坏性的想象和实践,并由此勾连的对情、欲之多义性、复杂性的讨论,以及这些讨论所开拓出来的多重意义空间,一方面构成了《红楼梦》情欲书写的潜在对话者,另一方面亦构成其承接的文化遗产,它们以其巨大的互文性召唤出一个从欲到情动态演变的张力场,而对这种张力更加细致入微地深度描刻与思考,正是在《红楼梦》中达至顶峰。事实上,在明清,情欲在某种程度上充当了一个思想、文化转折时期触媒基点的作用,正如沟口雄三所言:明清思想不同于之前中国思想的两个剧变式的标志就是"人欲"和"私","出现了由负到正的180度'坐标转位'"①。经由此,明清思想史的诸多话题,比如欲与理之辩、"尚情"思潮的出现、关于礼制主义的讨论、理学的复归、考据学兴盛的内在脉络等等,似乎皆能在对情、欲诸种复杂含义

---

① [日]沟口熊三:《中国前近代思想的屈折与展开》,龚颖译,生活·读书·新知三联书店,2011,第48页。

的讨论与逻辑衍射中获得问题的来源或者启示。而对《红楼梦》,尤其是对其大旨所谈之情的讨论,就更需要被放置在情欲明清这个宏大的历史语境中,在一种文学史的连贯性与逻辑性的意义上获得关照。尤其是当明清"尚情"思潮的发展,"存在着一个情与理先分后合,情与欲先合后分的吊诡",最终"在与理、欲的冲突弥合中陷入了自身的困境"①之时,《红楼梦》又该如何"大旨谈情"?而曹雪芹又该如何面对这个"情"的困境?特别是当曹雪芹把众金钗都设置成情的化身,进而理想化这种情时,他又该如何处理其与礼的矛盾?

一、从《金瓶梅》到才子佳人小说——明末清初小说从欲到情的主题转换

巴赫金在其《小说的时间形式和时空母题》一文中,曾经以"时空母题"的转换来归纳西方小说的发展线索。他认为"从流浪汉小说中的道路到哥特式小说中的城堡,再到巴尔扎克、司汤达等十九世纪现实主义小说中的客厅与沙龙"②,这一系列重要"时空母题"的更迭,精确地反映了"小说"这一文体在西方的发展轨迹。而据汉学家黄卫总的总结,中国明清时期的小说也曾出现过这类相似的母题变化过程:"从《三国演义》中的朝堂和战场,到《水浒传》和《西游记》的道路与杀场,最后到《金瓶梅》中的卧室/闺房与花园"③,最后至《红楼梦》中的大观园。这一时空母题的转变亦准确地预示了中国小说"私人化"叙

---

① 洪涛:《以情为本:理欲纠缠中的离合与困境——晚明文学主情思潮的情感逻辑与思想症状》,《南京大学学报》2009年第4期。

② M. M. Bakhtin: *The Dialogic Imagination: Four Essays*, ed.Michale Holquist, trans.Caryl Emerson and Michael Holquist, University of Texas Press.1981, pp.245-247.

③ [美]黄卫总:《中华帝国晚期的欲望与小说叙述》,张蕴爽译,江苏人民出版社,2012,第59页。

述的开始。其实不仅时空母题,明清小说对男女两性人物的描写也"经历了一个两性倒错双向逆反的过程,即从描写男性为主到描写女性为主,从赞美男性到肯定女性,从男性阳刚的衰退到女性阴柔的增长的过程"①。之后,曾经作为军事谋略而在战场或路途上展开的明争暗斗,抑或成王败寇的小说叙事,则开始被置换为发生在闺房/花园,围绕男女私人/私密生活展开的钩心斗角。而情与欲的纠缠以及明清文人围绕情与欲展开的种种讨论,亦开始成为之后小说发展的一个主要叙述语境与叙述对象,与此相呼应的是女性也正式作为被描述的对象(比如金、瓶、梅)占据了小说这一文体的主角。

但是,相对于西方文化生态而言,中国文学叙事在19世纪以前所表现出来的情感,似乎只有被放置在伦理的层面上才合法合礼,宗法伦理意义上的家、国依然是文学叙事建构的潜在社会基盘。一直以来,儒家修、齐、治、平的道德责任自动钳制和过滤着文学中对私人欲望的过度描述。明之后,夫妇之道虽位列五伦之首②,但在礼教的强大规约下,中国文学中的欲望叙事似乎从不敢将男女之情的正常欲望堂而皇之地呈现出来。历代文学画廊中的宫体诗、花间词、传奇故事中的才子佳人叙事等,虽都或隐或现地透露了身体欲望在情感化叙事中的触媒作用,但是这种隐而不露甚至是秘而不宣的对欲望的描述,只能成为文学叙事中极细的潜流,暗暗涌动。

---

① 魏崇新:《一阴一阳之谓道——明清小说中两性角色的演变》,张宏生编:《明清文学与性别研究》,江苏古籍出版社,2002,第1页。

② 李贽指出"夫妇,人之始也。有夫妇然后有父子,有父子然后有兄弟,有兄弟然后有上下。夫妇正,然后万事万物无不出于正矣。"参见(明)李贽:《初潭集·夫妇篇总论》,《李贽文集》(第5卷),社会科学文献出版社,2000,第1页。

(一)欲望书写的双重悖论:《金瓶梅》及艳情小说的难题

《金瓶梅》的出现是一个转捩点,在这部充满了"舔破的窗纸""紧闭的门""放下的帘子""偷窥的眼睛"等意象的小说中,男、女都津津乐道于窃听和窥视别人隐秘的"私生活"①,田晓菲更是明白地指出《金瓶梅》就是"一部充满偷窥乐趣的小说"②。《金瓶梅》这种对于他人隐秘欲望的特别关注,成功地将男女欲望的私情挪移进小说叙事的阵地中,并更为成功地展示了欲望所具有的全部合理性和巨大破坏性。之后,几乎所有的世情小说也都无一例外地将欲望的合理性作为其叙述的逻辑基点——如果人(尤其是女人)的欲望(主要指男女之情)不能被适当满足,那么越轨的潜在危险就有可能发生。如果说《牡丹亭》中杜丽娘只是在春光中发现了自己青春的身体与春日百花萌动之间的同构,从而开启了自我的性意识,其对云雨之欢的越轨完成还只能借助梦的抽象性的话,那么到了《金瓶梅》中,潘金莲与众多男性的性爱以及其对性欲不可抑制的渴望,则更多的是对自身所处环境的一种潜意识反抗乃至是对西门庆性背叛的一种故意惩罚或主动追求。《灯草和尚》中杨知县的妻子及其他几个女性之所以与和尚偷欢,也正是其性遭到压抑后的反弹行为。其他诸如《肉蒲团》《痴婆子传》《绣榻野史》《禅真后史》等艳情小说中对男女性事空前撩拨性的生动描述,亦或隐或显地传达着当时的理学家罗钦顺为此的辩护:"夫人之有欲,固出于天。盖有必然而不容已;且有当然而不可易者。于其所不容

---

① 张竹坡在点评《金瓶梅》中,曾特意指出这种窃听与偷窥在小说中出现的重要意义,他认为:"《金瓶》有节节露破绽处。如窗内淫声,和尚偏听见;私琴童,雪娥偏知道;而裙带葫芦,更属险事;墙头密约,金莲偏看见;慧莲偷期,金莲偏撞着;翡翠轩,自谓打听瓶儿;葡萄架,早已照人铁棍。"参见《批评第一奇书金瓶梅读法》,王汝梅等编:《张竹坡批评金瓶梅》,齐鲁书社,1991,第27页。

② [美]田晓菲:《秋水堂论金瓶梅》,天津人民出版社,2003,第45页。

已者而皆合乎当然之则，夫安往而非善乎？"①而同时代的思想家陈确也曾言："人欲正当处即是理，无欲又何理乎？"②王夫子亦承认"天之使人甘食悦色，天之仁也"③。"人之有情有欲，亦莫非是天理之宜然者。"④也即是说，至晚明，理学家们普遍承认，"天理、人欲分别太严，使人欲无躲闪处，而身心之害百出矣"⑤。也即是说，欲望是人的本性之一，压抑过甚，只会对身心有害。

事实上，明中期以后，在对程朱理学"存天理、灭人欲"的检讨中，承认欲望的合理性正是有明以来理与欲之辩的结果，这一结果表现在小说这一文体上，就是明中晚期，出现了以《金瓶梅》开先河的一系列大胆书写欲望的艳情小说，但有趣的是，这些小说一方面不遗余力甚至通过巨细靡遗的细节描写凸显了小说人物对性欲的狂热迷恋，但是另一方面也前所未有地表达出了对纵欲过度的极端恐惧。可以说，对于欲望的这两种看似截然相反的态度普遍存在于晚明大多思想家与小说作者的内心深处，这种在欲与理之辩上呈现二律背反的吊诡，共同构成了晚明文化思潮的复杂基调与欲望叙述的多重内涵，因而这些小说也大多会传达这样的双重信息——"因为欲望的破坏潜力，它需要予以一定满足的机会，但同时谨慎的节制也是必要的"⑥。也即是说，他们既在叙事中乐此不疲地注入大量逆理而动的欲望话语，却也警惕性地利用序、

---

① （明）罗钦顺著，阎韬点校：《困知记》，中华书局，1990，第28页。
② （明）陈确：《陈确集》，中华书局，1979，第468页。
③ （明）王夫之：《船山思问录》，上海古籍出版社，2000，第36页。
④ （明）王夫之：《周易内传》，中华书局，1964，第421页。
⑤ （明）陈确：《瞽言一》，《陈确集·别集卷二》（上册），中华书局，1979，第424页。
⑥ [美]黄卫总：《中华帝国晚期的欲望与小说叙述》，第54页。但据黄卫总的考察，也有的小说对欲望的危险性不以为然，比如《浪史》男主人公在诸多同性恋、异性恋的艳遇之后，最终得道成仙，并未被道德伦理所谴责。再如《灯草和尚》，杨夫人与灯草和尚屡次偷欢，但在杨知县死后，杨夫人却顺利嫁给周自如。

跋、旁白、韵文警言等叙事策略来干预和进行救赎，同时亦常常借助佛道的色空观念进行以色悟空的提醒。①故许多小说（尤其是涉情与欲）都会遵循一个大致相似的情节模式，也即在津津乐道的欲望叙事之后，又无一例外地披着一层道德说教、因果报应的外衣。②但"如同文人小说的出世情调无法掩饰入世的热情，这些艳情小说对色欲不厌其烦地铺陈描写，以及描写中所流露的欣赏艳羡情调，说明了艳情小说中的色空不能作为小说的主旨，只是一种敷衍了事的手段"③。因此，即使是对欲望进行正名的倡导者罗钦顺也不得不提醒，"惟其恣情纵欲而不知反，斯为恶耳"④。王夫之也认为，作为社会的人，个体欲望之满足必须要遵从道德之理的约束，二者之间是一种辩证而非对立关系，所谓"人欲中择天理，天理中辨人欲"⑤。同样，王阳明在其《传习录》中虽主张"七情顺其自然之流行，皆是良知所用，不可分善恶"⑥，但亦提醒情欲本身虽无所谓善恶，但不加节制，恶就会产生。程晋芳在批驳

---

① 艳情小说与佛道的关系实际上却非常复杂，一方面艳情小说常把佛教的色空因果观念作为其宣淫的目的，并在结尾处以对色欲终将悟空的方式完成对小说讽喻劝世的目的，但另一方面很多小说中和尚、道士、尼姑这些本来应该是戒色悟空的代言人，反而成了诸多小说中的淫色人物，而在更多情况下反而成为淫欲的象征。如《金瓶梅》中那个来自西域天竺国的僧人、《浓情快史》中精通房中术的胡僧、《灯草和尚》中的和尚、《僧尼孽海》中那些假借募化奸淫妇女的胡僧、《蜃楼志》中骗奸妇女的番僧、《女仙外史》中传授柳烟采战法的僧人、《姑妄言》以淫欲为乐的万缘和尚等等。

② 当然这层关于"欲望危险"的道德说教或者因果报应论的外衣，往往只是为正文中细致入微的色情描写（甚至有作者，比如《绣榻野史》的作者在序言中就认为自己之所以会如此生动的描写，恰恰是想以此警告世人纵欲有着极度的危险）提供一个借口或掩饰，以此种貌似间接讽刺的做法，获得"市场化"的策略，进而逃避官方或者社会对其"有伤风化"的道德责难。

③ 李明军：《禁忌与放纵：明清艳情小说文化研究》，齐鲁书社，2005，第142页。

④ （明）罗钦顺著、阎韬点校：《困知记》，第28页。

⑤ （明）王夫之：《读四书大全说》（卷九），傅云龙、吴克主编：《船山遗书》，北京出版社，1999。

⑥ （明）王阳明：《传习录》（下），《王阳明全集》，上海古籍出版社，1992，第111页。

明末清初"尊情为性"的主张时亦毫不客气地指出其流弊甚深,根本无法避免欲的决堤。"如吾情有不得已者,顺之勿抑之,则嗜欲横决,非始于情之不得已乎?"①

(二) "以礼和情":才子佳人小说对情、欲的平衡策略

如果说《金瓶梅》的出现,是为之后的世情小说家提出了一个普遍性的问题,那就是如何在彰显人性欲望(包括纯洁之情与肉身之欲)与节制(能否节制?该如何节制?)这种欲望之间保持相对的平衡。那么从丁耀亢的《续金瓶梅》开始,处理"越轨与惩罚之间的平衡"的命题,就成为之后众多小说对此种"金瓶梅现象"的直接或间接回应。正因为越来越多的小说都意识到欲望泛滥的严重后果,对欲的批判亦逐渐采取了将情置于其对立面,并"以情抑欲"的策略来反拨。从这个语境的意义上再去看待之后17世纪的才子佳人小说,或许才能更准确地理解它们在此时出现的意义,亦才能理解何以这些小说普遍会呈现一种"去欲化"的纯情倾向。"小说家艳风流之名,凡涉男女悦慕,即实其人其事以当之,遂令无赖市儿泛情,间妇得与郑卫并传。无论兽态颠狂,得罪名教,即秽言浪籍,令儒雅风流几于扫地,殊可恨也。每欲痛发其义,维挽淫风……"②《玉娇梨》序言中的这段话可谓道出了当时文人的普遍共识。因此提倡"纯情化"既与当时人们将情从性与欲中剥离开来,赋予情以绝对的"纯洁"和"忠贞"的理解有关,同时也关涉清初理学在晚明的欲与理之辩后的回归趋势,当然亦与才子佳人小说写作目

---

① (清)程晋芳:《勉行堂文集》(卷一),《清代诗文集汇编》第343册,上海古籍出版社,2010,第439页。

② (明)素政堂主人:《〈玉娇梨〉序》,中华书局,2000,第173页。

的的转移有关。①

在以情抗欲的书写策略中，才子佳人小说普遍采用了"以礼和情"的观念，为情、欲调和提供了一条解决通道，以防情、欲矛盾激化进而彻底破产的窘况。但有趣的是，此一策略却又步了"以才显情"的后尘，甚至有回到"父母之命、媒妁之言"的保守婚恋观中的嫌疑。因为对道德礼法的过度强调，其结果必然是对情之发展空间的严重限缩。比如《玉支玑》《麟儿报》中的佳人就是在"才""礼"的双重规范下，被安排进入毫无情感基础的婚姻。而《定情人》中双星界定理想佳人的一席话，"所谓良姻者，其女出周南之遗，住河洲之上，关雎赋性，窈窕为容，百两迎来，三星会合，无论宜室宜家，有鼓钟琴瑟之乐"（第一回），更是将《牡丹亭》中回复原本面貌的《关雎》，重新披上后妃之德的外衣。另外才子佳人小说普遍将儒家礼教视为叙事行为"合理性"的保证，小说对任何可能出现的濒临越轨的行为，均饰之以高尚的道德说辞。比如《金云翘传》《好逑传》等小说中，作者往往在男女主人公婚前，安排给他们严峻的考验，如让其共处一室甚至一床，用以证明他们之间情感的纯正和其对情之道德性的坚守。而《好逑传》更堪称礼教作传，"爱伦常甚于爱美色，重廉耻过于重婚姻"（《好逑传·序》）的道德观贯穿全书，小说中虽有为行权方便，设置了主人公铁中玉和水冰心共处一室乃至彻夜长谈的场面，但小说家却刻意凸显了他们道德情性的坚贞，一次假结婚，甚至一次真结婚都没有行夫妻之礼，最终以凸

---

① 17世纪才子佳人小说的纯情化倾向，一是表现在对佳人从"重色"到"扬才"进而赞美"才德兼备"的理想佳人形象，如《玉娇梨》中的佳人白红玉，《平山冷燕》中的山黛，均是以才德约束了色欲。二是小说作家的写作目的出现了从以"情欲"的商业目的到"以情述志"的转移。比如才子佳人小说不再以"欲望"的过度描写博人眼球，而是在"情"的演绎过程中，通过迎娶佳人以及才子及第完成作家对文人自身存在的意义和价值的揭示。可参见李志宏：《明末清初才子佳人小说叙事研究》，大安出版社，2008。

显情的"非欲化"来论证情（精神的知己之恋）与欲（肉体的皮肤之淫）的区别。而此也是这一时期的才子佳人小说与之前的《西厢记》《牡丹亭》（因为这些小说中亦普遍不回避婚前性行为的发生，甚至还通过性来证明情的热烈与女性意识的苏醒）等戏曲戏剧存有重大差异的地方。

但是"经"与"权"之分寸毕竟很难拿捏，于是这些小说又经常陷入情、礼的矛盾之中。《两交婚》的辛古钗创立诗社以寻求才子，但讽刺的是，在遇到甘颐之后又向其母诉说："辗转反侧，只闻君子求淑女；端庄正静，未闻淑女求良人"（第九回），其矛盾扭捏之态充分暴露了"以礼和情"的尴尬。才子佳人小说"以礼和情"更突出的体现是"奉旨成婚"情节，任何私情在君权面前，都被合理化，但是如《平山冷燕》中山黛与燕白颔，却必须因君权放弃之前相互留情的对象，虽然最后发现被赐婚之人即是当初爱慕之人，但君权的插入与这种情节设计上的刻意巧合，却反证了情感在礼教面前的脆弱，甚至不堪一击。

无论如何，才子佳人小说关注情、欲调和，确实为晚明以来情欲各执一端的偏执提供了矫正的办法，并且在清初思想史的发展过程中，礼仪主义的重新提倡乃至兴盛，原因之一正是如此。然而处处以礼自持却又无可避免地要削弱情之力量，这种想要两全但却无法两全的吊诡，使得杜丽娘那种曾激荡起的"情能撼动生死"的澎湃活力骤然减弱，甚至连崔莺莺那种在情与礼教之间挣扎的心境描写也付之阙如。"才子佳人从相貌、举止、言语、性格中既渗透着才情的风雅，又贴补着礼教的标签"①的书写策略，造成这类小说既缺乏情之激荡的人性火花，又充斥着礼教劝百讽一的教化思想。而这里的吊诡正在

---

① 马晓光：《天花藏主人的"才情婚姻观"及其文化特征》，《中国人民大学学报》1989年第2期。

于情的极致想要通过对欲之诱惑的抵抗来证明，但另一方面，如果欲真的被礼调和教化，甚至被礼约束时，情的力量又会随之骤减。

倘若说，明中晚期的艳情小说是在张扬欲的合理快感上走向了极端，那么之后的才子佳人小说则是通过提纯欲（用纯洁的情代替），走向了另一个"禁欲"的极端。但是这两种偏执却某种程度上都掩盖了人性的正常状态，所以夏志清才说，"在中国思想中，根本没有类似西方那种不无同情地使本能和情感本身与理智相对抗的道德两重性形式"①。实际上，从先秦的以道统欲、汉魏的生命欲望觉醒、宋明的存理灭欲到明清逆理而动的主情思潮，以及清初理学复归后在情欲之间的徘徊，中国文学叙事呈现了在形形色色的欲望之间的挣扎和跋涉。甚至可以说，个体、群体欲望的内在躁动和对这种欲望的各种控制，成为不同时期文脉和文学思潮得以延续发展的重要内驱力，同时也间接折射出不同时期社会旨趣和文人心态的变更。

（三）位于情、欲张力场中的《红楼梦》

如果将《红楼梦》放置在这个情、欲关系的演变趋势中，可以发现中国古典小说从西门庆过渡到贾宝玉，形象地呈现了这两百多年走过的历程：从热衷于窥探男女大欲的艳情小说，到调和情、欲的人情小说，到致力于抒情斥欲的才子佳人小说，再到充分展现情、欲缠绕张力以及复杂纠葛的《红楼梦》，对情、欲的探索经历了一个大致的合（情欲混淆）—分（情贞情淫并存）—分（情而不淫）—合（知情更淫）、由简入深并逐渐摈弃二元对立的深化过程，而对这一过程愈加细致入微地描刻正是在《红楼梦》中达到顶峰。

---

① [美]夏志清：《中国古典小说史论》，胡益民等译，江西人民出版社，2001，第325页。

《红楼梦》倡导"大旨谈情",但是情①字在中国思想史或者文学史上的含义却模糊难定,倘若没有语境的框定,选择它意义中的任何一个范畴都可能意味着对其他范畴的不闻或者遮蔽。因为"'情'横跨了一个连续统的两极,从性欲的主观而自私的表达,直跨到一个人对于家庭成员的无私的爱和义务。'情'在同一时刻,既是理想的社会互动的基础,也是强烈的私欲,具有摧毁社会秩序的危险性"②。清晰具体地描述情在明清时期的意义流变,不是本书着力的方向,但是人所共知的一个事实是"主情"思潮成为晚明极有影响力的思潮之一,无论李贽的"氤氲化物,天下亦只有一个情"、袁宏道的"独抒性灵,不拘格套",还是张琦的"人,情种也",或者冯梦龙的"情生万物"等观念,在中国文学史上都是一种新表述。而汤显祖为情正名的那段名言已成为经典:"情不知所起,一往而深。生者可以死,死者可以生。生而不可与死,死而不可复生者,皆非有情之至也……第云:理之所必无,安

---

　　① 美国学者黄兆杰曾详细考察中国文学批评中的情,并归纳出13种定义:1. 是"志"的同义词(见于《毛诗大序》《中庸》《文心雕龙》等)。2. 与理性相区别的普遍的人类情感(见于六朝、唐代以及明代与理相对的批评家之观点)。3. 令人不快的自私的感情,比如激情(见于《毛诗大序》及邵雍的某些用法,他把情与人性相对应)。4. 感情,主要指色情(见于宋词及清代对宋词的批评)。5. 天性、无知和普遍的感情(见于白居易、王夫之、沈德潜等)。6. 道德约束的感情(见于《毛诗大序》《易经》及钱谦益等)。7. 现实、真理和内在精神,与虚伪相对(见于《文心雕龙》、王夫之和袁枚等)。8. 想象的真实,与纯粹的事实相对(见于叶燮、袁枚等)。9. 诗的内容而不是诗的形式(见于《易经》《孟子》及六朝作者)。10. 诗的个性特征,常与性情交换(见于六朝、唐代作者及袁枚等)。11. 作为风景之外的诗的要素(见于《中庸》、谢榛、王夫之等)。12. 艺术感受力,通常称为情性(见于严羽、王渔阳等)。13. 与知识趣味或激情相类似(见于袁宏道和公安派作家等)。从上述的多种用法中,可以看到历代的文论家最大限度地开掘了情这个语词的多义性。参见Wong Siu-kit: Ch'ing in Chinese Literature, ph.D.diss., Oxford University, 1967, pp.328-333.

　　② [美]艾梅兰:《竞争的话语——明清小说中的正统性、本真性及所生成之意义》,第52页。

知情之所必有邪。"①在这里，情不仅第一次具有了超越生死的力量，而且把情与《易经》中的生死本体联系起来，使得情在人之生的本体意义上获得认可，与此同时，情也被当作理的对立面，在重新建构被理所僵化的道德秩序方面具有更为积极的意义。

但值得注意的也是在这里，关于情的二分性悖论已经出现：一方面，当情被认可为个人感情或者私情时，情便具有一种强烈的形而下色彩，其与私欲往往密不可分，体现出冲破社会秩序的潜在破坏力。另一方面，当情被理解为"本真"，进而替代"理"重新赋予人们"善""美"的道德情感时，情又具有一种形而上的超越自我、重建秩序的社会救赎力量，甚至成为个体和社会安身立命的依据。但有趣的是，情的破坏与救赎的力量又与情的形上、形下的二重性互相纠缠。比如，情本论者普遍承认，情是理的根本，有情才能保证理之真切，如冯梦龙所言"自来忠孝节烈之事，从道理上做，必勉强；从至情上出者，必真切"②。也即是说，用情教取代礼（理）教，最终的目的仍是要成就儒家五伦之秩序，只是用内在的情而不是用外在的礼，用启发而不是逼迫，才更具有说服的理由和意义的基础。

因此，在晚明主情思潮的言说中，能够看到上述关于情的形上、形下的二分矛盾往往是不可思议的相互共存，并被混淆使用，甚至在同一思想家的话语体系中也吊诡式的并置。比如在强调至情论的《牡丹亭》中，汤显祖借杜丽娘宣扬的情之具有超越生死的形而上意义，却必须首

---

① 参见汤显祖：《牡丹亭题词》，《汤显祖全集》，北京古籍出版社，2001，第1153页。但需要强调的是，就此认为汤显祖是以情反理，却是草率而危险的结论。事实上，"罗汝芳强调赤子之心的体仁学说，影响了汤显祖生生之仁的入世倾向，而这种入世倾向又影响了他关注生命的自我情结，并最终形成了贯穿其人生观、政治观与文学观的言情说"。参见左东岭：《王学与中晚明士人心态》，人民文学出版社，2000，第604页。

② （明）冯梦龙：《情史》，辽海出版社，2003，第38页。

先建立在其对柳梦梅一种基于生命原始欲望的萌动之上。而杜丽娘因情慕色还魂之后,其与柳梦梅的最终结合,亦需要在父权及皇权之理的肯定中获得合法性。尽管汤显祖极力倡导情具有超越一切的力量,但是《牡丹亭》却在文本中初步暗示了对情之书写离不开欲和理(而此亦成为削弱《牡丹亭》情之力量的主要理由)。但如果说这种情、欲、理的纠葛不分是汤显祖没有刻意区分的结果(《牡丹亭》只是刻意凸显了情与理之间的矛盾,但矛盾的冲突与化解又因过于戏剧化而缺乏张力,反而映衬了情与欲的相辅相成①),情在欲、理之间存在的巨大的矛盾张力还没有完全凸显的话,那么如何重新界定情、欲的界限以及如何处理情在面对欲、理时的双重困境,乃至如何面对情之发展史中所有关于情的各类命题,就构成了《红楼梦》情之书写的多重层次。而《红楼梦》正是以其关于情的深刻洞见和书写实践,形象地展示了明清情欲问题讨论所敞开的方向,并由此标识出明清文人在情的探索之路上所最终可能抵达的深度与广度。

二、从《风月宝鉴》到《红楼梦》——
去欲化的表现策略与书写困境

确实,与精心将情、欲并置的艳情或者将两者互斥的纯情小说不同,《红楼梦》虽然质疑了简单的情、欲二元对立观念,情、欲的对立也被转换成意淫与皮肤滥淫的对峙,而后者更是被放置在批判的行列

---

① 华玮在其对《牡丹亭》的研究中曾指出,我们固然要承认《牡丹亭》是以情反理的范本,但是更应该重视的是,《牡丹亭》更写了情、理的统一。她认为:"汤显祖旨在说明:情、理不必互斥,尽可互容,理学世界应该承认'情'的现实存在,而'情'也能兼顾'理'的要求。"参见华玮:《世间只有情难诉——试论汤显祖的情观与其剧作的关系》,《中华戏曲》1998年第00期。

中，但《红楼梦》在对情进行更加微妙、复杂的描述的同时，"欲化叙述"的痕迹也在文本中异常凸显，很多学者①指出"在《红楼梦》的成书过程中，确有一部题名为《风月宝鉴》的所谓'旧稿'存在"②，并将这种"欲化叙述"的痕迹指认为小说复杂的删改过程的残留。因为无论是赞成"一稿多改说"还是"多稿合成说"③，学者们都承认《风月宝鉴》的主旨是"戒妄动风月之情"，而"贾天祥正照风月鉴"一回亦印证"风月宝鉴"在《红楼梦》中是一个象征，不仅是情色的象征，也是红尘世界之一切欲望的象征。因此，从叙说青年男女情欲故事的《风月宝鉴》到大旨谈少年儿女真情的《红楼梦》，可以看出，曹雪芹改写的一个重点正是文本的"去欲化"。值得思考的是，尽管曹雪芹努力删改其中的风月笔墨，但很多细节乃至情节依然构建了一个相当清晰的关于欲的世界：比如第五回宝玉与秦可卿的关系、神游太虚幻境，第六回宝玉与袭人初试云雨情，第七回贾琏戏熙凤，第九回顽童闹学堂，第十二回贾瑞正照风月鉴，第十三回脂批暗示出来的秦可卿淫丧故事，之后的秦钟与智能儿，茗烟与卍儿，宝玉与薛蟠等人吃花酒，薛蟠与柳湘莲以及尤二姐、尤三姐的故事等等。

这些情节与小说中的另一个世界——大观园中那种言语无隙的真情天地形成了显著对比，亦由此型塑了"旧宝玉"（浊宝玉④、大宝

---

① 吴世昌、周绍良、惠康、陈庆浩、沈治钧、杜春耕、刘上生等都赞成《红楼梦》中包含有《风月宝鉴》的内容。可参见陈维昭：《红学通史》（下），第732—738页。

② 沈治钧：《"新宝玉"和"旧宝玉"——〈红楼梦〉成书过程试探》，《红楼梦学刊》2000年第2辑。

③ "一稿多改说"是指认为《红楼梦》是在《风月宝鉴》的基础上经过多次修改而成的。"多稿合成说"则是认为《红楼梦》是在《风月宝鉴》和《石头记》乃至富察·明义见到的《红楼梦》的基础上合并而成的。

④ "清宝玉"和"浊宝玉"是方平提出的一组说法，参见方平：《"清宝玉"和"浊宝玉"》，《红楼梦学刊》1990年第3辑。

玉①）与"新宝玉"（清宝玉、小宝玉）的抵牾形象。持"一稿多改说"的沈治钧认为"在大观园里，宝玉大致是小而清的，一旦出了园子，他往往就变得大而浊了。只要接近《风月宝鉴》旧稿里的主要人物，如凤姐、秦可卿、秦钟、薛蟠、尤氏姐妹等，宝玉就会由小变大，由清变浊；反之，则由大变小，由浊变清了"（当然有例外情况）。②持"两书合成说"的薛瑞生认为："小宝玉是《石头记》中人物，性格比较单纯，对女儿专在体贴上下功夫；大宝玉是《风月宝鉴》中人物，性格比较淫荡，专在'风月'上做文章。两书合成《红楼梦》后，大宝玉和小宝玉合二为一了，但却留下许多未能完全统一的痕迹和旧稿中的许多具体描写，使人感到两个宝玉常常南辕北辙，好像在'打架'。"③

这种"欲化"痕迹的大量存在以及由此造成的清、浊宝玉形象的对立，其实都在提醒我们注意曹雪芹究竟使用了怎样的"去欲化"改写策略。这些策略的使用为何会造成上述现象的存在？上述现象究竟是随着改写的不断深入可以避免的，还是改写中必须要面对的困境？

首先，不断改小主要人物的年龄是"去欲化"实践的第一个主要策略。很多学者都注意到，小说中年岁计时、人物年龄多有跳脱舛误之病，"人物普遍年龄的降低，是本书新旧稿间一项规律性的变化"④。事实上，当曹雪芹试图突显情的主题，尤其是突出宝玉与闺阁少女的儿

---

① "大宝玉"和"小宝玉"最早是由戴不凡提出的，参见戴不凡：《揭开〈红楼梦〉作者之谜——论曹雪芹是在石兄〈风月宝鉴〉旧稿基础上巧手新裁改作成书的》，《北方论丛》1979年第1期。

② 沈治钧：《"新宝玉"和"旧宝玉"——〈红楼梦〉成书过程试探》，《红楼梦学刊》2000年第2辑。

③ 薛瑞生：《大宝玉与〈风月宝鉴〉》，《红楼梦学刊》1997年增刊。

④ 陈庆浩：《八十回本〈石头记〉成书初考》，《文学遗产》1992年第2期。

女至情时,改小主要人物的年龄就变得必不可少。一方面,只有年少,只有让人物都停留在童年时期,才能避免"皮肤滥淫"的侵蚀。宝玉能住进大观园并一直在内闱起居,虽是借助贾母溺爱,但更重要的是其孩童身份的掩护,如此才能在与姐妹嬉戏时坐卧不避,犹能以天真自然的真情处之,从而自动建立起一套针对男女有别的嫌防过滤系统。尤其是与黛玉的几次情感试探(第二十九回、第五十七回),闹得阖府皆知,若不是宝玉"实心的傻孩子"(薛姨妈语)身份的维护,他们的亲密无间会被当作男女之间的"不才之事"①而受到礼教的惩罚。另一方面,保持年少,也是曹雪芹"意淫"实践的必要条件,宝玉对画中女子是否寂寞的担心,对被雨淋湿的龄官的体贴,"自己烫了手,倒问别人疼不疼","时常没人在跟前,就自哭自笑的,看见燕子,就和燕子说话;河里看见了鱼,就和鱼说话;见了星星月亮,不是长吁短叹,就是咕咕哝哝"(第三十五回)的痴呆傻性,喜出望外为平儿理妆,体贴入微为香菱借裙等等甘愿为丫头充役的行为,亦必须被解释为"孩子气",或者被当作孩子的"呆性"时才可以合乎情理且顺理成章。诚如尤氏所论:"一心无挂碍,只知道和姐妹们玩笑,饿了吃,困了睡,再过几年,不过还是这样,一点后事也不虑。"(第七十一回)

  需要注意的是,宝玉的"不愿长大"不是固执地耽溺于无知小儿的懵懂任性,而是想要保持赤子之心的纯真、洁净自然的审美情怀以及梦幻世界的诗性气质。解盦居士曾言:"神瑛侍者必居赤霞宫者,得毋谓

---

① 第五十七回,"慧紫鹃情辞试莽玉"事件中,黛玉知道宝玉因紫鹃的一句玩话引出疯病来,心中暗叹:"幸喜众人都知宝玉原有些呆气,自幼是他二人亲密,如今紫鹃之戏语亦是常情,宝玉之病并非罕事,因不疑到别事去。"黛玉的"幸庆"之语着实清晰地透露了曹雪芹试图以孩童之情遮掩两人真实情感的清醒认识。

其不失赤子之心乎！故宝玉生平，纯是天真，不脱孩提之性。"①亦有学者认为《红楼梦》"叙述了一个封建贵族豪门世家的嫡派少男不能够'长大成人'的故事。贾宝玉不能够长大成人，是他不能够泯灭童心而成长为一个'男性的'、'社会的'成年人"②。事实上，通过曹雪芹的反复改写，宝玉确实经历了一个"纯化"的过程，但在改写中他却无法保持这种"纯化"的一致性，不仅宝玉及众姐妹的年龄忽大忽小，而且企图永远保持"赤子之心"的"意淫"理想与宝玉不得不长大，并最终踏入成人社会的现实之间，始终存在不能两全的改写困境。尽管曹雪芹一再宣称宝玉仍是个少年，可以"整日家在内闱厮混"，但今本《红楼梦》第五回中暗示宝玉已经是发育的少年，第六回亦不乏与袭人"初试云雨"，第十三回宝玉俨然大人一样向贾珍推荐凤姐代管宁府，第二十八回更是如成年男子一般与薛蟠、冯紫英等混迹一处，狎妓招优饮酒，甚至看到妩媚风流的宝钗露出的一段雪白酥臂，亦羡慕动情恨不得一摸。这些改写后的种种细节都在强调尽管他不想但他确实已经长大。无论这是曹雪芹客观删改痕迹的遗留还是他刻意留出的破绽，造成的事实却是，我们看到了试图保持青春年少，或者永远维持"意淫"纯洁性的最终不可能。因此，当他为黛玉拭泪（第十九回），见紫鹃穿得单薄，忍不住向她身上摸了一摸时（第五十七回），均遭到黛玉、紫鹃以"从此咱们只可说话，别动手动脚的。一年大二年小的，叫人看着不尊重"的提醒，这提醒如"心中忽浇了一盆冷水一般"告诉宝玉成长不可避免，必须面对即将到来的男女有别的现实区隔。

其二，大观园的设置是曹雪芹进行"去欲化"实践的又一重要策

---

① （清）解盦居士：《石头臆说》，冯其庸纂校订定：《八家评批红楼梦》（上），第81页。

② 朱学群：《迷失在成年社会门槛之前的贾宝玉》，《红楼梦学刊》1991年第1辑。

略。陈庆浩指出："《风月宝鉴》时期很可能没有大观园，是否有十二钗亦不好确定。"①梦稿本第十七回的回目（"会芳园试才题对额"）以及第七十五回贾珍带领妻妾开夜宴（夜宴的地点在"会芳园丛绿堂"）中两次点出了"会芳园"，这所本应该在第十六回修建大观园时已被拆去的园子再次出现，为旧稿中没有大观园提供了部分证据。但如何在一个充满欲的世界中进行纯情实验？曹雪芹是否正是在对这一问题的思索中扩大了贾府的规模，加入了宁国府部分，并将大部分的越轨事件安排在宁国府？以至于柳湘莲跌足道："你们东府里除了那两个石头狮子干净，只怕连猫儿狗儿都不干净。"（第六十六回）无论何种推论，我们在今本《红楼梦》中可以看到的是，曹雪芹通过建立一个理想情地——大观园，用以区别于园外"皮肤滥淫"的世界，并通过设置种种隔离，保证大观园乐土性质的不受侵犯，得以盛放宝玉与诸姐妹赤子之心般的真情。而宝玉似乎也只有躲进大观园才能逃避外界强加给他的角色和责任，才能脱逸于"我们家从祖宗直到二爷（贾琏），谁不是寒窗十载"（第六十六回）的家规，并持续在"年纪尚幼、天真童稚"的外衣下发展其悖于伦常、不合主流的畸人性格。

因此大观园的时间常常被设置为凝定停滞、循环不息，似乎只有这样才能保证园中人不必时时面对时间与成长带来的威胁。但悖论的是，曹雪芹又让时间的流逝，在园中人的言语中显现出清晰的轮廓。宝玉初入园作《四时即事诗》，明确标出一年四季的流转；黛玉作《葬花吟》，在花园开幕时就预见出"花落人亡两不知"的结局命运；丫鬟小红、司棋不约而同地以"千里搭长棚，没个不散的宴席"，暗示大观园不过三五年，大家都要"各人干各自地去了"，道出盛筵不永、繁华必散之理，尤其是小红的感慨是在初进花园的春日（第二十六回），司棋的叹

---

① 陈庆浩：《八十回本〈石头记〉成书再考》，《红楼梦学刊》1995年第1辑。

息而在乱象纷起的秋天（七十二回），前后的呼应更是将大观园的起落全貌镌刻在明晰的时间轴上。因此尽管裙钗的生命成长无法编撰成精确不苟的流年纪历，但她们在大观园生活并逐步从少年走向成人，其间成长的痕迹却历历可见。而男女有别，礼法规范又是他们走向成年世界的重要标志。从这个意义上应该承认宋淇的论断，他认为时间正是威胁大观园不可能继续存在的一个重要因素[①]，因为女孩必然要长大出嫁，而男女终究有别，宝玉也不可能永远躲在大观园和姐妹们厮混下去，这是女儿乐园崩溃的必然逻辑。在这样的逻辑之下，时间与成长就成为威胁"意淫"实践的无情现实条件，它们督促园中少年必须成年，步入现实社会，而天真儿女的纯洁之情亦势必要长成为"人大心大"的男女大欲。

三、救赎与毁灭——对情之二重性力量的再思考

　　曹雪芹上述体现在改写过程中的种种困境——不愿长大与必须长大的冲突、意淫的理想与意淫终不能长久的冲突等等，表面上看是客观时间的流逝造成的必然性冲突，是主观之理想在遭遇客观现实后必然毁灭的逻辑结果。但倘若仅仅从这个理由去理解困境的出现，以及曹雪芹处理困境的良苦用心，似乎又过于简化。其实想要摆脱客观时间的约束，曹雪芹可以把宝玉设置为一个类似陀思妥耶夫斯基笔下那个纯洁天真、纤尘不染的梅思金公爵一样的"白痴"类型，那么宝玉将可以逃离时间带来的必然成长的逻辑困境，以"白痴"的姿态永远地停留在儿童时期。但是曹雪芹显然并不是不要宝玉长大，而恰恰是要体现宝玉在不想长大又必须长大之间的痛苦挣扎与身份徘徊，并借此去凸显他对情或曰"意淫"本身的多重甚至

[①] 参见宋淇：《〈红楼梦〉识要——宋淇红学论集》，第25—26页。

相互矛盾的复杂认识。理解了这些，才可以明白为何他笔下的宝玉会呈现"清"与"浊"、"大"与"小"的种种矛盾形象。

（一）情作为救赎作用的尝试

作为钻研情的试验性自我[①]，贾宝玉成为《红楼梦》中最能体现情之救赎作用的角色，在曹雪芹设置的"情榜"中，宝玉的定评为"情不情"，怡红院因此成为大观园中将情之价值、意义发挥得最彻底的地方。小说一开始，警幻仙子就赠"意淫"给宝玉，说他"天分中生成一段痴情"。脂砚斋将此"意淫"解释为"体贴"[②]，意谓宝玉专能体贴、怜爱、同情众多女儿，确立其为闺阁良人的角色定位。宝玉亦甘为众丫鬟充役，终日和园中女儿、丫头嬉笑玩耍，黛玉、袭人、晴雯生病，频频嘘寒问暖，并试图用友情的纯洁来定义并实践他与所有女儿的关系，从而使得怡红院成为大观园中"最不讲礼"的地方。另外，宝玉还许诺将来要放屋里的丫头出去令其自行婚配，更体现出他对房中女儿的疼顾，希图以自由表达其对女儿的护惜与爱怜。同时，宝玉所作的诗——《访菊》《种菊》——也表达出自己愿意化身为群芳护花使者的潜意识，比如"霜前月下谁家种，槛外篱边何处秋"在询问中吐露出探寻、赏爱群芳之美的殷勤，再比如"泉溉泥封勤护惜，好知井径绝尘埃"描摹出其对群芳的怜护、疼惜之情。

[①] 艾皓德曾归纳出《红楼梦》中存在着三种不同且相互矛盾的情的观点，即重礼不重情的礼仪主义，重情不重礼的情欲主义，以及超礼超情、入道悟空的超越主义。他还认为《红楼梦》是一部把这些种种关于情的解不开的复杂矛盾充分表露出来的小说，而宝玉正是曹雪芹用来透彻钻研情的一个试验性自我。事实上，《红楼梦》对情的认识和表达远超出上述归纳，尽管"去欲化"是曹雪芹一直努力的改写目标，但是情还是一开始就缠绕在理、欲的双重困境中。参见[挪]艾皓德：《〈红楼梦〉的情心理学》，《红楼梦学刊》1997年增刊。

[②] 甲戌本第八回有眉批曰："凡世间之无知无识，彼俱有一痴情去体贴。"

当然，宝玉之情更有"先人后己，有人无己"，对一切无情之物亦有情的忘我之态，怕画上美人寂寞，要去望慰一番，不忍踩踏园中落花，遂与黛玉一起葬花，小心收埋女儿们斗草采撷的花草，对鸟对鱼讲话，对着星星月亮长吁短叹，为飘去的风筝感到寂寞，见水仙庵泥塑的洛神而恍惚落泪，为杏花设想鸟雀之孤寂，记挂刘姥姥故事中的茗玉，以及在傅家老婆子们看来疯傻呆痴的种种举动，实则证明了宝玉之用情不分生死，更不论贵贱，不分人我更不论物我，以至于达到"情不情"的"耽美"境界。戚序本有评曰："宝玉千屈万折，因情忘其尊卑，忘其痛苦，并忘其性情"（第三十五回回后评）正是如此。这里，情的胜利表现在其有一种超越性的净化力量，凭借这个力量，它可以把时间、情感那种不可预见的易变性固定进一种乌托邦式的永恒中。可以说，宝玉的意淫与《牡丹亭》才子佳人小说甚至从《金瓶梅》以降的艳情小说展开一场潜在的辩论，并在情欲解放、声色放纵与"以礼和情"等种种互相延伸弥补却依然问题横生的"情"之观念中，以绵延无止却纯粹洁净的精神之情作为解答。因此，大观园在宝玉至情的浸淫之下，酝酿出更为显豁的人格真情与自由精神，而大观园亦因此具备了浓重的世外桃源基调。

（二）情的吊诡能力：作为毁灭力量的情

也许没有任何一部小说如《红楼梦》一样能把情的二重性[①]表现得如此淋漓尽致，曹雪芹在展示情具有净化、救赎力量的同时，亦无遮蔽地表

---

① 梅新林曾指出《红楼梦》的"情本"思想"存在着一种先验的天道之'命'与人道之'情'的两相悖裂"，此也是《红楼梦》作为贵族家庭的挽歌、尘世人生的挽歌和生命之美的挽歌的原因。不同于梅新林是将"情"作为人道之本与天道之命并列的宏大范畴中去讨论，本书所探讨的"情"的双重性是指存在于情本身的悖论。参见梅新林、葛永海：《从"原欲"到"情本"：晚明至清中叶江南文学的一个研究视角》，《浙江师范大学学报（社会科学版）》2007年第4期。

达了其对情本身所具有的巨大破坏力的焦虑和担忧。大观园虽是情的实验基地，园中裙钗虽皆是有情人，却并非全然天真无邪，她们或情牵宝玉，或情系他人，因而衍生出许多关于情的复杂纠缠。钗黛之间因情而生的隐形对立关系，反语相讥的竞争态势，是大观园经常上演的戏码。袭人、晴雯、麝月之间的疑忌，让戚序本在夹批中注解道："愈是尤物，其猜忌妒愈甚"（第二十回夹批）。二知道人则从诸艳各自殊异的人格特质，得出"大观园，醋海也"①的结论，虽略有夸张，但也道出曹雪芹借由众女儿各异的情性面目，展现出情的多重面向在群体生活中不可避免的摩擦碰撞。余英时指出："因情生妒是大观园中常见之事，'情'是流动的，有如流水，所以是理想世界中最具毁灭性的一个内在力量。"②亦有论者认为："'情'是原始利己主义的产物，几乎不受相互关系的制约，所以它同相互负责的社会结构在本质上就是不相容的。……'情'是破坏社会秩序的或明或暗的缘由。……无视后果的行为，哪怕只是一丝一毫违反既有秩序，最后必然导致西门庆花园和大观园的毁弃。"③清代钱泳也曾明白地指出："情有公私之别，有邪正之分。情而公、情而正，则圣贤也。情而私、情而邪，则禽兽矣。可不警惧乎？"④

当然，若进一步深究园中女儿因情所生的悲剧，可以发现大观园中情之悲剧所暗示的道理：情若不能以礼（理）调节约束，终将导致毁灭（薄命）与死亡。这就是情本身具有的吊诡能力："既摧毁又救赎，

---

① 二知道人曾言："大观园，醋海也。醋中之尖刻者，黛玉也。醋中之浑含者，宝钗也。醋中之活泼者，湘云也。醋中之爽利者，晴雯也。醋中之乖觉者，袭人也。迎春、探春、惜春，醋中之隐逸者也。至于王熙凤，诡谲以行其毒计，醋化鸩汤矣。"见（清）二知道人：《红楼梦说梦》，冯其庸纂校订定：《八家评批红楼梦》（上），第37页。

② [美]余英时：《红楼梦的两个世界》，第106页。

③ [美]史梅蕊：《〈金瓶梅〉和〈红楼梦〉中的花园意象》，徐朔方编选校阅：《金瓶梅西方论文集》，沈亨寿等译，上海古籍出版社，1987，第175页。

④ （清）钱泳撰，张伟校点：《履园丛话》卷二十三，中华书局，1979，第603页。

既冒渎之又复苏之。"①因为情不仅生"幻",还主"淫",甚至致"痴",诚如蒙府本侧批曰:"大抵诸色非情不生,非情不合,情之表见于爱,爱众则心无定像,心不定则诸幻丛生,诸魔蜂起,则汲汲乎流于无情"(第三十五回)。所以掌管"孽海情天"的仙子名唤"警幻",所制"风月宝鉴"专警迷幻痴情者。园中女儿往往因风流多情,或招人嫌忌,或干犯礼法,常常因有情而不能守礼,直率而不能合众,遂使情泛滥而无节制。如芳官等戏班女孩散入园中各房后,"或心性高傲,或倚势凌下,或拣衣挑食,或口角锋芒,大概不安分守理者多",园中婆子们无不含怨,"只是口中不敢与他们分证"(第五十八回),道出芳官等被进谗言逐出的理由。再有晴雯风流标致,女工精巧,又甚得宠,但如"爆炭"的情性也使她树敌颇多,最后被安上"勾引宝玉"的罪名,驱逐而死。大观园中用情最真的黛玉,亦在情字上,一往而深,入而不返,泪尽而亡,暗示出情所具有的至深毁灭性。其"冷月葬花魂"的凄恻之美,以及大观园由"情地"变为"花冢"的幻灭之痛,既昭示了众女儿的悲剧命运,亦同时显示了一种情的悲剧,呼应着《红楼梦曲》中所暗示的:"痴迷的,枉送了性命。"(第五回)

不只大观园,园外的人一旦进入情海,亦可能招来危险,戚序本脂批曰:"爱河之深无底,何可泛滥,一溺其中,非死不止。"(第三十五回末总评)这里带来危险的不是性欲,而是情。因为在曹雪芹看来,情可能比不带感情的性更加危险。贾瑞痴恋凤姐,耽溺虚妄之情而丧命。秦钟与智能儿因情缠绵,失于调养,又受笞杖自愧而亡。金钏儿因与宝玉说了几句悄悄话,便被撵自杀。尤二姐、尤三姐分别钟情于贾琏、柳湘莲,但从痴情到肠断,亦分别以吞金、饮剑了结情缘。可以说尤三姐

---

① [美]艾梅兰:《竞争的话语——明清小说中的正统性、本真性及所生成之意义》,第93页。

这个以身殉情的故事暗示着多情之人的立身存世,虽风流洒脱、高标自傲,但较诸常人却又有更深的耽溺,以致招出毁灭性的结局。故而脂批曰:"种种孽障,种种忧忿,皆情之所陷。"(庚辰本第二十一回夹批)

因意识到用情至深而可能导致的毁灭,故而曹雪芹亦借助第六十六回尤三姐对柳湘莲所言的"来自情天、去由情地。前生误被情惑,今既耻情而觉,与君两无干涉"的诀别语,透露出尤三姐对情的认识,已经有了"情悟"的倾向。除了尤三姐,其他女儿则用弃情、绝情或主动隔离情来显示曹雪芹对情的复杂认识。比如彩云受了贾环的无情之语,赌气收起送贾环之物,"乘人不见时,来至园中,都撒在河内,顺水沉的沉漂的漂了"(第六十二回)。芳官、蕊官、藕官被领出园子后,情愿"剪了头发作尼姑去"(第七十七回)。鸳鸯受了贾赦的威胁,以断发毒誓的决心表示一辈子不嫁男人,终身与情隔绝。惜春则以天生"廉介孤僻"的秉性,加上看破三春光景,坚决以"独守青灯古佛旁"来实践"不作狠心人,难得自了汉"的绝情誓言。

上面简单的论述可以看出,曹雪芹通过设置大观园中情缘的多重面向,让众女儿先后尝到或者预见情的苦果,或者最终斩断情缘,无所用情甚至或"悟"或"了",让大观园最终化作泪尽情空的葬花冢。从钟情到耽情、从绝情到无情,女儿生命起落中与情的多重关合纠缠,一方面透露出情的多重含义,另一方面也显示出曹雪芹在情之救赎性与情之危险性之间的徘徊。

四、礼、欲夹攻中的情的双重困境

对个人而言,耽溺于情,会导致生命的悲剧,为自身招来灾祸。但对贾府这个族群而言,耽溺于情则会造成秩序的混乱。大观园后期秩序的崩溃,有不少事件是园中女儿因情授受而引发的。其一小事,如私相传授蔷薇硝、玫瑰露、茯苓霜,挑起一连串"窃盗的官司",使象征情的赠物纷纷沦为猜忌、偷窥、嫁祸的"赃证"。其二大事，则引起对大观园的抄检。学界都普遍认同，抄检作为"抄家"的前兆，亦是大观园崩溃的前声。然而如此巨大的冲突除了代表园内、园外两种秩序矛盾的最终决堤外，其导火索确是园内女儿之情。比如大观园正式抄检之前，曹雪芹已经先行进行了一次预演，事件正是晴雯为了体贴宝玉引发的。第七十三回赵姨娘因向贾政告密宝玉已有收房丫头一两年之事，贾政大惊。宝玉担心贾政次日查考功课，熬夜苦读，正劳费神思，恰芳官惊呼后房门有人从墙上跳下来，晴雯便心生一计，大张旗鼓地吵嚷有人入侵大观园，致使宝玉受惊，"于是园内灯笼火把，直闹了一夜。至五更天，就传管家男女，命仔细查一查，考问内外上夜男女等人"（第七十三回）。晴雯等虽是出于体贴，以使宝玉免于查考，结果却使大观园经受一次查赌整饬，虽然整饬对象仅仅是上夜的边缘婆子们，但是"清理门户"的性质俨然是之后抄检的前奏。后来，司棋在园中私会表兄，遗落绣春囊，遂引来大规模的抄检。从不该入园的"人"到不该入园的"物"，一是女儿因情沉溺，二是女儿因情夹带。因此大观园毁灭的原因固然可以说是王善保家的挑唆王夫人"惩治妖精，保证清白"的抄检结果。但园中自我暴露的"不干净"，以及因情渗入的园外不洁力量对其的冲击，未尝不是大观园崩溃的另一个诱因。

　　王夫人廓清大观园，再现了花园在历史上曾作为诱惑、情欲启蒙空间[①]的描述："一方面，花园在屋舍平面配置中僻处一隅的特质，昭示了女性的边缘位置，以及其生活空间的闭锁性；另一方面，花园又因为

[①] 相对于正房或者闺阁所代表的伦理秩序，花园往往以其万物生命的自然勃发与丰沛成长，与文明礼制内的诸多规范约束形成对照，因此成为引发人类自然生命觉醒，或唤起青春生命力比多，或成为男女情欲启蒙的异境空间。因此，才子佳人小说的爱情总是发生在后花园，但花园作为情欲、财权、色空、毁灭的意涵象征乃是在《金瓶梅》中最为凸显。

地处内、外的交界，而成为诱发女性越界欲望的危险空间。"①也即是说，大观园因为相对远离了王夫人正室所代表的礼法规矩，同时也因为花园闲情逸致的特性，故而有机会成为自由情性的生发地。但亦因缺乏礼的监管，任情恣性的另一面亦会成为秩序混乱、危机浮现的表征，甚至为园中的各种"藏奸纳垢"提供遮掩。因此值得注意的是，在宝玉将晴雯、芳官、四儿等几个风流标致的丫头称之为有情儿女时，王夫人及婆子们却把她们指斥为"妖精"。这个语词，一是暗示妖娆浪荡的气质与人格情性上的无耻淫行，二则是指代"男女不才之事"对性命脸面的巨大伤害。但无论哪种指代，均与"淫行"密切相关。这些似乎都在提醒，曹雪芹也许并没有清晰界定，甚至是有意模糊发生在女儿身上的情、淫界限，这既与小说第五回警幻所言的"好色即淫、知情更淫"，并称宝玉为"天下古今第一淫人也"的情淫观相契，或许更与曹雪芹对情、淫复杂性的多元化表达策略有关。

故此，文本中情、淫的相互流转在诸多女儿身上都有显现，诸如：情淫难分的秦可卿；曾犯淫行婚后却由"淫"生情的尤二姐；定情柳湘莲之前做尽各种"淫态风情"但其实性贞刚烈的尤三姐；"知情更淫"的司棋；被王夫人指责为"下作小娼妇"但情烈跳井的金钏；"言语本有些轻薄"（凤姐评价）、"妖精似的东西"（王夫人评价）最后清白受屈、含恨而尽的晴雯等等。可以说，情与淫诸如此类的相互转化，不仅增加了两者的迷离难辨，另一方面，实在也为王夫人及众婆子故意模糊情、淫界限提供了理由。故是说，《红楼梦》中的情并不能独立于淫而存在，"意淫"中固有一淫字，虽与皮肤滥淫相对，却并非纯情。

事实上，如果将曹雪芹这种模糊情、淫界限的观点对接进明末清初

---

① 胡晓真：《秘密花园——女作家的幽闭空间与心灵活动》，《才女彻夜未眠：近代中国女性叙事文学的兴起》，北京大学出版社，2008，第141页。

的尚情思潮中,其实可以发现晚明以降对情的张扬,虽然在理论上确立了情所具有的形上的本体地位,认为:"上天下地,资始资生,罔非一'情'字结成世界。"①情不仅构成了文学的先天依据,而且成为整个世界的依据和目的。②但吊诡的是,"尚情"思潮却无论如何也无法将欲和私排除在外。这里的理论困境在于,如果一种本于纯真的不伪饰、不逆情的生存方式是值得提倡的,比如宝玉、黛玉、晴雯等均将任情自由的天然之情视作人生的本然之途,那么任情的同时又该如何面对人性自然而生的欲与私?③尤其是当李贽也不得不承认"本心若明,虽一日享千金不为贪,一夜御十女不为淫也"④的悖论时,情本论者又该如何划清欲的放纵和自然之情之间的界限?这是否是所有想要从"经验世界"拓展至"形上世界"的思路都不可避免的理论困境?再或者这本身就是王派后学肯定"心"的全部合理性后,只能接着肯定人心情欲放纵

---

① (清)种柳主人:《玉蟾记序》,(清)通元子:《玉蟾记》,中国戏剧出版社,1999,第1页。

② 洪涛在其文章:《以情为本:理欲纠缠中的离合与困境——晚明文学主情思潮的情感逻辑与思想症状》一文中提出他对情本体的内涵的理解,至少包括这几个方面:1.人和世界诞生的本源;2.人类社会制度确立的依据;3.审视和评判世界以及人的价值尺度;4.具有永恒性和超越性;5.具有改变世界的力量;6."情"最高的体现者是人。参见洪涛:《以情为本:理欲纠缠中的离合与困境——晚明文学主情思潮的情感逻辑与思想症状》,《南京大学学报》2009年第4期。

③ 实际上,这个悖论式的问题在阳明心学对"情"的肯定的同时就已经出现,因为其对"情"的定义同时包含了"道德本体"与"自然感性"两个本来就矛盾的两面,而王门后学在对心学进行全面肯定的过程中,更是走向了对"自然人性"的全面肯定。因此,随着欲、理之辩的加深,有论者认为清代儒学对这个问题的解决是"绕开了这个非此即彼的思维模式,提出了'礼'的概念,回归到孔子的'四勿',在某种程度上可说是既维护了'公共空间',又让'个人空间'得到了保证。于是这其实就是对孔子心目中的理想人格的一次超越后的回归:既要符合人的性情,又要符合'礼'的规范,就是'从心所欲,不逾矩'。"参见罗冰:《"公""私"之辨与"理""欲"演变的内在逻辑》,《西南师范大学学报(人文社会科学版)》2004年第2期。

④ 周应宾:《识小篇》,厦门大学编:《李贽研究参考资料》(二),福建人民出版社,1976,第165页。

的合理性的必然逻辑？[①]可以说，《红楼梦》用它的具体实践，真实地描摹了情在面对礼（理）和欲时的巨大矛盾，甚至可以说《红楼梦》的一个主要成就正在于其发明并启用了"意淫"一词，它不仅形象亦如此贴切地概括晚明以来关于情、淫所可能具有的种种不可言说的矛盾意涵，而且它也表明了情、淫的纠葛状态在文学叙事中可以通过什么样的途径被表现出来，且这种表现最终会遭遇什么样的困境。

因此，当代表"淫"的绣春囊被发现时，王夫人便以正房家长的礼法位置和道德立场，整肃大观园，逐出"妖精似的东西"，扫清代表"污秽"的人与物，力图使园子回复到原来的"清白干净"。而"明年一并给我仍旧搬出去心净"之语，似乎更是宣判大观园为潜伏堕落危机的不洁空间（实际上，当曹雪芹让原本就是多重情欲空间的会芳园成为大观园的建园基址时，就昭示了大观园与生俱来的不洁）。在这里，读者似乎可以感觉到，在王夫人、婆子们将这些有情儿女的风流标致刻意"妖魔化"、将花园"情欲化"的论述策略里，或许更深地隐藏着曹雪芹对情、淫冲决规范、颠覆秩序、移易性情、毁丧礼教的焦虑、恐惧和压制。

因为《红楼梦》虽然对男女不才的"皮肤滥淫"给予嘲讽与贬斥，但亦对"知情更淫"表达了忧心与焦虑。比如司棋和表兄出自真情，入园私订偷盟，大观园因此变成其幽会偷情的掩护所，虽然他们的"趁乱入港"不同于贾珍、贾琏等只知肉欲的"皮肤滥淫"，但亦是"情既相逢必主淫"的结果，更加以遮掩偷渡的形式，最后慌忙逃散，使得自身"鬼不成鬼，贼不成贼"（贾母语），不仅使儿女真情蒙上阴影，亦破坏了女儿

[①] 当王阳明的学生王畿说："心是有善无恶之心"时，就肯定了心的意念和行为活动的全部合理性，而现实生活中的人总是有情有欲之人，于是人在实践上的所有心灵活动就拥有了合理性，人就为自己的心灵放纵找到了理由。

原本如朗月风清的澄明纯净。曹雪芹安排心性愚顽的傻大姐拾得绣春囊，并将此"春意"解读为"两个妖精打架"，其意图或许亦是想从未经文明雕琢的混沌淳朴之性的视角，去暗示私情淫行对女儿清净的玷污和异化。因此，由司棋幽会引出大观园的抄检，由绣春囊的出现被喻为伊甸园遭受了蛇的诱惑，实在是曹雪芹为大观园的崩塌刻意设置的情节。这一方面意味着园中情的不节制会成为冲毁大观园乐园世界的重要力量，另一方面更标示随着成长的发生，大观园初时那种"混沌世界、天真烂漫之时，坐卧不避，嬉笑无心"的懵懂之态亦要遭劫结束，当园里姑娘们"人大心大"时，亦必须要出离花园，迈步进入成人世界。

从上面的论述中不难发现，大观园所铺展开的女儿世界，成为曹雪芹对有情世界的想象性实践。这表明在现实世界里，因为礼法秩序、正统价值的强大和不可撼动，小说家异于现实的有情想象必须寄托于女儿世界，且又必须被移植于大观园才能完成。因为女儿或花园，前者是宅第中不可窥见的深闺之女，后者是坐落于家宅的偏僻幽静之地，人伦序列和空间位置上的边缘化、隐秘性，意味着象征权力话语、伦理序列的暂时退场。这也是曹雪芹为何要托寓以女儿的形貌，来实践其理想中的隔绝尘俗、宛若桃源的至情想象。但是，需要注意的是，也正因为大观园发展出了迥异于园外正统秩序的任情自由，某种程度上又意味着失序、混乱与危机，园中世界所成就的别样秩序也就因之被视为一种颠覆与倒错。而大观园中风流多情的女儿，亦因蕴含某种有情的欲念而偏离正常的妇德之道，溢出惯常的性别轨道，从而对现存性别秩序构成威胁。最终大观园也以自己的毁灭，园中女子陆续死亡或离散，来回应现实秩序的制裁和规范，进而印证建构理想之境的艰难，挑战性别秩序的不易。

因此尽管承认《红楼梦》是中国古典小说中极具抒情性的代表作，其"大旨谈情"的意义毋庸置疑，但过度夸张文本对情的彰显亦可能偏颇。而另一个有趣的例子是在第三十二回宝黛之情发展至最浓烈时，插入贾政鞭笞宝玉的情节，这里的"鞭笞"以象征的手法暗示儒家规范对过度之情的惩罚和规训。我们不能得知，曹雪芹是否有意以极端强烈的对比和这段突兀的插曲，将情与礼（理）两种价值观对峙，并以巨大冲突的形式予以呈现。但是之后借袭人之口说出的话"论理，我们二爷也须得老爷教训两顿。若老爷再不管，将来不知做出什么事来呢"却明白地点出了情需要礼法的约束，而两者实为《红楼梦》价值体系互补的两面。或许曹雪芹亦意识到，"情海生波，一旦泛滥，就会有如朱熹所打的比方——即使高贵人家也筑不出一道'铁扉'或'铁槛'（或是鲁迅著名的铁屋）……予以有效地围堵"①。这个论点其实也是浦安迪一再点明强调的，"'情'仅仅是人生的一个偏面，单独以'情'来限定世界，必然导致失却平衡的危险"②。比如，《红楼梦》写出了宝黛缘系三生石畔之情的刻骨铭心，但亦用同样程度的张力让我们看到两人消融自我的死亡与悬崖撒手的"情极"出家。

故而不能发现曹雪芹已然意识到了情面对欲（淫）、礼（理）时的复杂纠葛和双重困境，所以在其"大旨谈情"的实践中，他一方面努力拒绝仕途经济之理的熏染，另一方面又尽力排斥"皮肤滥淫"的侵蚀，但实践的过程却让他清醒地意识到情、欲、淫无法截然区分，尤其是当他抽空了情之概念中所必有的欲、礼（理）之后，他所提倡的情注定只能徘徊无依，所以有人说"红楼梦之梦，不只是痴人忏情之告白，也是一个文化心灵逡巡挣扎的告白"③。但尽管小说最后宝玉绝情而遁，这一结局被刘小枫称之为重新退回庄禅世界石头性的清虚无性中。④这种对石头性清冷的肯定固然一定程度上宣告了情本论者试图以形上之情为

---

① [美]余国藩：《重读石头记——〈红楼梦〉里的情欲与虚构》，李奭学译，麦田出版，2004，第297页。
② [美]浦安迪：《浦安迪自选集》，刘倩等译，生活·读书·新知三联书店，2011，第219页。
③ 张淑香：《抒情传统的省思与探索》，大安出版社，1992，第229页。
④ 参见刘小枫：《拯救与逍遥》（修订本），华东师范大学出版社，2011，第283页。

中国文化"补天"思路的失败，表明明清时期文人学者内在情、理世界的尴尬状态。但另一方面，也正因为曹雪芹对情之困境有了梦醒式的自觉感知，情禅世界的冷峻无情终于又被其对尘世之情的深深眷顾与挚爱回望所暖化，在情之自我取消的尽头又仿佛拥有情的一切，这又未尝不是情本的某种极致。因此，曹雪芹"大旨谈情"的良苦用心以及其"以情补天"的痴情执着才得到了中国文化含泪的肯定。

五、"礼"的重建与困境的解决

事实上，到现在，我们必须承认清初思想家在为情、欲的合理性正名时，之所以陷入困境，是因为他们的思路仍然局限在"理、欲"二元对峙的框架中，将曾经偏执于理的一端，毫无顾忌地扭转到了偏于情的一端，但这并不能弥合或者解决社会秩序与私人生活、公众话语与私人话语之间的分裂，同时对情的过分凸显，又因为情与私欲的不能两分，再次导致私欲的合理化。因为，如何使人的情成为正当的情，而不会导致私欲？或者如何判定一种自然的情性是绝假纯真的，而不会导致性之恶的泛滥？依然是情本论者无法回答的难题。因为，当这种二元对立的思路中只有情（欲）和理两个极端，当情本论者抛弃或者悬置理的外在判断标准时，人的行为只剩下情（欲）的维度之时，必须追问的是，人的心灵是一个言人人殊，且易于流动的物体，它如何能既充当情欲的发出者，又充当情欲合理性的裁判者？一旦真的如戴震所言"遂民之欲，而王道备"，承认人的自然之欲的全部合理性，结果所导致的恐怕只能是情欲的无可控制，以及王道秩序无可挽回的崩塌。

但是，如何消解情、理或者说人欲与天理之间的二元对峙（这种对峙是人为建构吗）？对明清时代的语境来说，是否能建立起一个既不违背天理又能适用于人性合理发展的规则，并在这个规则之上重新建立一个合理合情的社会生活秩序？这个看似简单的问题，却成了明清古代思想史一直试图解决但却一直没能解决的难题。究其原因，葛兆光曾解释，在中国古代思想史中，"对于'天理'的肯定常常变成对'绝对'的崇拜，而对'情欲'的肯定又常常会成为对'放纵'的鼓励。在二元对立的语境中，'个人'不是一个独立的价值个体，而是自私的本原，人性中'幽暗'的一面常常被诱发出来，而'光明'的一面总是没有树立起来，'群体'也不是一个公平的容忍的共同体，而是对个人欲望的压抑系统，所以'社会'仿佛总是在借助历史的话语与政治的权力控制'个人'的生活，它始终表现的是'压抑'的一面，而隐藏了它'提升'的一面"[1]。也即是说，这个话题在漫长的思想史中反复出现，但文人的思路总是摇摆在两极之间，不是强调以天理克制人欲、以理调情，就是凸显自然情性的合理，借性灵情感拥有的道德自觉的名义来为人性的自然存在正名。

但问题是无论选择"存天理灭人欲"还是尊崇"尊情欲蔑天理"，都只能使个体的公、私生活出现分离。也即是说，无论是崇天理还是重情欲，实际上都是把自己的"内心"动机作为评判行为处事的标准，而忽略了外在的监督。王汎森曾指出："明季党社之争势如水火，其重要原因之一便是各自以动机的纯洁与否判断他人，且因自认为动机纯洁而把自己的意见当作天理。"[2]所以在葛兆光看来，真正的出路就是要建立一种超越于个体言行和道德之上的外在价值规范，因为"只有建构一种看上去不那么高超却可以为多数人认同的'规则'（笔者注：比如现代意义上的客观规则或法律），才有可能同时兼容这种同样合理的'善'和'恶'"[3]。

---

[1] 葛兆光：《重建知识世界的尝试：十八、十九世纪之际考据学的转向》，《中国思想史》（第二卷），第372页。

[2] 王汎森：《清初"礼治社会"思想的形成》，《权力的毛细管作用：清代的思想、学术与心态》（修订版），北京大学出版社，2015，第41页。

[3] 葛兆光：《重建知识世界的尝试：十八、十九世纪之际考据学的转向》，第373页。

不过，在古代中国的思想框架中，现代意义上的法律并不能出现，于是清中期之后士人们对这一问题的思索，最终仍是以重新突显"礼"的意义来替代。因为"'礼'恰好是一种规则，它针对拥有情欲理智的人，使其动静言行符合社会秩序，'以非礼折之，则人不能争，以非理折之，则不能无争'"①。只是在这里仍需要强调的是，这里的"礼"非指被僵化和虚伪化的伪礼，而是经过礼秩主义重建之后的"礼"。② 引入"礼"的意义，是要突破情与理的二分法，突破真理的绝对性与私人生活的随欲性之间的对立。它之所以能够完成社会秩序的重建，是因为它隐含了一定的瓦解思想专制和真理独占的文化霸权，将社会秩序建立在常识理性和规则基础上的设想，同时也给予个体在社会生活中拥有私领域以及私情感的可能。正如王汎森所言，"清初'礼治社会'的提出，最初并不是一种纯学问的兴趣，主要是为了整顿晚明以来社会的失序及风俗的颓败所形成的一套新理想"，这种新理想是"用'礼'而不是贫富或其他任何标准，将社会中的每个分子依礼治社会的精意重新稳定下来"。③

倘若从这个意义上在去审视《红楼梦》，能够发现其正是用它的具体实践，真实地描摹了情在面对理和欲时的多重矛盾，而曹雪芹最终渗透在文本中的对情礼兼备的意愿实践，亦隐隐透露出其与思想史的重叠之处，并由此显露出曹雪芹思想的敏锐与伟大。

---

① 葛兆光：《重建知识世界的尝试：十八、十九世纪之际考据学的转向》，第550页。
② 在王汎森的考察中，魏裔介提出"以礼治心"就是一个口号，随后王夫之、顾炎武、孙奇逢，包括戴震之后的阮元、焦循以及凌廷堪都在恢复"礼"的意义上做出贡献。比如王夫之提出"礼是天理之节文"，从而推动礼作为外在监督规范的建立。再比如凌廷堪在其《复礼》中反复强调："圣人之道，一礼而已"，"礼也者，所以制仁义之中也"。而颜元、李塨曾被称为当时最严格的礼制主义者。
③ 王汎森：《清初"礼治社会"思想的形成》，第70、55页。

第五章 "女儿"
能否成为文化危机的救赎?

因为男性世界的污浊不堪,导致曹雪芹将对情的想象投向水一般洁净的女儿,当然如果仅仅从这个意义上去看待曹雪芹对女性价值的赞美和欣赏,似乎还是缩减了小说刻意凸显女性诗意美的深沉用意。之所以这样说,是因为小说在描述男性集体堕落的背后更着力凸显的是当时儒家价值观的崩塌,也即是小说一直暗示的文化的末世境况,以及在这种境况下文人无路可走的悲哀。不过《红楼梦》之伟大在于其对儒家仕途经济之路的质疑并没有导向玩世不恭或者真正的虚无主义(比如安排贾宝玉出家并非对空无的认同)。曹雪芹对儒家秩序的质疑,反而构成了他试图以情为人世存在确立依据的努力,试图在一个被摧毁的叙述和话语世界的废墟上,去构建他的道德想象。在这方面,其与同时代的吴敬梓一样,试图在小说中暗示出一个新的社会秩序。不同的是,吴敬梓是通过对"苦行礼"的实践标识出一个新的儒家礼仪世界的愿景;而曹雪芹则是通过建立一种女儿纯洁论的方式,试图为人生及世界存在创立一种新的秩序。但是这种尝试是通过什么途径具体展开的?女儿纯洁论的实践过程是否带来了文化危机的转移?其最终能否成为文化危机的救赎?

一、"女性气质"作为形而上(道德纯洁、政治干净)的象征

作为一个政治、历史、文化剧变的转型阶段,明清之际的文人知识

分子面对价值混乱的世界和无以安身立命的价值生存困境,在文化出路及自我身份认同的选择上充满了各种矛盾的情感和深深的政治焦虑[①]。这种矛盾和焦虑从宏观的价值观上来讲,符合于罗狄所言的一种前所未有的认识论上的怀疑精神:"宋代思想对人类深入理解宇宙真理的能力显示出自信,而相形之下,认识论上的深刻怀疑则渗透了十八世纪的文学和思想。没有任何一个关于伦理的原则的知识,能确信为文人所从事的活动提供永恒的、确定不移的检验标准。……因此,宋代世界观和人生观之整体性与具有综合力的统一性,终于让位于以下这样一种观点:即承认人类社会和自然物的多元性和多样性,并显示出对异常、分化和局限性的敏锐意识。"[②]

而从微观上来讲,这种矛盾和焦虑则具体地来自程朱儒学内部过于强调"理"而导致的文化思维的程式化,以及儒学制度化之后文人风气的表演性以及情感表达的虚伪性。另一方面,过于僵化的儒学文本作为科举考试的主要内容,亦束缚和阻碍了文人知识分子追求更自由的内圣修身与外王平天下的实践相结合的入仕途径。

这种对当时文化价值上的深刻怀疑精神以及对儒家拯救心灵、治学之功、批判权力、参与社会改革、重建秩序之徒劳无益的沮丧和失望,深深地感染了当时的文人群体。导致当时的文化拯救企图从两个大致的方向上展开,一是通过类似于《儒林外史》式的对儒学之僵化地反讽意识,并因之带动起一股在儒学内部重建儒学的道德冲动,比如18世

---

① 当然各种矛盾和焦虑包括政治、经济及文化上的诸多范畴。比如政治变动带来的无所适从感,八股式的科举导致的文人普遍遭受的"士不遇"的价值毁灭感等等;经济方面则主要是因商业繁荣和城市经济的发展带来的对人的欲望的凸显、奢靡之风盛行以及世风颓败导致士人产生甚深的道德焦虑。这里仅仅谈论的是文化价值观的焦虑。

② Stephen Roddy: *Literati Identity and Its Fictional Representations in Late Imperial China*, Stanford University Press, 1998, p.20.

纪后期的礼制重建运动①。另外则是因强烈的失望和对抗而引发的怀旧情绪，试图通过对一种更纯洁的、更自由的、更富于真情的对象的身份认同来消除焦虑。而这种对象在当时的文化语境中，最恰当的一种载体便是具有文化纯洁象征的美丽女性。不过女性被视为"干净"的超越的象征，应该"从对立面男性的象征含义来把握：男性是浊臭、残忍、势利、淫恶，是超验干净的顽敌。女性的似水柔情象征着世界中的绝对力量"②。确实，由于女性在政治、文化上的边缘化，没有参与官僚体制和俗世事物而避免了道德上的污染，女性透明、清澈、真情与至美的完满特质与男性构成了日常世界中冲突和抗衡的两种基本要素，并因之获得了形而上的意义。因此，自有明一代始，女性气质就被当作本真性的主体身份被理想化，③尤其是"明末以后，称赞女子文采与节操优秀时，经常会说'天地灵秀之气，不钟于男子，而钟于妇人'"④。

不过，明清时期男性对女性的推崇以及男性文人女性化现象的大量出现，亦有社会历史的宏观语境的影响，这种现象亦可以看作是清初政治、文化专制在文人心态上的应激反应。文字狱固然是为了加强清政府的政治统治，严防排满情绪，但过激的政策也会导致文人普遍的畏馋惧祸心理和委曲求全的矮化人格，这一人格对男性文人的直接影响就是男性阳刚之气的退化。李祖陶在当时就指出这一现象对文人心态的巨大影

---

① 参见张寿安：《十八世纪礼学考证的思想活力：礼教论争与礼秩重省》，北京大学出版社，2005。

② 刘小枫：《拯救与逍遥》（修订本），第272页。

③ 如明末葛征奇曾曰："非以天地灵秀之气，不钟于男子；若将宇宙文字之场，应属乎妇人。"参见胡文楷编著：《历代妇女著作考》（增订本），葛征奇序，上海古籍出版社，1985，第887页。但据合山究的考证，"天地灵秀之气，不钟于男子，而钟于妇人"这句话最早典出谢希孟。相关论述及其他关于"女清男浊"思想的在明、清文人中的其他表述，可以参见[日]合山究：《明清时代的女性与文学》，第285—287页。

④ [日]合山究：《明清时代的女性与文学》，第287页。

响,"今之文人,一涉笔唯恐触碍于天下国家","人情望风觇景,畏避太甚,见鳝而以为蛇,遇鼠而以为虎,消刚正之气,长柔媚之风,此于人心世道实有关系"①。同时又由于女性才智在各方面的凸显,男性的上述心态反映在文学创作中,就自然而然地体现出对女性的尊重。另外从创作心理上看,文学作品的内容是作者心理和思想的无意识流露,人物则是作家"心造意象"的产物。荣格的现代心理学亦为两性"心造意象"的倒错和交换提供了理论依据,"通过千百年来的共同生活和相互交往,男人和女人都获得了异性的特征。这种异性特征保证了两性之间的协调和理解"②。而对女性气质的推崇在通过清初才子佳人小说的铺垫后,继而在《红楼梦》中被推向新的高度。

(一)"香草美人"的隐喻系统与女性的道德纯净

事实上,把女子气质想象为政治上的纯净以及人格上的高雅,并不是明清小说的独创,而是接续起诗、骚传统中悠久绵长的"香草美人"之文化隐喻。无论是《诗经》中的关雎之女、庄姜、桃夭形象,还是离骚中的宓妃、简狄、二姚,其以原始神话中具有"爱与美"的女神、大母神原型出现于诗歌中,作为一种理想女性的化身,被赋予了神圣、完美而崇高的精神意涵。而诗人亦在对美人的追求书写中,寄寓了强烈的臣子对理想之君主、家国伦理秩序的政治期求。于是,诗人、美人与臣子、君王之间便形成了稳固的审美式对应关系,这种关系作为诗骚传统的重要组成部分,永久地横亘在历代文人的潜意识中。

这种审美式的对应关系在明清文学中徒然大增,尤其是在才子佳人

---

① (清)李祖陶:《与杨蓉诸明府书》,《迈堂文略》卷一,清同治七年刻本。
② [美]C.S.霍尔、V.J.诺德贝:《荣格心理学入门》,冯川译,生活·读书·新知三联书店,1987,第53页。

小说中，除了刻意被凸显的"色"与"德"之外，佳人在言谈叙述之间呈现出来的巾帼不让须眉的"才""情"，使得"山川秀气所钟、天地精华所聚"成为对佳人形象和精神内涵的定评。不仅才子佳人小说中的佳人，甚至官娼和地位低下的妓女①都被热情地赞誉为真情的象征。女性主体身份的理想化开始被广泛接受，甚至持保守主义的章学诚，似乎也认为闺房中的女性生活能为培养经典学问所倡导的无私理想提供最好的空间。在这种语境下，女性人物形象包括文学中女性的声音，甚至现实中的女性创作，都因为其对经济仕途的远离而变成了"清""真"和"性灵"文化的最后守护者。诚如曼素恩所言："'闺阁'的形象，作为尘世之外的一方无始无终、无忧无咎的天地，作为男性心力交瘁时可以暂时避入或者退居的一处休养所，变成了18世纪的男性文人写到女性时建构的一节强有力的诗章。对于许多在求学道路上身负重重压力的男性来说，妇女是稳定、秩序与纯洁的守卫者。"②确实，相对于男性文人的刻意操练与矫饰造作，女性因为能对事物、情感的直接进入而被赞誉为更能掌握一种自然而有力的情感表达方式，甚至连那些崇尚引经据典、注重辞藻修饰的典雅的文人，也承认女性的声音具有一种使男性相形见绌的特殊的情性感染力和纯洁性。

比如"性灵"之于闺阁气质的相契，开始成为清初评价女性诗作的一个基本共识。如沈善宝不仅直接以"直写性灵，似长庆体"品评钱塘才媛玉楚芳的七古诗作，更是将性灵思想广泛表现在《名媛诗话》中，包括对真挚感情抒发的一再强调，对诗歌源于性情而呈现的自然天成风貌的一再肯定，都表明清代才媛诗歌创作的性灵特质。至于当时对女性

---

① 妓女被认为是政治干净的象征，主要是出自文人对红粉知己的文化想象的产物。明清之际的柳如是、董小宛皆因其重情重义的真情而成就一种新的青楼文化人格。当然这种文化人格亦是男性文人对其重建的结果。

② [美]曼素恩：《缀珍录——十八世纪及其前后的中国妇女》，第64—65页。

诗歌的总体性评语,如"诗笔颇清""缠绵妍丽""诗才清卓""清逸可喜"等均不约而同突出以"清"为辐辏核心,亦印证此一文学批评术语在明清诗坛的女性化现象。再如明末诗人钟惺亦是通过对"真"之重要性的强调,肯定了女性创作的价值。据传在其编选的《名媛诗归》①中,钟惺通过评点女性诗作点出了其所具有的"清"与"真"特性,如其点评《琴歌》时指出:"古人中女子作诗,亦只因是写情,演入声调,虽单调质语,必曲折奥非如今人累累成篇,此事属偶作游戏玩弄事也,喜怒哀乐之故,因乎情而止乎性,至于绵婉骀宕。"意思是说,女性作诗因发乎真性情,虽然用语单调,但诗作非机心搜求而偶然成之,不加雕饰故而风格自然质朴,而其诗风又绵密引人深思,这正是女性诗作的"清"妙之处。故此他认为女性诗作符合"诗也者,自然之声也,非假法律摹效而工者也"的标准。确乎,女性诗人因被隔离于封闭的闺房,作诗填词乃至阅读吟唱作为一种爱好及情趣的培养,是其消磨时间、排遣愁闷的主要手段②。与此同时,单纯洁净的空间和生活经历亦生成其

---

① 关于《名媛诗归》的作者问题,《四库全书总目提要》中曾提道:"旧本题明钟惺编,取古今宫闺篇什,搜辑成书,与所撰《古唐诗归》并行。其间真伪杂出,尤足炫惑后学。王士祯《居易录》亦以为坊贾所托名。今观书首有书坊识语,称名媛诗未经刊行,特觅秘本,精刻详订云云,核其所言,其不出惺手明甚。然亦足见竟陵流弊,如报雠之变为行劫也。"很多学者综合《四库全书总目提要》中的信息及参考明末时代背景资料,认为《名媛诗归》或许非钟惺亲自选辑,亦未可知。

② 当然对大多闺秀来讲,创作在一开始确实只是女性排遣时间的一种方式,但是随着创作的开始,也不排除一些女性渐渐在创作中表达成功成名的欲望。胡晓真在其文章《才女彻夜未眠——清代妇女弹词小说中的自我呈现》中通过对弹词《玉钏缘》的研究,令人信服地指出了隐藏着《玉钏缘》创作背后的作者对功名的渴求,这就形成了有意味的悖论,一方面,女性因其无功利的创作使其书写具有"清""真""纯"的美学特质,而受到当时文人的推崇。但另一方面,在女性对自己创作有一定积累的时候,亦会产生对成功留名的渴望,而此恰恰又违背其无功利的创作初衷。当然,这又微妙地体现出女性主体意识的萌发与创作的自主性。参见胡晓真:《才女彻夜未眠——清代妇女弹词小说中的自我呈现》,《近代中国妇女史研究》1995年第3期。

情感和创作上的纯净自然特质，使其创作能更接近"真"的审美范畴。恰如孙康宜所言，"由于一般妇女缺乏写作吟诗的严格训练，反而使她们保持了'清'的本质；由于在现实社会领域的局限性，反而使她们更加接近自然并拥有情感上的单纯——那就是所谓的'真'"①。

可见，到了18世纪，把非政治的女性气质建构成与腐朽浑浊的男性世界相对的本真性表达已经成为很多文人的共识，并成为文学表达中的惯用手段。小说家可以自由地选择具有女性气质的人物角色，作为体现其自然的不合于传统规范的本真理念的表达。《红楼梦》和《镜花缘》就是两个突出的例子，女性因其在性别、教育、仕途上的边缘化，故而成为文采与性情本身之澄明的载体。同时，伴随着把女性气质理想化为"情"的纯净的象征，女性作为男性情感的寄托和心灵知己的重要性亦随之凸显。这里值得提醒的是，这种对女性气质的高度赞美，以及将女性作为心灵知己的新型婚恋观，并不能被理解为其包含了当下西方社会学意义上的女性主义的萌芽。因为明清之际，文人们对女性气质的正面描述毋宁说应首先是源自一种对反拨过于僵化的理学及寻求儒学价值重建的热切意愿，而女性气质作为"情"的象征或许只是恰恰充当了这一意愿的最好载体。当然，无可否认的是，对女性气质的弘扬和赞美客观上也的确为女性意识的觉醒酝酿了良好的条件，并确实激发了女性对自我主体的发现以及对自我价值的争取。从上面的论述中不难看出，清代小说中对女性气质的赞美推崇与之前有很大区别。这种区别体现在，女性的才、智、情不仅形塑了其自身形象的独特，也在某种程度上"介入"甚至影响着男性本体意义上的人格理想之建构。女性既是作为其本体来表现的，也是现实中男性人格困境和文化期求在文学话语中的体现。它不仅折射出清代新旧两种势力错综交替的时代特点，也反映了文

---

① [美]孙康宜：《明清文人的经典论和女性观》，《江西社会科学》2004年第2期。

学作品中两性意识与思想观念的变动更新,这种变动也使文学话语逐渐偏离男权中心而趋向边缘。尤其在表现女性才能和女性性别角色的转换等方面,清代小说中的女性为后世文学作品中创造类似的形象提供了雏形,并构成中国文学中的女性形象走向近、现代的一个重要环节。

(二) 才子佳人小说对"女性气质"的占有性使用

明清时期对女性气质的肯定,无论是对文化思潮还是文学创作的引导上,都产生了重大影响,甚至被想象为是对僵化了的理学思想的救赎尝试。但是转向对女性气质所蕴含的纯、真、清等特质的倡导,是否就是适宜的或可行的文化改革之路?女性气质在文化或文学中的普遍渗透究竟为后者带来了哪些新变?应该说,在对程朱理学的反驳中,女性气质确实占据着道德干净和政治纯洁的优先地位,但是伴随着女性气质成为文学表达的常用手段,其在文学中的被使用却又吊诡地呈现出复杂的各具目的的功利性。比如其在才子佳人小说和《红楼梦》中的被使用,就沿着两个方向被策略性甚至是符号化地表现出来,显示出男性小说家对女性气质的占有性使用,并由此凸显18世纪文人尚情思潮的内在复杂性以及用女性气质救赎文化的虚妄性。

在才子佳人小说中,女性气质被呈现为"才、美、德、智、胆的完整统一"[①]的佳人形象,而其作为边缘男性文人才女情结的化身,在小说中的普遍出现,实际上极富意味地承接了诗骚之"香草美人"与"士不遇"的文化传统。作为重要的理想性寓意的承载体,明显地寄寓着明清边缘文人深切的政治失落感和价值焦虑。于是,才子佳人小说中对众多佳人相关的思想、行动、态度等书写,实际上是借佳人形象为镜鉴,

---

① 这五个标准被林辰概括为是佳人形象最具代表性的五个特征,参见林辰:《从〈两交婚小传〉看天花藏主人》,天花藏主人著,王多闻校点:《两交婚》,春风文艺出版社,1985,第215页。

最终试图展示的依然是一种对才子自身思想、态度和行动的价值论证，同时更隐含着文人的某种自恋，并试图在叙事建构中借此进行自我肯定的一种价值判断。因此，在才子佳人小说中，佳人以"美人"原型形象出现在小说中，除了可视为作家进行"自我对话"的审美追求外，同时亦喻指"君臣遇合"之理想政治能否得以实现的重要参照对象。故可以说，此中佳人的理想形象并不能被单纯地看作是对女性气质的赞美和由衷欣赏，或者借女性气质之真纯来达到修正男性文化世界中的肮脏与浑浊的文化重构目的，而是更应该理解为男性通过对理想女性气质的占用和最终追求的成功，完成论证其自身价值的手段。毕竟"在男权文化中，女性作为男性他者的能指而存在，受象征秩序的束缚。在象征秩序中，女性只能保持沉默，安分守己地承受意义，而不能创造意义。而男性则可以在这一秩序中通过语言将自己的幻想和癖好强加到沉默的女性身上，借此来体验这些幻想和癖好"[①]。

另外，如果比照小说中"奉旨成婚大团圆"的完美结局与现实处境中文人的生存价值焦虑，则可以发现，此类小说的大量勃兴并非偶然。表面上看作家试图在虚拟的文本中通过追寻佳人行动，表达与理想女性遇合的想象性期待。实际上，却无形中暴露了佳人作为知音在文人现实生活中严重"缺席"的事实。而从隐喻的角度则又构成文人对当时道德价值沦丧、君臣遇合之难的现实政治之隐微批判。但无论怎么理解，在才子佳人小说中，文人们对"美人幻梦"的追求书写，始终隐含了一种以男性文人为主体中心的价值观。佳人形象被塑造得越理想，越是能体现出才子们试图通过成功占有佳人而完成对自身价值焦虑的转移心态。当然这一过程的背后除了某种自恋心态，亦甚深地隐藏着对现实政治的

---

① [英]克里斯托弗·巴特勒：《解读后现代主义》，朱刚、秦海花译，外语教学与研究出版社，2010，第195页。

微妙嘲讽，而这也是此类小说作为一种"集体叙事现象"出现的寄托遥深之处。于是，这种看似浪漫、大众、商业化的通俗言情小说，却由此染上了特定的意识形态批判色彩，并通过文人群体的集体书写，放大了这一意识形态内涵。

如果说在才子佳人小说中，对佳人美好特质的欣赏和追求更多的是被男性文人策略性用作转移自己政治失意或者确认自己价值的有效工具，佳人之美之情还未曾被凸显在文化净化与救赎的作用上。那么对《红楼梦》来说，女性气质尤其是被宝玉赞为"山川日月之精秀"的青春少女则充分体现出女性文化的优越性。但《红楼梦》对女性气质的使用，也非能用简单的"女清男浊"或"女尊男卑"的简化论来概括，不仅小说体现出来的女性意识是多元而复杂的，且其对女性尤其是女儿体现出的文化上的纯净、优美等特质，以及此特质能否带来文化上的出路亦是质疑和矛盾的。接下来，本章将从两个视角来具体讨论这种小说体现出来的质疑、矛盾。

二、宝玉的女儿崇拜[①] 与对女性生命形态的限缩

《红楼梦》对女儿的赞美，自小说一开始就分别透过冷子兴、贾雨

[①] 需要说明的是，宝玉对女性的欣赏和赞美，并非严格地遵循着"女儿崇拜"。事实上，在《红楼梦》中，尽管"女儿"被曹雪芹及宝玉热情地赞颂着，但即便是"女儿"，也并非一个可靠的意义范畴。宝玉虽然有著名的女性价值毁灭三部论。但有时，年龄与婚否又不必然构成宝玉欣赏、赞美与亲近某个女性的先决条件。元春、贾母、王夫人、薛姨妈、李纨等这些已婚的母亲形象，包括已婚的可卿、凤姐、香菱、平儿、尤氏姐妹，亦成为宝玉经常亲近的对象。另外，与才子佳人故事中对佳人才情的刻意强调不同的是，《红楼梦》亦没有把诗才（尽管钗黛等在诗才上非凡）作为唯一评价女儿情性高下的条件。综合上面的论述，可以说构成宝玉欣赏和肯定一个女性的主要条件，一方面是年轻貌美被称为水做的骨肉的未婚"女儿"，另一方面则是"情"的吸引力，而更重要的是，《红楼梦》中女性气质的表达是与"情"相互缠绕的。因此，小说中凡是与"情"密切相关的，即使是男性（如宝玉、秦钟、北静王、蒋玉菡等）也其种程度上因"情"而部分地被"女性化"了。

村对贾宝玉、甄宝玉的评价中透出,所谓"女儿是水做的骨肉","这女儿两个字,极尊贵、极清净的,比那阿弥陀佛、元始天尊的这两个宝号还更尊荣无对的呢!"已经明确点出宝玉的女儿观,而《红楼梦》对女性至真至纯的诗、情、美、才的呈现亦主要是通过宝玉的眼睛,观察、体贴、欣赏,且随着宝玉意淫实践的展开而逐渐展现。众所周知,宝玉确实是将女儿作为至情至美的偶像而顶礼膜拜的,因为在其看来,女儿是天地精华灵性的具现,不仅是其认识和理解世界的依据,更是其存在于世的价值和意义所在。

虽然宝玉对女性气质的欣赏并非仅仅局限在未婚的青春少女,但是少女却集中体现了女性所具有的诗性、美丽、纯洁和净化的质性,成为《红楼梦》反驳男性文化浊臭质素的主要凭借力量。而大观园中宝玉与众女儿所展开的充满诗情的理想生活画面,也确实以强烈的审美韵味和道不尽的情性之真、善、美为人的存在勾勒出诗意栖居的文化图景想象。应该承认,对青春、少女的赞美是人类心理的一种常态,内中隐含的是人类对已经失去的饱满自然生命力和单纯热情的心灵状态的乡愁式怀念。但是《红楼梦》中此种诗意图景的存在为何如此短暂?青春少女具有的诗性力量何以如此转瞬即逝?

毫无疑问,《红楼梦》通过宝玉的眼睛和感觉,充分呈现了女儿之美,但是宝玉的女儿崇拜,却将女性之美限缩在未婚的闺中少女之上,著名的女性价值毁灭三部曲即是明证。这种将未嫁少女等同于真、纯、清的思维模式或者将未嫁少女的价值等同于整个人生的价值,其实是一种对不完整的生命价值的偏执认可。因为"这种清真自然的特质并不能涵括所有的、重要的文化价值,也远远不足以达到'尽性'的人格最高境界,而成为'完善的人'"[①]。事实上,如果换一种思路,就会发

---

① 欧丽娟:《大观红楼》(母神卷),第17页。

现，让女儿保持纯净的前提是与社会公共空间的隔绝。于是，在这个意义上赞美女儿之真纯，也就是客观上鼓励女儿只能并且要安于退居在闺房或者与世隔离的家庭内部空间。因为一旦女儿抛头露面，就要与社会关系互动，就要参与由男性组成的外部空间，尤其是女儿出嫁，更是一种被动的与男权结盟的方式。这些活动或行为在宝玉看来，都会直接扼杀女儿原本在闺中的自然与美好。二知道人曾言："揣宝玉之心，须众女郎得驻颜之术，年虽及笄，无庸出嫁，只陪伴在大观园中，妆台联句，绣户飞觞，口餐樱桃口之余香，裙易石榴裙之水渍，聚而不散，老于是乡可也！"①此语道出宝玉的最大梦想就是恋恋于女儿世界，唯愿时光永恒，让女儿之美永在的痴心呆意：其能在与世隔绝的花柳繁华地，用情浇灌经营出一片女儿净土，并期冀这块净土能在自己有生之日永葆花好月圆，"倘或在今日明日、今年明年死了，也算是遂心一辈子了"（第七十一回）。

但讽刺的是，少女终会长大成为妇人，因此，期待女儿保持在至美、至柔、至情的状态不仅是一厢情愿，更是男性"他者"欣赏眼光下的性别歧视，因为青春状态并不能涵盖或者等同于女性的全部价值。所以大观园的女儿尽管能够在自我生命情态的开放上发挥自身的主体能动性，张扬生命的个性，但在宝玉的审美注视中，她们依然被动，并承受着宝玉作为男性的价值判定。另外，女儿不但要成人，而且终究要出嫁并参与社会关系的运作。宝玉的担忧与恐惧固然直接将矛头指向了男性污浊世界对纯真的戕害，具有强烈的社会批判色彩。但其固执地希望女儿停留在少女阶段，甚至将女儿的价值限缩在闺中，认为只有封闭、与世隔绝的大观园才能盛放女儿们的洁净，并由此截断女儿与公共社会互

---

① （清）二知道人：《红楼梦说梦》，冯其庸纂校订定：《八家评批红楼梦》（上），第27页。

动和连接的可能。不相信女儿出闺之后会有更好的可能，不相信成长会是对其生命境界的另一种开拓，甚至对女儿注定只能薄命的固定认知，则都是另一种男权宰制思想的无意识流露。比如高彦颐也曾指出："自明末清初以来男性文人建构的'好诗=清物=女人'的方程式，虽然使得才女的才华受到肯定，却也让女性更加等同于阴柔、情绪化和隐闭的异性，而其实更巩固了儒家的社会性别体系。"[①]这里撇开性别的建构问题，需要讨论的是，这种在天然、纯真、清净与女性质性中间画等号的做法，固然因其针对当时男性文化的浊臭迂腐，而显得锋芒有力。但是如此直接地画等号却大大束缚了女性对自我生命完整性的认识。因为女儿所谓的清、真、纯之美换个视角亦可被解读成为脆弱、封闭、不自足、狭隘、纤细和单薄。有论者也曾洞察到，"女性对自身性别的认识，仍旧是纤细、脆弱、流动、薄命的。明末清初女性的柔弱处境与边缘地位，加强女子内化自己为楚楚可怜的柔弱倾向"[②]。这种对女性价值的偏执取向不仅不利于女性自我生命的开放和成长，还加强了女性自我限制的认知惯性。且不说女儿是否果如宝玉认为的个个是美好的，大观园中女儿因为嫉妒、猜疑、私情等惹起的事端自不消说，即便如宝钗、湘云、袭人等亦因为见机导劝而被宝玉悲叹为"好好的一个清净洁白女儿，也学得沽名钓誉"；况且出嫁后，染了男子的气味，女儿是否就一定会变成一颗死珠，进而成为鱼眼睛，也值得商榷。因为按照宝玉对女儿、女人的划分，不仅贾母、王夫人、薛姨妈等要变成鱼眼睛，秦可卿、凤姐、香菱、李纨、平儿、尤二姐等都该是死珠子了。

但正是在对这些人物的描写中，曹雪芹显示了其与宝玉不同的女性

---

① [美]高彦颐：《闺塾师——明末清初江南的才女文化》，李志生译，江苏人民出版社，2005，第71页。
② 毛文芳：《物·性别·观看——明末清初文化书写新探》，台湾学生书局，2001，第491页。

观点，虽然主观上曹雪芹设置了女儿出嫁后的种种悲惨遭遇，比如香菱之于薛蟠的受辱、尤二姐之于凤姐（贾琏）的凄惨、迎春之于孙绍祖的噩梦、史湘云之于卫若兰的短暂、薛宝钗之于贾宝玉的独守……甚至在第五回太虚幻境关于小说女性命运的总体描述中，以种种象征性的曲、词暗示女性最终"群芳碎""万艳同悲"的薄命之运。但是他并未在女儿的出嫁与悲剧或者出嫁与受污之间画上绝对的等号。贾母生命情态的摇曳多姿自不消细说，清代的王希廉曾评价贾母说："福、寿、才、德四字，人生最难完全。宁荣二府，只有贾母一人，其福其寿，因为希有，其少年理家事迹，虽不能知，然听其临终遗言说'心实吃亏'四字，仁厚诚实，德可概见；观其严查赌博，洞悉弊端，分散余财，井井有条，才亦可见一斑，可称四字兼全。"①王夫人虽稍愚钝但依旧拥有疼惜女儿、宽柔待下的良性，其与薛姨妈一起，亦不乏与贾母摸牌、逗乐、赏戏、听曲的审美情趣，另王夫人对妙玉的特殊容忍和优待亦说明其并非不能欣赏情性女子。而其他属于"人妇"角色的刘姥姥、秦可卿、王熙凤、李纨、平儿、香菱等人亦不乏生命情态的多姿多彩，也即是说这些成年后的妇人形象，在曹雪芹的笔下，并非全然为价值上的负面形象，而是提供了女性出嫁为"人妇"之后的其他可能参照。

三、宝玉偏执的人生视角与对女儿气质的偏执选择

小说中宝玉被设计为补天见弃的顽石，因为被遗弃而"堕落情根"，可见宝玉偏执的人生视角在女娲补天的神话架构中就已经埋下根由。有论者指出此石不得入选"补天"事业的原因恰是"暗示此石瑕

---

① 参见王希廉：《红楼梦总评》，一粟编：《红楼梦资料汇编·红楼梦卷》，第149—150页。关于贾母的经典论述还可参见吕启祥：《史太君形象及其他》，收《红楼寻梦：吕启祥论红楼梦》，文化艺术出版社，2005。

疵，在于情有偏倚偏逆……于女娲利物济人之正情正德略有偏倚"①。而这种偏倚的质性酿成宝玉幻形入世后人生视角的偏执，虽能以"情不情"相待万物，却并不能理解除了情之外，世间"补天"事业亦是一种创生万物的至德至情，以及"补天"所必须具有的礼法形式。因此这段前世经历，造就了宝玉人格精神的天生偏至："无用而多情"——身为补天石却"无才补天"。这种质性也暗示宝玉要天生对仕途经济、文章学问等主流价值产生疏离。这种疏离，一方面表现为嘲功名批八股，厌恶人情酬酢，蔑视谈经论道，贬男性世界为肮脏浊臭，同时使自己"在世道中却未免迂阔怪诞，百口嘲谤，万目睚眦"（第五回）；另一面，则以一心无挂碍，不问将来世事的沉溺与痴傻，无见无闻于家庭末世之景况，不睬不理于宗族整体命运之衰微，任凭贾府油尽灯枯，大观园花柳失散。第三回评宝玉"纵然生的好皮囊，腹中原来草莽""天下无能第一，古今不肖无双"，虽是从世俗功用的角度去评判宝玉，但未尝没有对其"无用"的生命形态的质疑与反省。不与世俗之恶同流合污，固然是一种无用之用的高贵品格，但问题是世俗之恶并不能因"无用"而减其恶。第二十六回描写他和贾芸"又说道谁家的戏子好，谁家的花园好，又告诉他谁家的丫头标志，谁家的酒席丰盛，又是谁家有奇货，又是谁家有异物"（第二十六回）。宝玉随口讲论的虽可谓应酬之谈，但其膏粱纨绔的公子作风，亦再次凸显。

因为宝玉"无用""无事忙"的价值取向，使其上不能致力科名光宗耀祖，下不能周旋应酬交疏亲友，不容于世俗社会，故被视为"不肖孽子、混世魔王"。总之，不能套入俗世所设立的人生议程规范，也不为俗世所理解并遭放逐遗弃。宝玉也甘于这种边缘的位置，畸零的姿态，在与外隔绝的花园里安顿其不被定义的人生。又因其天生就意淫痴

---

① 张淑香：《顽石与美玉》，《抒情传统的省思与探索》，大安出版社，1992，第1050页。

情,故而致力将闺阁花园经营为情与美的净土,并将此女儿世界作为其毕生事业。这固然是宝玉不流俗、真性情思想的体现,但这种看似抚爱群芳无差异的真情却因其人生视角的偏执,导致其对女性气质的理想期待存在偏差,他固然崇尚女儿,但他却把女儿美定位如下。

其一,不经世俗污染、不问世事兴衰,绝缘于外界的真纯之情。比如宝玉常以"情不情"的深情尽力护惜女儿、作养脂粉,并展现了"寄宇宙万物以深情,并加以审美式的观察"的无用之用。在他看来,作为美的偶像,女儿需要超离功利与实用,因此清净的女儿理应被娇宠,受富贵供养,以安享尊荣为主,不过问日常俗务,不沾惹功名喧嚣,因为这些污浊的俗事与女儿清洁的本性相悖,女儿们理应安心在如仙境的大观园中享受无忧无虑、任情遂心的自然生活。于是大观园即以女性闺阁花园的存在样态,被设计成宝玉理想中的女儿世界。在其眼中,只有大观园的优雅、闲适、自由,能荫护女儿的纯净、真情,使女儿永远保持美丽活泼、天真自然的生命光彩。

其二,宝玉对女儿特质的偏执欣赏,尤其体现在以黛玉为代表的诗才的偏执,而对女儿在补天事业上的政治运作,并不关心甚至宛若边缘人。比如,对于凤姐、探春对家族衰亡的忧心焦虑以及展现出来的治事才干,宝玉纵然能分辨并尊重,却并不衷心欣赏或视之为美谈。以至于黛玉提起贾府"后手不接"的窘境,宝玉只是笑言"凭他怎么后手不接,也短不了咱们两个人的"(第六十二回)。而对探春忧心理家时的诸多烦难事,宝玉劝她"别听那些俗话,想那些俗事,只管安享富贵尊荣才是"(第七十一回)。连尤氏亦评价宝玉为"一心无挂碍,只知道和姊妹们玩笑,饿了吃、困了睡,再过几年,不过还是这样,一点后事也不虑"(第七十一回),更点出宝玉只关注眼前,诸种后事皆不考虑的生活形态。并且宝玉对此似乎也不自知,这就导致他在厌恶"禄蠹"并进而摈弃"仕途经济"时,实际上也失去了将他固有的体贴护惜女儿之情,扩衍转化为化育万物之大爱的条件和可能。因为事实上,济人利物之大德与审美关切万物之至情,并非矛盾对立,而后者恰恰是需要建立在前者的基础上。

在这里,实际上又见出宝玉与曹雪芹在欣赏女儿质性上的不同之处。曹雪芹不仅浓墨重彩地完成了其对女性理家治世才干的欣赏与赞美,并通过女性、末世、理家、治国之间的连接实现其与女娲补天的象征性同构。在曹雪芹的设计里,小说中大如救世者、小至齐家者的角色皆由女性担当,她们分别以"母神"和"母亲"的至德深情化育滋养万物,以"补天"的才干和救亡图存的热情致力于填补已经浊臭肮脏、空亏缺损的现世世界,并以其超越女儿之纯洁、自然之上的温暖、深度、丰饶、化育等更宏伟的生命力量,展示女性作为母神创造、保护万物的悲悯和智慧,显出女性之气的另一种风范。从这个意义上看曹雪芹的女性观念,则显然宽广于宝玉,"才"的内涵在女性身上得到了空前的丰富和发扬。曹雪芹是赞成并相信女性可以如男性甚至比后者更能胜任修、齐、治、平的大任。但相比曹雪芹丰富多层的女性观,宝玉对女儿的呵护则仅仅体现为遮盖、维护、抚慰等小惠之形式,在女儿真正受委屈,被欺凌甚至危及性命时,其情之投注却往往无济于事、无补于时,比如金钏受辱、晴雯被撵,其都是直接的肇事者,但他只能眼睁睁看着她们香消玉殒。故而宝玉只能在和风细雨而不是雷轰电掣中担任女儿的护花使者。因此,大观园的女儿质性也只能在与世隔绝、生活无虞的状态中维持其审美、自然、纯真的存在,一旦风狂雨骤,大观园遭受世俗力量的渗透、侵袭时,不仅宝玉意淫之情无所功用,大观园的女儿质性亦因其脆弱、不自足的本性而不免消散倾败,不但不具丝毫抵抗的能力,更遑论对恶的拯救。

总之,从上论可知,作为补天弃石的宝玉一方面表现出其自身人生视角的偏执,另一方面亦因这种偏执造成了其对女性气质的偏执选择(需要强调的是,此处提及的偏执并非世俗价值高低意义上的评判,而是基于完满人性的标准而对宝玉价值选择的衡量对照)。因此更为重要或者更需要警醒的是,《红楼梦》的这种立足于尚情美学展现出来的女儿崇拜论或者性别角色的女性化(宝玉的女性化),所完成的并不是挑战了传统既定的性别角色,而是把女性气质当作"情"的最适宜展演的场域,并进而把这种观念"自然化"和"模式化"了。比如当时文学中常见的女性薄命论,才子佳人小说中满布的感伤柔弱的女性特质,文人小说中男性气质的普遍阴柔化等,催生了那一时期文学中普遍的忧郁纤弱病态的感伤思潮。尤其是《红楼梦》及林黛玉角色的巨大影响力,更是加速促成了以弱柳扶风的病态、孤标傲世的才情为标志的偏执美感。且当这种对女儿及对情的推崇越来越多地出现在小说中且变成一种潮流时,其对情的表达也会越来越程式化而缺乏震撼力。从这个意义上看明清之际文学中对女儿真情的推崇,固然一定程度上纠正了程朱理学的虚假、伪饰,但是试图用女儿、真情、诗意作为文化出路的尝试,则无疑仍是虚妄。这是因为对于女儿的哲学辩护,虽然能把女儿情性当作人性的正面和基础的部分,但同时一旦对这种纤细、柔弱的女性气质过度提倡和崇尚,也会导致一种对于文化上非正统的、偏执的、至柔的乃至扭曲的艺术风格和价值取向的热情传布。所谓"文学的病态往往是社会风气使然,清代的文学所受的压力较前尤甚"[1],恰可为此注脚。

四、终将长大的"女儿"与终将逝去的"诗情"

二知道人曾有评语:"展阅曹雪芹先生《红楼梦》一书,……蒲松龄之孤愤,假鬼狐以发之;施耐庵之孤愤,假盗贼以发之;曹雪芹之孤愤,假儿女以发之;同是一把辛酸泪也。……雪芹一生无好梦矣,聊撰

---

[1] 周芬伶:《探索西游记与镜花缘》,台湾商务印书馆,2006,第149页。

《红楼梦》,以残梦之老人,唤痴梦之儿女耳。"① 确实,文人小说中塑造的典型形象虽是作家各自审美体验的天才呈现,但这些形象却无一不是作家个人心迹或是社会印迹的曲折反映。无论小说风格如何、题材为何、作者所托之物为何,作家在构思形象时都有意无意地泄露了内心的这一企图,即通过某一形象来完成自我内治秩序的重建或者自己对世界秩序的某种想象。

应该说,宝玉女儿崇拜论的设计,展现了曹雪芹对女儿、诗性能否救赎生活问题的全部反思,不过女儿们的最终飘零散落与大观园的短暂存在终究还是暴露了诗意生活的弱点:这个让人沉迷的女儿世界只能以严格的封闭来获得它存在的基础。小说中的大观园始终没有被放置在一个更宽广的与社会互动的关系视域中(尽管大观园也会被迫对外开放),因此既无法引向诗意的人生启悟,也缺乏内在的力量来对抗或征服它自身以外的现实世界。大观园的诗意只能存在于宝玉及众姊妹的私人领域和闲暇时光中,因此那些精致的诗情画意、异想天开的真情只能与公共生活和时代思潮无缘。在一个宏大的历史叙述不再能够提供意义引导的危机时代,曹雪芹只能依赖于女性气质带来的诗意体验来为宝玉提供个人心灵的抚慰。不过他并没有因此遮蔽这种诗意想象的固有局限和问题:因为他设置了这一体验的片段性和与世隔绝性,它只能被保存在宝玉个人的孤独空间中,他对女儿气质的欣赏甚至不被他的姐妹们所感知,比如小说中的姐妹们会经常嘲笑他的痴、呆、傻。甚至在小说的后半部,姐妹们逐渐长大,当面对成年与婚姻时,她们时常以相对清晰的理性打断宝玉的诗意体验。至少,相对于宝玉对女儿气的沉迷与耽溺,其他女儿则是自觉地体会到长大的趋向,且行为举止亦开始朝向成

---

① (清)二知道人:《红楼梦说梦》,冯其庸纂校订定:《八家评批红楼梦》(上),第20页。

人要求的主流价值观靠近。比如第三十二回,宝玉要为黛玉拭泪,黛玉却说:"你又要死了,作什么这么动手动脚的!"第五十七回,宝玉见紫鹃穿的单薄,忍不住在她身上一摸,紫鹃正色道:"从此咱们只可说话,别动手动脚的。一年大二年小的,叫人看着不尊重……"这都明白地指出,长大就意味着要遵守社会礼法的规范,使自己融入公众环境中,发展成为主流社会所认可的"成人"。不仅黛玉(黛玉的性格是有立体变化的)①、紫鹃,其他女儿一如余国藩曾指出的:"众姐妹都是聪明人,都认为维系家声不坠是个人起码的责任;长幼尊卑兄友弟恭父慈子孝一类的美德,更是不可一日或忘,也从这个立足点看待自己与宝玉的关系。"②因此众钗在体认自己人生道路的同时,亦不免规劝宝玉走向正途,第三十二回,湘云以"如今大了……也该常常的会会这些为官做宰的人们,谈谈讲讲学些仕途经济的学问,也好将来应酬世务"劝宝玉不要在姐妹队里乱搅。第七十八回,宝钗也因"如今彼此都大了,也彼此皆有事"主动搬离大观园,回家协助母亲料理家事。第七十九回,黛玉也在宝玉拒绝会见亲友时说:"又来了,我劝你把脾气改改罢。一年大二年小……"虽然黛玉的咳嗽打断了之后的话,但话里要宝玉改悟前情,承担社会责任的余音却呼之欲出,这些都透出"园中、嬉戏、孩童"与"园外、责任、成人"之间的对比。

女儿们的必须长大,使得曹雪芹试图以女儿承担超越一切干净象征的尝试宣告失败。除了长大的威胁之外,作为女儿真纯象征的诗性也逐

---

① 关于黛玉性格前后的变化,欧丽娟在其公开课中,以翔实的资料论述了黛玉从四十二回之后,越来越趋向宝钗的价值观。详细的论述可参见欧丽娟公开课——林黛玉立体变化论;欧丽娟:《林黛玉立体论——"变/正"、"我/群"的性格转化》,《汉学研究》2002年第20卷第1期。

② [美]余国藩:《〈红楼梦〉里的悲剧与家庭:林黛玉悲剧形象新论》,《〈红楼梦〉、〈西游记〉与其他》,李奭学译,生活·读书·新知三联书店,2006,第195页。

渐在小说中退位。如果说长大是不可避免的，那么诗性的消逝却是曹雪芹刻意设计的。小说行进过半之后，家事之纷扰逐渐构成大观园后期生活的主要内容，因此园中最主要的张扬女儿情性的"诗社"总是处于"无人作兴"状态，这种状态已暗暗透露出大观园作为诗性乐园的阑珊。海棠社虽有每月二会的约定，却经常被贾府内部聚会、俗务、疾病或者其他人不全等事阻断，且后者各种事物往往优先于诗社集会。即使错过日子又很少补社，可以见出，诗社本出于女儿突发的意兴，是闺中偶然的游戏，如探春、黛玉所言："谁不是顽？难道我们是认真作诗呢！若说我们认真成了诗，出了这园子，把人的牙还笑倒了呢。"（第四十八回）既然作诗不是"分内之事"，自然需要等在其他事务之后，且具有"择日不如撞日"的当下即兴性。① 同时一旦遇到家事、琐事的侵扰，比如黛玉偶作桃花诗要重起桃花社，但接连遇到探春生日、宝玉应对贾政盘查等事，锦心绣口的诗情也一再被耽搁，后来仅填一社柳絮词即告结束。之后大观园后期生活越来越多俗世烟尘，家事与俗务的纷扰一再提醒及驱使女儿面对生活的现实，脱离"女儿"状态，步入"成人"之列，承担现实世界里操持家事的责任。

　　曹雪芹的这些设计清晰地说明了诗意生活在迎面遇到俗世现实时的尴尬和难堪。在后者被标举为人生的"正经业物"时，诗意生活不过是宝玉及女孩儿们没事时的"玩意儿"。在越来越具侵蚀性的社会现实面前，其不仅显得不合时宜，且必须被放置在一个受到保护的封闭领域中才能短暂存在。小说设置了封闭的大观园去贮存诗意，但是伴随这种抒情性而生的更多的是不安，以及对它即将遭受挫败的强烈预感，当然还有由此生成的小说浓重的"挽歌"基调。这里值得深思的是，挽歌意识

---

① 关于大观园诗社活动的偶然性、即兴性等特点，可参见李艳梅：《"审美性"与"体贴"——论〈红楼梦〉的女性文化意涵》，《贵州大学学报（社会科学版）》2003年第3期。

的存在，不仅昭示着曹雪芹关照内心审美及期待乐园永驻的深层动机，同时也暗示了《红楼梦》诗意产生的另外根源。也即是说，《红楼梦》中诗意品质的涌现，不仅仅是因为曹雪芹选择了一个更有诗意的对象（女儿），更是因为其选择了一个深情回眸式的诗意姿态。而正是这种姿态拆解了小说的诗意理想，因为这种诗意从一开始就没有与外部建立起有意义的联系，宝玉是孤独的，即使有黛玉的诗情与他相伴，但是他们的内心依然各自为营。宝玉的这种诗情文化所代表的人生态度和生活方式既无法传递给局外人，也缺乏自我再生产的前景。他对自己终究要面对的时间和现实的侵蚀力量，有意视而不见，但小说很快就让我们看到，在生活中坚持一种纯粹的诗意的理念如何有意味地引发他人的嘲笑（宝玉的行为经常被笑话为既傻又痴）乃至引发诗意毁灭的悲剧性结局。

　　《红楼梦》这种对诗意救世理想愿念的憧憬以及对这种理想的亲自拆解，强化了明清文人小说作为一种新的叙述承载形式所具有的自我批判性，它通过对此时期文学、思想、社会转变时期价值动荡的生动呈现，对文人在其间的自我价值选择困境做出了一个批判性的、寓言性的表述。尽管曹雪芹在小说的叙述基调中使用了大量的诗意语言并营造了天幕低垂、长河雾锁般的悲剧氛围，借此宣称自己诗意体验的纯正性与诚实性，但亦不逃避地描述了宝玉在此世道中未免迂阔怪诡、行为偏僻性乖张的痴傻举动所带出的反讽意味。事实上在一个社会价值观整体祛魅的俗世语境中，诗人在日常生活中对诗意的体验全神贯注地投入常常被描述或者讥讽为一种刻意的可笑的迂阔行为。①小说开头，曹雪芹之

---

① 这种对诗意的讽刺以及对讽刺的哀婉在《儒林外史》中得到了淋漓尽致的表现，同时在清代诗人黄景仁的诗句"年年此夕费吟呻，儿女灯前窃笑频。汝辈何知吾自悔，枉抛心力作诗人"中亦有所表现。

所以长叹"都云作者痴，谁解其中味"亦是意识到此。因此，这部小说事实上一开始就预见了诗意终究无处遁逃，并由此宣判了小说最终的无家可归状态，而曹雪芹在开篇及最后的甚深怅然亦是体现了对失落家园的难以抑制的怀旧冲动。

因此亦可以说，在将女儿真情（诗意）作为救赎力量的同时，曹雪芹并没有将这种力量绝对化。他不仅将晚明以降对女儿、情的讨论推向更深和更远处，同时，他对这种力量的展示是通过一个不断批评质询的动态过程而体现出来的。归根结底，这种批评和质询的动力来自曹雪芹不断的自我质疑。事实上，曹雪芹可能比同时代的其他思想者都敏锐地意识到了用此种力量来救赎人世这一举动的局限，并且在小说中毫不隐瞒地展示了这些局限。因此，他似乎从来没有把自己锁定在一个确定的价值观的立场，而是从不同的角度来检验女儿之情（诗意）的各种力量。这样一个对女儿（诗意）既认同又质疑的暧昧姿态，构成了《红楼梦》叙述中最富有价值的启示性，同时也往往是最令人迷恋的部分。因为他对女儿（诗意）是否能用来救赎人世的探索反思本身就构成了一个不断自我否定的，因此也是开放性的过程。

结语
性别跨界与中国性别秩序的超稳定结构

在探讨《红楼梦》性别问题的时候，也许总有为传统女性遭遇鸣不平的评论者，认为一个作家塑造的女性如果不打破固有的性别秩序和文化偏见，不做出像"五四"时期娜拉那样勇敢果决的出走反抗，就是对旧秩序的妥协或者被评论为思想的狭隘，甚或是依旧困囿于男性中心主义的无意识桎梏中而不自知。但经过对"娜拉"问题的重新审视，对女儿最终能否承担救世理想的质疑以及对当下两性关系的理性思考，其实可以发现，鼓动女性全面迎战男权思想，或者偏执崇尚女性力量，都会陷入另一种女性中心主义的误区。性别问题的最终导向依旧是性别诗学倡导的双性和谐，只是这种和谐并非机械地强调性别平等，而恰恰是要在男女充分尊重各自的性别差异和不同的审美、价值、立场上，将两性放在合适的位置发挥其主体性，最终实现两者"主体间性"的和谐发展。

必须看到女性解放的前提是人格的独立自主，是对两性现实处境的清醒认知和对改变自身处境能够做出的最大行动，从这个意义上我们肯定和赞扬《红楼梦》的性别安排，不仅因为其通过众金钗思考了明清女性在性别跨界中可能拓展的区域和可能抵达的深度，还可能是因为其洞察到中国性别秩序构成的复杂和性别体系的超稳定结构。在描述中国社会结构的演变过程时，金观涛曾提出了中国社会结构的超稳定学说，认为中国的社会结构是由政治结构、经济结构、文化结构互相耦合而成的形态稳定的组织系统。在长达两千年的历史中,每一个时期社会结构的三个子系统都存在着不断消除和压抑内在不稳定因素的振荡机制,所以这个社会结构可以长期保持基本不变:一方面,它具有巨大的稳定性,另一方面,其又表现出周期性的振荡,比如每隔两三百年,就会发生一次周期性的崩溃,但这种崩溃的后果不是新的结构形态的出现,而是各个子系统相互作用,消除互不适应的因素,同时也消除和压抑三个系统中尚未成熟的新结构萌芽,从而促使大系统回到原有的适应状态。正是这种机制,保持了中国封建社会长达两千年的延续,使之呈现出结构上的超稳定性。①

这种超稳定性也表现在中国性别结构的配置上,也即是说,如果从明清妇女史的发展历程来看,其实也不难发现性别秩序的建构本身可能一直都是男女两性在各个利益和权力层面上互相博弈妥协的动态演变过程。只是这个过程很难用简单的压迫与被压迫的关系来笼统概括。因为小说中假充男儿养的黛玉和凤姐、喜欢变装的湘云、主体意识显豁的探春、如随父宦游的宝琴,以及明清时期的大量知识女性并未完全接受"被塑造者"的角色,而是努力掌握自身命运,不断拓展与男性对话的空间,不断开发出闺阁之外的"生态乐园",不断丰富女性的角色职责——登临游览、结社倡酬、饮酒吟诗等。甚至一大批如王端淑、黄媛介等女性以闺塾师、职业女艺术家的身份游学、出版、创作,承担养家糊口的职能,在她们跨出家门行使人的主体创造性的时候,就实现了对传统性别分工的重新定义。

尽管这种性别的僭越行为还只是偶然和暂时的(因为当她们被鼓励着更像男性时,并不能通过彻底颠覆"内外"界限和再分配性别职责去

---

① 参见金观涛、刘青峰:《兴盛与危机——论中国社会超稳定结构》,第11—14页。

建立一个新的性别秩序），但是作为一种对日常状态的有益突破，性别跨界成为主体性显豁的女性试图拓展性别空间和改变自身处境的积极尝试。她们尽可能地将"新"女性职责和暂时的僭越推进、延伸进旧的秩序内，不断地重塑着原有性别秩序的弹性、广度和包容度。当然也正是这些跨界导致的秩序调整，不断地修正着男女性别分工和内外边界，不断地缓和着两性之间的冲突，并不断有效地重组着性别秩序和文化政治经济现实间的复杂关系，进而加固着中国性别体系的超稳定结构。

《红楼梦》的性别安排其实充分展示了这种超稳定结构。从性别美学的修辞上看，首先，小说通过设置女儿闺房向大观园的挪移，创造性地实现对传统性别空间的开拓，接着通过对怡红院、潇湘馆、蘅芜苑等一系列"有个性"的领地的建构，完成了对性别空间单一身份的跨界。其次，作为女儿纯洁象征的大观园，小说一方面试图用"艺术"的纯洁和女儿诗性去剔除男性的影响，但另一方面小说也毫不讳言这种封闭的不可能。男性的不断侵入、作为男性话语权象征的"诗文"、画"大观园图"中男性的参与等，都证明男女两性的彼此渗透和关联会呈现在任何一个场域中。

从对情、礼秩序的描述中，亦可以看到小说虽然"大旨谈情"，但并不偏执地固守"情"。小说的文本实践一方面暗示合适的"礼"是贾府乃至大观园日常运作的基本规则，是支撑贵族世家秩序稳定，维系优美门风、文化传承的必要保障，另一方面也暗示了"礼"本身的双重性，需要用"情"来平衡并实现情、礼之间的互相流转。比如作为有情圣地的大观园，虽然曹雪芹赋予园中女儿以真情任性的生命质素用以区别于园外男性的污浊，但是小说很快也让我们看到任情恣肆的结果就是花残柳败。伴随着这种情礼兼备的实践，小说亦完成了对大观园性质流转的深度描绘，从省亲别墅到花园闺阁，从女儿乐园到货利田庄，大观园实现了在皇权（政治）、母权（礼法）、乐园（审美）和田庄（功利）几种性质之间的流动叠加。而与此相随而生的亦是小说对各种

"内""外"界限的打破和对性别身份跨界的尝试。

于是在权力流动与性别倒置中，小说通过设置末世/女娲补天VS贾府末世/女性齐家、治国之间的同构关系，一方面赞美了女性作为贾府主要理家人，在承继箕裘上对传统性别分工的突破，另一方面，理家权从凤姐向探春等人的交接，也暗示着女儿们实现了从闺阁千金向理家人角色的转变，而齐家与治国之间的暗喻互通亦标识着女性在性别跨界上所能到达的最远处。

对大观园作为有"情"天地的守护一直是小说性别书写的一个潜在动力，而这个动力一直是被放置在对"欲"的抗争中呈现的。但有意味的是，小说通过种种策略进行了"去欲化"实践，但最终却依然展示了情、欲的不可分割。情、欲的复杂扭结一方面暗示了男女两性天然的生命联结，同时也暗示了仅仅以女儿的纯洁作为对文化危机的救赎力量的局限性。

从上面的简单描述中，不难发现：尽管曹雪芹在对待性别问题时，一直都在努力地设置女/男、内/外、情（欲）/礼之间的对照组，并试图维护前者的纯洁性和封闭性，但小说的展开过程却生动而具体地呈现了上述对照组之间彼此深度耦合、彼此竞争撕咬、彼此让渡权力、彼此妥协跨界但永不可分的交融关联。而这种关联正是这个世界两性之间复杂关系的形象化展现，亦是中国性别秩序超稳定性的写真留影。

参考文献

一、外文著作类

1.Anderson, Marston: *The Scorpion in the Scholar's Cap: Ritual, Memory, and Desire in Rulin WaiShi*, in Huters et al., *Culture and State in Chinese History.*

2.Andrew H. Plaks: *Archetype and Allegory in the "Dream of the Red Chamber"*, Princeton University Press, 1976.

3.M. M. Bakhtin: *The Dialogic Imagination: Four Essays, trans. Caryl Emerson and Michael Holquist,* University of Texas Press, 1982.

4.Margery Wolf: *Revolution Postponed: Women in Contemporary China*, Stanford University Press, 1985.

5.Stephen Roddy: *Literati Identity and Its Fictional Representations in Late Imperial China*, Stanford University Press, 1998.

6.Wong Siu-kit: Ch'ing in Chinese Literature, Ph.D.diss., Oxford University, 1967.

7.XIao Chi: *The Chinese Garden as Lyric Enclave: A Generic Study of The Story of the Stone,* University of Michigan Press, 2001.

8.Zito, Angela: *Of Body and Brush: Grand Sacrifice as Text/Performance in*

Eighteenth-Century China, University of Chicago Press, 1997.

9. Zito, Angela: *Slik and Skin：Significant Boundary, In Body，Subject and Power*, Princeton University Press.

10.Zuyan Zhou. *Androgyny in Late Ming and Early Qing Literature.* University of Hawai, i Press, 2003.

二、中文译著类

1.[澳]李木兰:《清代中国的男性与女性——〈红楼梦〉中的性别》,聂友军译,北京大学出版社，2014。

2.[德]黑格尔:《美学》,朱光潜译,商务印书馆，1979。

3.[德]恩斯特·卡西尔:《语言与神话》,于晓等译,生活·读书·新知三联书店，1988。

4.[法]加斯东·巴什拉:《空间的诗学》,张逸婧译,上海译文出版社，2013。

5.[法]西蒙娜·德·波伏娃:《第二性》,陶铁柱译,中国书籍出版社，1998。

6.[美]艾梅兰:《竞争的话语——明清小说中的正统性、本真性及所生成之意义》,罗琳译,江苏人民出版社，2004。

7.[美]白馥兰:《技术与性别——晚期帝制中国的权力经纬》,江湄、邓京力译,江苏人民出版社，2006。

8.[美]C.S.霍尔、V.J.诺德贝:《荣格心理学入门》,冯川译,生活·读书·新知三联书店，1987。

9.[美]高彦颐:《闺塾师——明末清初江南的才女文化》,李志生译,江苏人民出版社，2005。

10.[美]韩书瑞、罗友枝:《十八世纪中国社会》,陈仲丹译,江苏人民出版社，2009。

11.[美]黄卫总：《中华帝国晚期的欲望与小说叙述》，张蕴爽译，江苏人民出版社，2012。

12.[美]凯特·米利特：《性政治》，宋文伟译，江苏人民出版社，2000。

13.[美]罗莎莉：《儒学与女性》，丁佳伟、曹秀娟译，江苏人民出版社，2015。

14.[美]卢苇著：《矢志不渝：明清时期的贞女现象》，江苏人民出版社，2010。

15.[美]曼素恩：《缀珍录——十八世纪及其前后的中国妇女》，定宜庄、颜宜葳译，江苏人民出版社，2004。

16.[美]浦安迪：《浦安迪自选集》，刘倩等译，生活·读书·新知三联书店，2011。

17.[美]浦安迪：《中国叙事学》，陈珏译，北京大学出版社，1996。

18.[美]商伟：《礼与十八世纪的文化转折——〈儒林外史〉研究》，严蓓雯译，生活·读书·新知三联书店，2012。

19.[美]田晓菲：《秋水堂论金瓶梅》，天津人民出版社，2003。

20.[美]巫鸿：《重屏：中国绘画中的媒材与再现》，上海人民出版社，2009。

21.[美]夏志清：《中国古典小说史论》，胡益民等译，江西人民出版社，2001。

22.[美]余国藩：《重读石头记——〈红楼梦〉里的情欲与虚构》，李奭学译，麦田出版，2004。

23.[美]余国藩：《〈红楼梦〉、〈西游记〉及其他》，李奭学译，生活·读书·新知三联书店，2006。

24.[美]余英时：《红楼梦的两个世界》，上海社会科学出版社，2002。

25.[挪]诺伯舒兹：《场所精神——迈向建筑现象学》，施植明译，华中科技大学出版社，2010。

26.[日]沟口熊三：《中国前近代思想的屈折与展开》，龚颖译，生活·读书·新知三联书店，2011。

27.[日]合山究：《明清时代的女性与文学》，萧燕婉译，联经出版事业股份有限公司，2016。

28.[英]安德鲁·巴兰坦：《建筑与文化》，王贵祥译，外语教学与研究出版社，2007。

29.[英]克里斯托弗·巴特勒：《解读后现代主义》，朱刚、秦海花译，外语教学与研究出版社，2010。

30.[英]琳达·麦道威尔：《性别、认同与地方——女性主义地理学概说》，徐苔玲、王志弘译，群学出版有限公司，2006。

三、中文著作类

1.爱新觉罗·溥仪：《我的前半生》，同心出版社，2007。

2.陈维昭：《红学通史》（上下），上海人民出版社，2005。

3.陈寅恪：《隋唐制度渊源略论稿》，中华书局，1983。

4.陈寅恪：《唐代政治史述论稿》，上海古籍出版社，1982。

5.崔大华：《儒学引论》，人民出版社，2001。

6.葛兆光：《中国思想史》（三卷本），复旦大学出版社，2001。

7.关华山：《红楼梦中的建筑研究》，境与象出版社，1984。

8.郭玉雯：《〈红楼梦〉渊源论——从神话到明清思想》，台大出版中心，2006。

9.汉宝德：《物象与心境——中国的园林》，生活·读书·新知三联书店，2014。

10.黄长美：《中国庭园与文人思想》，台北明文书局，1986。

11.黄应贵主编：《空间、力与社会》，台北中研院民族学研究所，1995。

12.华玮主编：《汤显祖与牡丹亭》，台北中研院中国文哲研究所，2005。

13.胡晓真：《才女彻夜未眠：近代中国女性叙事文学的兴起》，北京大学出版社，2008。

14.金观涛、刘青峰：《兴盛与危机——论中国社会超稳定结构》，法律出版社，2010。

15.金启琮：《北京郊区的满族》，内蒙古大学出版社，1989。

16.李明军：《禁忌与放纵：明清艳情小说文化研究》，齐鲁书社，2005。

17.李小江：《女性/性别的学术问题》，山东人民出版社，2005。

18.李银河主编：《妇女：最漫长的革命——当代西方女权主义理论精选》，生活·读书·新知三联书店，1997。

19.李志宏：《明末清初才子佳人小说叙事研究》，大安出版社，2008。

20.刘小枫：《拯救与逍遥》（修订本），华东师范大学出版社，2011。

21.刘再复：《红楼梦悟》（增订本），生活·读书·新知三联书店，2009。

22.鲁迅：《鲁迅全集》（第一卷），人民文学出版社，2005。

23.吕启祥：《红楼寻梦：吕启祥论红楼梦》，文化艺术出版社，2005。

24.毛文芳：《物·性别·观看——明末清初文化书写新探》，台湾学生书局，2001。

25.梅新林：《红楼梦的哲学精神》，华东师范大学出版社，2007。

26.孟悦、戴锦华：《浮出历史地表：现代妇女文学研究》，中国人民大学出版社，2004。

27.牟宗三：《中国哲学十九讲：中国哲学之简述及其所涵蕴之问题》，台湾学生书局，1983。

28.欧丽娟：《大观红楼》（母神卷），台大出版中心，2015。

29. 欧丽娟：《大观红楼》（综论卷），台大出版中心，2015。

30. 钱穆：《中国学术思想史论丛》，东大图书有限公司，1977。

31. 萨孟武：《红楼梦与中国旧家庭》，岳麓书社，1988。

32. 宋淇：《〈红楼梦〉识要——宋淇红学论集》，中国书店，2000。

33. 唐晓峰：《从混沌到秩序：中国上古地理思想史述论》，中华书局，2010。

34. 涂卫群：《眼光的交织：在曹雪芹到与马塞尔·普鲁斯特之间》，译林出版社，2014。

35. 王汎森：《权力的毛细管作用：清代的思想、学术与心态》（修订版），北京大学出版社，2015。

36. 王蒙：《不奴隶，毋宁死？——王蒙谈红说事》，北京十月文艺出版社，2008。

37. 王毅：《园林与中国文化》，上海人民出版社，1990。

38. 熊秉真、余安邦编：《情欲明清——遂欲篇》，麦田出版，2004。

39. 张寿安：《十八世纪礼学考证的思想活力：礼教论争与礼秩重省》，北京大学出版社，2005。

40. 张淑香：《抒情传统的省思与探索》，大安出版社，1992。

41. 周芬伶：《探索西游记与镜花缘》，台湾商务印书馆，2006。

42. 周建渝：《才子佳人小说研究》，文史哲出版社，1998。

43. 左东岭：《王学与中晚明士人心态》，人民文学出版社，2000。

四、基本文献资料

1. （梁）刘勰著，龙必锟译注：《文心雕龙全译》，贵州人民出版社，1992。

2. （宋）司马光：《书仪》，《影印文渊阁四库全书》（经部），台湾商务印书馆，1983。

3.（宋）王安石：《临川先生文集》，聂安福等整理，复旦大学出版社，2016。

4.（明）毕朮：《黄发翁全集》，《四库未收书辑刊》第5辑第22册，北京出版社，1997。

5.（明）曹学佺：《石仓历代诗选》，《景印文渊阁四库全书》（集部）第1394册，台湾商务印书馆，1986。

6.（明）长安道人：《警世阴阳梦》，春风文艺出版社，1985。

7.（明）陈确：《陈确集》，中华书局，1979。

8.（明）计成著，陈植注释：《园冶注释》，中国建筑工业出版社，1988。

9.（明）兰陵笑笑生：《张竹坡批评金瓶梅》，王汝梅等点校，齐鲁书社，1991。

10.（明）李贽：《李贽文集》，社会科学文献出版社，2000。

11.（明）罗钦顺著，阎韬点校：《困知记》，中华书局，1990。

12.（明）汤显祖：《汤显祖全集》，北京古籍出版社，2001。

13.（明）王夫之：《船山思问录》，上海古籍出版社，2000。

14.傅云龙、吴克主编：《船山遗书》，北京出版社，1999。

15.（明）王夫之：《周易内传》，中华书局，1964。

16.（明）王阳明：《王阳明全集》，上海古籍出版社，1992。

17.（清）戴震：《孟子字义疏证》，《戴震全书》（第六册），黄山书社，1995。

18.（清）钱泳撰，张伟校点：《履园丛话》，中华书局，1979。

19.（清）沈朱坤辑：《图绘女四书白话解》，中国华侨出版社，2012。

20.（清）天花藏主人著，王多闻校点：《两交婚》，春风文艺出版社，1985。

21.（清）天花藏主人：《平山冷燕　玉娇梨》，中华书局，2000。

22.（清）通元子：《玉蟾记》，中国戏剧出版社，1999。

23.（清）文康：《儿女英雄传》，齐鲁书社，1995。

24.（清）杨宾：《龙江三记》，黑龙江人民出版社，1985。

25.（清）章学诚著，叶瑛校注：《文史通义校注》，中华书局，1985。

26.冯其庸编：《92'中国国际红楼梦研讨会论文集》，文化艺术出版社，1995。

27.冯其庸纂校订定：《八家评批红楼梦》，文化艺术出版社，1991。

28.《红楼梦》（三家评本），上海古籍出版社，1998。

29.《红楼梦研究参考资料选辑》，人民文学出版社，1976。

30.胡文彬、周雷编：《海外红学论集》，上海古籍出版社，1982。

31.胡文楷编著：《历代妇女著作考》（增订本），上海古籍出版社，1985。

32.建筑史与理论研究室：《中国建筑空间与形式之符号意义》，台北明文书局，1987。

33.李涤生集释：《荀子集释》，台湾学生书局，1988。

34.《清代诗文集汇编》，上海古籍出版社，2010。

35.《十三经注疏》整理委员会编：《十三经注疏》，北京大学出版社，2000。

36.厦门大学编：《李贽研究参考资料》（二），福建人民出版社，1976。

37.《新编诸子集成》（共60册），中华书局，2018。

38.徐朔方编选校阅：《金瓶梅西方论文集》，沈亨寿等译，上海古籍出版社，1987。

39.一粟编：《古典文学研究资料汇编·红楼梦卷》，中华书局，1963。

40.一粟编：《红楼梦资料汇编·红楼梦卷》，中华书局，1963。

41.张宏生编：《明清文学与性别研究》，江苏古籍出版社，2002。

42.朱一玄编：《红楼梦资料汇编》，南开大学出版社，2012。

五、期刊资料类

1. 白露："Asian Perspective: Beyond Dichotomies"，《性别与历史》1989年第1卷第3期。

2. 陈惠芬：《当性别遭遇空间：女性主义地理学的洞见和吊诡》，《中国比较文学》2009年第3期。

3. 陈家生：《妙笔生花　花中见人——〈红楼梦〉中"花"的丰富意蕴与艺术效应》，《红楼梦学刊》1997年增刊。

4. 陈庆浩：《八十回本〈石头记〉成书初考》，《文学遗产》1992年第2期。

5. 陈庆浩：《八十回本〈石头记〉成书再考》，《红楼梦学刊》1995年第1辑。

6. 崔晶晶：《〈红楼梦〉性别视角辨析》，《红楼梦学刊》2008年第2辑。

7. 戴不凡：《揭开〈红楼梦〉作者之谜——论曹雪芹是在石兄〈风月宝鉴〉旧稿基础上巧手新裁改作成书的》，《北方论丛》1979年第1期。

8. 丁武光：《香菱故事的多重视角》，《贵州民族学院学报（哲学社会科学版）》2009年第3期。

9. 杜芳琴：《从社会性别视角研究中国历史：个人的经验》，《中国女性文化》2001年第2期。

10. 方平：《"清宝玉"和"浊宝玉"》，《红楼梦学刊》1990年第3辑。

11. 冯震翔：《论贾宝玉的儒家真面孔》，《红楼梦学刊》2011年第2辑。

12. 傅琛：《关于娜拉出走问题》，《女师学院学刊》1935年第3卷第1—2期。

13. 付丽：《红楼梦：女儿人格崇尚的价值解读》，《红楼梦学刊》2002年第1辑。

14. 顾平旦、曾保泉：《文学、绘画与园林——曹雪芹笔下的大观园》,《红楼梦学刊》1987年第2辑。

15.洪涛:《以情为本:理欲纠缠中的离合与困境——晚明文学主情思潮的情感逻辑与思想症状》,《南京大学学报》2009年第4期。

16.华玮:《世间只有情难诉——试论汤显祖的情观与其剧作的关系》《中华戏曲》1998年第00期。

17.康正果:《重新认识明清才女》,《中外文学》1993年第22卷第6期。

18.孔令彬:《二十世纪以来香菱研究综述》,《红楼梦学刊》2013年第2辑。

19.孔令彬:《苦难之水何以浇出清香之花——也谈香菱的形象塑造》,《文艺评论》2013年第4期。

20.赖芳伶:《〈红楼梦〉"大观园"的隐喻与实现》,《东华汉学》2014年第19期。

21.雷广平:《那堪风雨助凄凉——谈〈红楼梦〉是如何通过花来表现悲剧主题的》,《红楼梦学刊》1998年第1辑。

22.梁小民:《〈红楼梦〉中的转型经济学》,《决策探索》(上半月)2007年第10期。

23.李劼:《论〈红楼梦〉中的补天者形象》,《上海社会科学院学术季刊》1994年第1期。

24.林骅、方刚:《贾宝玉——阶级与性别的双重叛逆者》,《红楼梦学刊》2002年第1辑。

25.李廷海:《〈红楼梦〉管理方式浅析》,《江汉论坛》1987年第10期。

26.刘敬圻:《〈红楼梦〉与女性话题》,《明清小说研究》2003年第4期。

27.刘清平:《曹雪芹哲理心态结构的文化学辨正》,《红楼梦学刊》1992年第4辑。

28.刘紫云：《〈红楼梦〉私人空间及相关物象书写的文化意蕴》，《红楼梦学刊》2017年第5辑。

29.李艳梅：《从中国父权制看〈红楼梦〉中的大观园意义》，《红楼梦学刊》1996年第2辑。

30.李艳梅：《"审美性"与"体贴"——论〈红楼梦〉的女性文化意涵》，《贵州大学学报》2003年第3期。

31.李之鼎：《〈红楼梦〉：男性想象力支配的女性世界》，《社会科学战线》1995年第6期。

32.罗冰：《"公""私"之辨与"理""欲"演变的内在逻辑》，《西南师范大学学报》2004年第2期。

33.马晓光：《天花藏主人的"才情婚姻观"及其文化特征》，《中国人民大学学报》1989年第2期。

34.梅新林、葛永海：《从"原欲"到"情本"：晚明至清中叶江南文学的一个研究视角》，《浙江师范大学学报（社会科学版）》2007年第4期。

35.[美]高彦颐：《"空间"与"家"——论明末清初妇女的生活空间》，《近代中国妇女史研究》1995年第3期。

36.[美]孙康宜：《明清文人的经典论和女性观》，《江西社会科学》2004年第2期。

37.[挪]艾皓德：《〈红楼梦〉的情心理学》，《红楼梦学刊》1997年增刊。

38.欧丽娟：《林黛玉立体论——"变/正"、"我/群"的性格转化》，《汉学研究》2002年第20卷第1期。

39.欧丽娟：《身份认同与性别越界——〈红楼梦〉中的贾探春新论》，《台大中文学报》2009年第31期。

40.乔以钢、张磊：《性别批评的构建及其基本特征》，《天津社会科学》2007年第4期。

41.饶道庆：《〈红楼梦〉的"怨弃"情绪与"被弃"原型》,《文艺研究》2003年第2期。

42.[日]合山究：《〈红楼梦〉与花》,陈曦钟译,《红楼梦学刊》2001年第2辑。

43.沈治钧：《"新宝玉"和"旧宝玉"——〈红楼梦〉成书过程试探》,《红楼梦学刊》2000年第2辑。

44.宋华燕：《潇湘馆环境描写的"互文"解读》,《明清小说研究》2016年第3期。

45.汤龙发：《女权问题是〈红楼梦〉的主题》,《湖南师范大学社会科学学报》1994年第6期。

46.陶寄天：《锡沪杭女工生活概况》,《妇女共鸣》1932年第9期。

47.田同旭：《女性在明清小说中地位的变化》,《山西大学学报（哲学社会科学版）》1992年第1期。

48.王蒙：《〈搜检大观园〉评说》,《文学遗产》1990年第2期。

49.王晓洁：《林黛玉与潇湘馆研究综述》,《红楼梦学刊》2010年第1辑。

50.王毅：《中国古典居室的陈设艺术及其人文精神——从"大观园"中的居室陈设谈起》,《红楼梦学刊》1996年第1辑。

51.伍大福：《"越理"与"越礼"之辩——兼谈〈红楼梦〉尊礼攘理的思想倾向》,《红楼梦学刊》2014年第2辑。

52.谢德俊：《论香菱的艺术形象及其思想内涵》,《西安建筑科技大学学报（社会科学版）》2010年第3期。

53.薛海燕：《〈红楼梦〉女性观与明清女性文化》,《红楼梦学刊》2000年第2辑。

54.薛瑞生：《大宝玉与〈风月宝鉴〉》,《红楼梦学刊》1997年增刊。

55.徐培晃:《三闹〈牡丹亭〉》,《兴大人文学报》2012年第48期。

56.须予:《从娜拉到华伦夫人——为萧伯纳来华而作》,1933年3月《女声》半月刊第1卷第11期。

57.许藩:《"娜拉"与"花瓶"》,《中华日报》1935年2月12日。

58.许秀琴、张丽红:《天香云外:香菱形象的悲剧意蕴与结构意味》,《文艺评论》2012年第10期。

59.袁锦贵:《从香菱改名看香菱的命运——〈红楼梦〉中"香菱"新解》,《小说评论》2009年S1期。

60.詹丹:《从说开去到说进去——谈中学语文教材中的"香菱学诗"》,《红楼梦学刊》2011年第1辑。

61.张媛:《男性历劫和女性阉割的双重主题——试阐〈红楼梦〉的男性写作视角》,《明清小说研究》2001年第2期。

62.张再林:《〈红楼梦〉——人类文化的一部新的〈圣经〉》,《西安交通大学学报(社会科学版)》2007年第5期。

63.周思源:《在被颠覆的世界背后——兼论女娲补天神话的原型意义》,《红楼梦学刊》1992年第1辑。

64.周芷汀:《论〈红楼梦〉的后现代美学价值》,《中国文学研究》2005年第1期。

65.朱姗:《"何殊雪洞飞来仙"——〈红楼梦〉第四十回蘅芜苑"雪洞"比喻新说》,《红楼梦学刊》2016年第4辑。

66.朱学群:《迷失在成年社会门槛之前的贾宝玉》,《红楼梦学刊》1991年第1辑。

后　记

终于该写"后记"了,这意味着是时候对前一段时间的工作画上句号了。

这本书实际上是我博士论文中的一章,经过漫长的删改之后,最终还是没能实现我最初的设想,很遗憾仍是要以一种稚嫩粗陋的面貌呈现在大家面前。

需要提及的是关于这本书涉及的性别话题,早在我读硕士时已经生根。自己作为女性在实际生活中对身处事业、家庭、社交等方面复杂处境的感知,成为我观察和理解中国女性生存状态的基本视点,也成为我始终对性别话题保持关注的基本动力。而《红楼梦》这部伟大的小说对女性生存状态的独特书写和复杂呈现,又给了我莫大的启示,并成为我对镜自照并反思自我的绝佳样本。于是有了本书的缘起。

关于这本书涉及的性别理论以及对《红楼梦》的性别书写的基本观点,都已经在绪论中做了说明。在此需要更进一步补充的是,尽管我期待能够尽可能超越狭隘的女性主义,站在双性和谐的立场上去阐明我的观点,但写作的过程中,可能依然无法避免自己身为女性的一些限制。同时我也尽可能要求自己在文学史和历史语境之间建立某种互文的关系,把《红楼梦》性别研究放置在一个动态的社会文化史的演变过程中,这可能不是一种最理想的研究模式,但于我而言,确是一种有益和跨学科的尝试。或许我始终坚信,在文学性的背后,无时无刻不渗透着整个社会复杂繁盛的权力变动信息，于是在文本与历史之间做有效的穿梭，成为我书写的一个基本理念。

可能在这本书中，我的表述略显庞杂，或许是一直想把性别问题搁置在一个时期多种社会思潮、文化价值和意识形态融汇、碰撞、博弈的互动场域中去观察。于是性别就会变成一种对时代问题的提问方式，一个展现社会文化症候的窗口，一种对价值变迁的敏锐感知，对《红楼梦》的性别研究来说尤是如此。按照如此的设想，这本书其实还应容纳更多更丰富的内容，比如：《红楼梦》如何书写男性？如何看待宝玉这个双性同体的形象设置？《红楼梦》如何看待女性变装、宦游等跨界行为？作者（隐含作者）、宝玉他们的性别立场有何不同？其与小说叙事声音有何复杂关系？版本改写过程中小说的性别观念有何变化？因诸种条件所限，很多话题我只做了提问，并未能深入思考，当然这也为接下来的研究留了路。

感谢中国艺术研究院，读博让我对很多问题有了更深入的思考，感谢《红楼梦》，她以她的博大深邃赐予我面对生活时的莫大勇气。感谢书写的过程，我因此能够把我的个人经验和阅读思考，重新知识化。感谢我的导师和学妹，他们的努力才有了这本小书的面世。

最后感谢河南省高校人文社会科学研究项目资助，本书系河南省教育厅人文社会科学研究一般项目"《红楼梦》的性别诗学研究"（项目编号：2020-ZZJH-113）的结项成果。

李丹丹
2021年4月于洛阳